现当代名家作品典藏

张晓风散文精选

晓风过处

张晓风 著

華中科技大學出版社
http://www.hustp.com
中国·武汉

图书在版编目（CIP）数据

张晓风散文精选：晓风过处/张晓风著．—武汉：华中科技大学出版社，2018.3
ISBN 978-7-5680-3755-6（2020.6重印）

Ⅰ．①张… Ⅱ．①张… Ⅲ．①散文集-中国-当代 Ⅳ．①I267

中国版本图书馆 CIP 数据核字（2018）第 023626 号

张晓风散文精选：晓风过处
Zhangxiaofeng Sanwen Jingxuan：Xiaofeng Guochu

张晓风　著

策划编辑：夏　帆
责任编辑：夏　帆
封面设计：胡萝卜设计
责任监印：朱　玢
出版发行：华中科技大学出版社（中国·武汉）　电话：（027）81321913
武汉市东湖新技术开发区华工科技园　邮编：430223
录　　排：华中科技大学惠友文印中心
印　　刷：济南市莱芜凤城印务有限公司
开　　本：880mm×1230mm　1/32
印　　张：9.5
字　　数：227 千字
版　　次：2020 年 6 月第 1 版第 3 次印刷
定　　价：32.00 元

目录

篇一：情田

星斗清而亮，每一颗都低低地俯下头来。溪水流着，把灯影和星光都流乱了。我忽然感到一种幸福，那样混沌而又陶然的幸福。我从来没有这样亲切地感受到造物的宠爱——真的，我们这样平庸，我总觉得幸福应该给予比我们更好的人。

地毯的那一端

德：

从疾风中走回来，觉得自己像是被浮起来了。山上的草香得那样浓，让我想到，要不是有这样猛烈的风，恐怕空气都会给香得凝冻起来！

我昂首而行，黑暗中没有人能看见我的笑容。白色的芦荻在夜色中点染着凉意——这是深秋了，我们的日子在不知不觉中临近了。我遂觉得，我的心像一张新帆，其中每一个角落都被大风吹得那样饱满。

星斗清而亮，每一颗都低低地俯下头来。溪水流着，把灯影和星光都流乱了。我忽然感到一种幸福，那样混沌而又陶然的幸福。我从来没有这样亲切地感受到造物的宠爱——真的，我们这样平庸，我总觉得幸福应该给予比我们更好的人。

但这是真实的，第一张贺卡已经放在我的案上了。洒满了细碎精致的透明照片，灯光下展示着一个闪烁而又真实的梦境。画上的金钟摇荡，遥遥地传来美丽的回响。我仿佛能听见那悠扬的音韵，我仿佛能嗅到那沁人的玫瑰花香！而尤其让我神往的，是那几行可爱的祝词："愿婚礼的记忆存至永远，愿你们的情爱与日俱增。"

是的，德，永远在增进，永远在更新，永远没有一个边和底——六年了，我们护守着这份情谊，使它依然焕发，依然鲜洁，正如别人所说的，我们是何等幸运。每次回顾我们的交往，我就仿佛走进博物馆的长廊。其间每一处景物都意味着一段美丽的回忆。每一件东西都牵扯着一个动人的故事。

那样久远的事了。刚认识你的那年才十七岁，一个多么容易错误的年纪！但是，我知道，我没有错。我生命中再没有一个决定比这项更正确了。前天，大伙儿一起吃饭，你笑着说："我这个笨人，我这辈子只做了一件聪明的事。"你没有再说下去，妹妹却拍手起来，说："我知道了！"啊，德，我能够快乐地说，我也知道。因为你做的那件聪明事，我也做了。

那时候，大学生活刚刚展开在我面前。台北的寒风让我每日思念南部的家。在那小小的阁楼里，我呵着手写蜡纸。在草木摇落的道路上，我独自骑车去上学。生活是那样黯淡，心情是那样沉重。在我的日记上有这样一句话："我担心，我会冻死在这小楼上。"而这时候，你来了。你那种毫无企冀的友谊四面环护着我，让我的心触及最温柔的阳光。

我没有兄长，从小我也没有和男孩子同学过。但和你交往却是那样自然，和你谈话又是那样舒服。有时候，我想，如果我是男孩子多么好呢！我们可以一起去爬山，去泛舟。让小船在湖里任意漂荡，任意停泊，没有人会感到惊奇。好几年以后，我将这些想法告诉你，你微笑地注视着我："那，我可不愿意，如果你真想做男孩子，我就做女孩。"而今，德，我没有变成男孩子，但我们可以去遨游，去做山和湖的梦。因为，我们将有更亲密的关系了。啊，想象中终生相爱相随该是多么美好！

那时候，我们穿着学校规定的卡其服。我新烫的头发又总是被风刮得乱蓬蓬的。想起来，我总不明白你为什么那样喜欢接近我。那年大考的时候，我蜷曲在沙发里念书。你跑来，热心地为我讲解英文文法。好心的房东为我们送来一盘春卷，我慌乱极了，竟吃得洒了一裙子。你瞅着我说："你真像我妹妹，她和你一样大。"我窘得不知如何是好，只是一径低着头，假做抖那长长的裙幅。

那些日子真是冷极了。每逢没有课的下午我总是留在小楼上，弹弹风琴，把一本拜尔琴谱都快翻烂了。有一天你对我说："我常在楼下听你弹琴。你好像常弹那首《甜蜜的家庭》。怎么？在想家吗？"我很感激你的窃听，唯有你了解、关切我凄楚的心情。德，那个时候，当你独自听着的时候，你想些什么呢？你想到有一天我们会组织一个家庭吗？你想到我们要用一生的时间以心灵的手指合奏这首歌吗？

寒假过后，你把那沓泰戈尔诗集还给我。你指着其中一行请我看："如果你不能爱我，就请原谅我的痛苦吧！"我于是知道发生什么事了。我不希望这件事发生，我真的不希望。并非由于我厌恶你，而是因为我太珍重这份素净的友谊，反倒不希望有爱情去加深它的色彩。

但我却乐于和你继续交往。你总是给我一种安全稳妥的感觉。从头起，我就付给你我全部的信任。只是，当时我心中总向往着那种传奇式的、惊心动魄的恋爱，并且喜欢那么一点点的悲剧气氛。为着这些可笑的理由，我耽延着没有接受你的奉献。我奇怪你为什么仍作那样固执地等待。

你那些小小的关怀常令我感动。那年圣诞节你把得来不易的几颗巧克力糖，全部拿来给我了。我爱吃笋豆里的笋子，唯有你注意到，并且耐心地为我挑出来。我常常不晓得照料自己，唯有你想到用自己的外衣披在我身上。（我至今不能忘记那衣服的温暖，它在我心中象征了许多意义。）是你，敦促我读书。是你，容忍我偶发的气性。是你，仔细纠正我写作的错误，是你，教导我为人的道理。如果说，我像你的妹妹，那是因为你太像我大哥的缘故。

后来，我们一起得到学校的工读金。分配给我们的是打扫教室的工作。每次你总强迫我放下扫帚，我便只好遥遥地站在教室的末端，看你奋力工作。在炎热的夏季里，你的汗水滴落在地上。我无言地站着，等你扫好了，我就去挥挥桌椅，并且帮你把它们排齐。每次，当我们目光偶然相遇的时候，总感到那样兴奋。我们是这样的彼此了解，我们合作的时候总是那样完美。我注意到你手上的硬茧，它们把那虚幻的字眼十分具体地说明了。我们就在那飞扬的尘影中完成了大学课程——我们的经济从来没有富裕过；我们的日子却从来没有贫乏过。我们活在梦里，活在诗里，活在无穷无尽的彩色希望里。记得有一次我提到玛格丽特公主在她婚礼中说的一句话：“世界上从来没有两个人像我们这样快乐过。”你毫不在意地说：“那是因为他们不认识我们的缘故。”我喜欢你的自豪，因为我也如此自豪着。

我们终于毕业了，你在掌声中走到台上，代表全系领取毕业证书。我的掌声也夹在众人之中，但我知道你听到了。在那美好的六月清晨，我的眼中噙着欣喜的泪。我感到那样骄傲，我第一次分沾你的成功，你的光荣。

“我在台上偷眼看你，”你把系着彩带的文凭交给我，“要不是中国风俗如此，我一走下台来就要把它送到你面前去的。”

我接过它，心里垂着沉甸甸的喜悦。你站在我面前，高昂而谦和、刚毅而温柔。我忽然发现，我关心你的成功，远远超过我自己的。

那一年，你在军中。在那样忙碌的生活中，在那样辛苦的演习里，你却那样努力地准备研究所的考试。我知道，你是为谁而做的。在凄长的分别岁月里，我开始了解，存在于我们中间的是怎样一种感情。你来看我，把南部的冬阳全带来了。那厚呢的陆战队军服重新唤起我童年时期对于号角和战马的梦。我一直没有告诉你，当时你临别敬礼的镜头烙在我心上有多深。

我帮着你搜集资料，把抄来的范文一篇篇断句、注释。我那样竭力地做，怀着无上的骄傲。这件事对我而言有太大的意义。这是第一次，我和你共赴一件事，所以当你把录取通知转寄给我的时候，我竟忍不住哭了。德，没有人经历过我们的奋斗，没有人像我们这样相期相勉，没有人多年来在冬夜图书馆的寒灯下彼此伴读。因此，也就没有人了解成功带给我们的兴奋。

我们又可以见面了，能见到真真实实的你是多么幸福。我们又可以去作长长的散步，又可以蹲在旧书摊上享受一个闲散黄昏。我永不能忘记那次去泛舟。回程的时候，忽然起了大风。小船在湖里直打转，你奋力摇橹，累得一身都汗湿了。

“我们的道路也许就是这样吧！”我望着平静而险恶的湖面说，“也许我使你的负担更重了。”

“我不在意，我高兴去搏斗！”你说得那样急切，使我不敢正视你的目光，“只要你肯在我的船上，晓风，你是我最甜蜜的负荷。”

那天我们的船顺利地拢了岸。德，我忘了告诉你，我愿意留在你的船上，我乐于把舵手的位置给你。没有人能给我像你给我的安全感。

只是，人海茫茫，哪里是我们共济的小舟呢？这两年来，为着成家的计划，我们劳累到几乎虐待自己的地步。每次，你快乐的笑容总鼓励着我。

那天晚上你送我回宿舍，当我们迈上那斜斜的山坡，你忽然驻足说：“我在地毯的那一端等你！我等着你，晓风，直到你对我完全满意。”

我抬起头来，长长的道路伸延着，如同圣坛前柔软的红毯。我迟疑了一下，便踏向前去。

现在回想起来，已不记得当时是否是个月夜了，只觉得你诚挚的言辞闪烁着，在我心中亮起一天星月的清辉。

“就快了！”那以后你常乐观地对我说，“我们马上就可以有一个小小的家。你是那屋子的主人，你喜欢吧？”

我喜欢的，德，我喜欢一间小小的陋屋。到天黑时分我便去拉上长长的落地窗帘，捻亮柔和的灯光，一同享受简单的晚餐。但是，哪里是我们的家呢？哪儿是我们自己的宅院呢？

你借来一辆半旧的脚踏车，四处去打听出租的房子，每次你疲惫不堪地回来，我就感到一种痛楚。

“没有合意的，”你失望地说，“而且太贵，明天我再去看。”

我没有想到有那么多困难，我从不知道成家有那么多琐碎的事，但至终我们总算找到一栋小小的屋子了。有着窄窄的前庭，以及矮矮的榕树。朋友笑它小得像个巢，但我已经十分满意了。无论如何，我们有了可以憩息的地方。当你把钥匙交给我的时候，那重量使我的手臂几乎为之下沉。它让我想起一首可爱的英文诗："我是一个持家者吗？哦，是的。但不止，我还得持护着一颗心。"我知道，你交给我的钥匙也不止此数。你心灵中的每一个空间我都持有一枚钥匙，我都有权径行出入。

亚寄来一卷录音带，隔着半个地球，他的祝福依然厚厚地绕着我。那样多好心的朋友来帮我们整理。擦窗子的，补纸门的，扫地的，挂画儿的，插花瓶的，拥拥熙熙地挤满了一屋子。我老觉得我们的小屋快要炸了，快要被澎湃的爱情和友谊撑破了。你觉得吗？他们全都兴奋着，我怎能不兴奋呢？我们将有一个出色的婚礼，一定的。

这些日子我总是累着。去试礼服，去订鲜花，去买首饰，去选窗帘的颜色。我的心像一座喷泉，在阳光下涌溢着七彩的水珠儿。各种奇特复杂的情绪使我眩昏。有时候我也分不清自己是在快乐还是在茫然，是在忧愁还是在兴奋。我眷恋着旧日的生活，它们是那样可爱。我将不再住在宿舍里，享受阳台上的落日。我将不再偎在母亲的身旁，听她长夜话家常。而前面的日子又是怎样的呢？德，我忽然觉得自己好像要被送到另一个境域里去了。那里的道路是我未走过的，那里的生活是我过不惯的，我怎能不惴惴然呢？如果说有什么可以安慰我的，那就是：我知道你必定和我一同前去。

冬天就来了，我们的婚礼在即。我喜欢选择这季节，好和你厮守一个长长的严冬。我们屋角里不是放着一个小火炉吗？当寒流来时，我愿其中常闪耀着炭火的红光。我喜欢我们的日子从黯淡凛冽的季节开始，这样，明年的春花才对我们具有更美的意义。

我即将走入礼堂，德，当结婚进行曲奏响的时候，父亲将挽着我，送我走到坛前，我的步履将凌过如梦如幻的花香。那时，你将以怎样的微笑迎接我呢。

我们已有过长长的等待，现在只剩下最后的一段了。等待是美的，正如奋斗是美的一样，而今，铺满花瓣的红毯伸向两端，美丽的希冀盘旋而飞舞。我将和你同去采撷无穷的幸福。当金钟轻摇，蜡炬燃起，我乐于走过众人去立下永恒的誓愿。因为，哦，德，因为我知道，是谁，在地毯的那一端等我。

步下红毯之后

妹妹被放下来，扶好，站在院子里的泥地上，她的小脚肥肥白白的，站不稳。她大概才一岁吧，我已经四岁了！

妈妈把菜刀拿出来，对准妹妹两脚中间那块泥，认真而且用力地砍下去。

“做什么?”我大声问。

“小孩子不懂事!”妈妈很神秘地收好刀，“外婆说的，这样小孩子才学得会走路，你小时候我也给你砍过。”

“为什么要砍?”

“小孩生出来，脚上都有脚镣锁着，所以不会走路，砍断了才走得成路。”

“我没有看见，”我不服气地说，“脚镣在哪里?”

“脚镣是有的，外婆说的，你看不见就是了。”

“现在断了没有?”

“断了，现在砍断了，妹妹就要会走路了。”

妹妹后来当然是会走路了，而且，我渐渐长大，终于也知道妹妹会走路跟砍脚镣没有什么关系，但不知为什么，那遥远的画面竟那样清楚兀立，使我感动。

也许脚镣手铐是真有的，做人总是冲，总是顿破什么，反正不是我们壮硕自己去撑破镣铐，就是让那残忍的钢圈箍入我们的皮肉！

是暮春还是初夏也记不清了，我到文星出版社的楼上去，萧先生把一份契约书给我。

“很好，”他说，他看来高大、精细、能干，“读你的东西，让我想到小时候念的冰心和泰戈尔。”

我惊讶得快要跳起来，冰心和泰戈尔？这是我熟得要命，爱得要命的呀！他怎么会知道？我简直觉得是一份知遇之恩，《地毯的那一端》就这样卖断了，扣掉税我只拿到二千多元，但也不觉得吃了亏。

我兴冲冲地去找朋友调色样，我要了紫色，那时候我新婚，家里的布置全是紫色，窗帘是紫的，床罩是紫的，窗棂上爬藤花是紫的，那紫色漫溢到书页上，一段似梦的岁月，那是个漂亮的阳光日，我送色样到出版社去，路上碰到三毛，她也是去送色样，她是为朋友的书调色，调的草绿色，出书真是件兴奋的事，我们愉快地将生命中的一抹色彩交给了那即将问世的小册子。

“我们那时候一齐出书，”有一次康芸微说，“文星宣传得好大呀，放大照都挂出来了。”

那事我倒忘了，经她一提，想想好像真有那么回事，奇怪的是我不怎么记得照片的事，我记得的是我常常下了班，巴巴地跑到出版社楼上，请他们给我看新书发售的情形。

“谁的书比较好卖？”其实书已卖断，销路如何跟我已经没有关系。

“你的跟叶珊的。”店员翻册子给我看。

我拿过册子仔细看，想知道到底是叶珊卖得多，还是我——我说不上那是痴还是幼稚，那时候成天都为莫名其妙的事发急发愁，年轻大概就是那样。

那年十月，幼狮文艺的未桥寄了一张庆典观礼券给我，我丈夫也有一张票，我们的座位不同区，相约散会的时候在体育场门口见面。

我穿了一身洋红套装，那天的阳光辉丽，天空一片艳蓝，我的位置很好，运动会的表演很精彩，想看的又近在咫尺，而丈夫，在场中的某个位子上，我们会后会相约而归，一切正完美晶莹，饱满无憾。

但是，忽然，我的泪水夺眶而出，我想起了南京……

不是地理上的南京，是诗里的，词里的，魂梦里的，母亲的乡音里的南京（母亲不是南京人，但在南京读中学）。依稀记得那名字，玄武湖、明孝陵、鸡鸣寺、夫子庙、秦淮河……

不，不要想那些名字，那不公平，中年人都不乡愁了，你才这么年轻，乡愁不该交给你来愁，你看表演吧，你是被邀请来看表演的，看吧！很好的位子呢！不要流泪，你没看见大家都好好的吗！你为什么流泪呢？你真的还太年轻，你身上穿的仍是做新娘子的嫁服，你是幸福的，你有你小小的家，每天黄昏，拉下紫幔等那人回来，生活里有小小的气恼，小小的得意，小小的凄伤和甜蜜，日子这样不就很好了吗？

不要碰故园之思，它太强，不要让三江五岳来撞击你，不要念赤县神州的名字，你受不了的，真的，日子过得很好，把泪逼回去，你不能开始，你不能开始，你不能开始，你一开始就不能收回……

我坐着，无效地告诫着自己，从金门来的火种在会场里点着了，赤膊的汉子在表演蛙人操，仪队的枪托冷凝如紫电，特别是看台上面的大红柱子，直辣辣地逼到眼前来，我无法遏抑地想着中山陵，那仰向苍天的阶石，中国人的哭墙，我们何时才能将发烫的额头抵上那神圣的冰凉，我们将一步一稽额地登上雾锁云埋的最高岭……

会散了，我挨蹭到门口，他在那里等我，我们一起回家。

“你怎么了?”走了好一段路，他忍不住问我。

“不，不要问我。”

“你不舒服吗?”

“没有。”

“那，”他着急起来，“是我惹了你?”

“没有，没有，都不是——你不要问我，求求你不要问我，一句话都不要跟我讲，至少今天别跟我讲……”

他诧异地望着我，惊奇中却有谅解，近午的阳光照在宽阔坦荡的敦化北路上，我们一言不发地回到那紫色小巢。

他真的没有再干扰我，我恍恍惚惚地开始整理自己，我渐渐明白有一些什么根深蒂固的东西一直潜藏在我自己也不甚知道的渊深之处，是淑女式的教育所不能掩盖的，是传统中文系的文字训诂和诗词歌赋所不能磨平的，那极蛮横极狂野极热极不可挡的什么，那种“欲饱史笔有脂髓，血作金汤骨作垒，凭将一腔热肝肠，烈作三江沸腾水”的情怀……

我想起极幼小的时候，就和父亲别离，那时家里有两把长刀，是抗战胜利时分到的，鲨鱼皮，古色古香，算是身无长物的父亲唯一贵重的东西，母亲带着我和更小的妹妹到台湾，父亲不走，只送我们到江边，他说：

“那把刀你带着，这把，我带着，他年能见面当然好，不然，总有一把会在。”

那样的情节，那样一句一铜钉的对话，竟然不是小说而是实情！

父亲最后翻云南边境的野人山而归，长刀丢了，唯一带回来的是他之身。

不是在圣人书里，不是在线装的教训里，我了解了家国之思，我了解了那份渴望上下拥抱五千年，纵横把臂八亿人的激情，它在那里，它一直在那里……

随便抓了一张纸，就在那空白的背面，用的是一支铅笔，我开始写《十月的阳光》：

那些气球都飘走了，总有好几百个罢？在透明的蓝空里浮泛着成堆的彩色，人们全都欢呼起来，仿佛自己也分沾了那份平步青云的幸运——事情总是这样的，轻的东西总能飘得高一点，而悲哀拽住我，有重量的物体总是注定下沉的。

体育场很灿烂，闪耀着晚秋的阳光，这时下月，辛亥革命的故事远了。西风里悲壮的往事远了……中山陵上的落叶已深，我们的手臂因渴望一个扫墓的动作而酸痛。

我忽然明白，写《地毯的那一端》的时代远了，我知道我更该写的是什么，闺阁是美丽的，但我有更重的剑要佩、更长的路要走。

《十月的阳光》后来得了奖，奖金一千元，之后我又得过许多奖，许多奖金、奖座、奖牌，领奖时又总有盛会，可是只有那一次，是我真正激动的一次，朱桥告诉我，评审委员读着，竟哭了。

我不能永远披着白纱，踏着花瓣，走向红毯尽处的他，当我们携手走下红毯，迎人而来的是风是雨，是风雨声中恻恻的哀鸣。

——但无论如何，我已举步上路。

我交给你们一个孩子

我交给你们一个孩子

小男孩走出大门，返身向四楼阳台上的我招手，说：

“再见！”

那是好多年前的事了，那个早晨是他开始上小学的第二天。

我其实仍然可以像昨天一样，再陪他一次，但我却狠下心来，看他自己单独去了。他有属于他的一生，是我不能相陪的，母子一场，只能看作一把借来的琴，能弹多久，便弹多久，但借来的岁月毕竟是有其归还期限的。

他欣然地走出长巷，很听话的既不跑也不跳，一副循规蹈矩的模样。我一人怔怔地望着油加利下细细的朝阳而落泪。

想大声地告诉全城市，今天早晨，我交给你们一个小男孩，他还不知恐惧为何物，我却是知道的，我开始恐惧自己有没有交错？

我把他交给马路，我要他遵守规矩沿着人行道而行，但是，匆匆的路人啊，你们能够小心一点吗？不要撞到我的孩子，我把我至爱的孩子交给了纵横的道路，容许我看见他平平安安地回来！

我不曾搬迁户口，我不要越区就读，我们让孩子读本区内的国民小学而不是某些私立明星小学，我努力去信任自己国家的教育当局，而且，是以自己的儿女为赌注来信任的——但是，学校啊，当我把我的孩子交给你，你保证给他怎样的教育？今天清晨，我交给你一个欢欣诚实又颖悟的小男孩，多年以后，你将还我一个怎样的青年？

他开始识字，开始读书，当然，他也要读报纸、听音乐或看电视、电影，古往今来的撰述者啊！各种方式的知识传递者啊！我的孩子会因你们得到什么呢？你们将饮之以琼浆，灌之以醍醐，还是哺之以糟粕？他会因而变得正直忠信，还是学会奸猾诡诈？当我把我的孩子交出来，当他向这世界求知若渴，世界啊，你给他的会是什么呢？

世界啊，今天早晨，我，一个母亲，向你交出她可爱的小男孩，而你们将还我一个怎样的人呢！

小蜥蜴如何藏身在草丛里的奇观

我给小男孩请了一位家庭教师，在他七岁那年。

听到的人不免吓了一跳：

“什么，那么小就开始补习了？”

不是的，我为他请一位老师是因为小男孩被蝴蝶的三部曲弄得神魂颠倒，又一心想知道蚂蚁怎么回家；看到世上有那么多种蛇，也使他欢喜得发了慌，我自己对自然的万物只有感性的欢欣赞叹，没有条析缕陈的解释能力，所以，我为他请了老师。

有一张征求老师的文字是我想用而不曾用过的，多年来，它像一坛忘了喝的酒，一直堆栈在某个不显眼的角落。春天里，偶然男孩又不自觉地转头去听鸟声的时候，我就会想起自己心底的那篇文字：

我们要为我们的小男孩寻找一位生物老师。

他七岁，对万物的神奇兴奋到发昏的程度，他一直想知道，这一切“为什么是这样的?”

我们想为他找的不单是一位授课的老师，也是一位启示他生命的奇奥和繁富的人。

他不是天才，他只是一个好奇而且喜欢早点知道答案的孩子。我们尊重他的好奇，珍惜他兴奋易感的心，我们不是富有的家庭，但我们愿意好好为他请一位老师，告诉他花如何开？果如何结？蜜蜂如何住在六角形的屋子里？蚯蚓如何在泥土中走路吃饭……他只有一度童年，我们急于让他早点享受到“知道”的权利。

有的时候，也请带他到山上到树下去上课，他喜欢知道蕨类怎样生长，杜鹃花怎样红遍山头，以及小蜥蜴如何藏身在草丛里的奇观……

有谁愿意做我们小男孩的生物老师?

小男孩后来读了两年生物，获益无穷，而这篇在心底重复无数遍的“征求老师”的腹稿却只供我自己回忆。

寻人启事

我坐在餐桌旁修改自己的一篇儿童诗稿，夜渐渐深了。

男孩房里的灯仍亮着，他在准备那些考不完的试。

我说：

“喂，你来，我有一篇诗要给你看！”

他走过来，把诗拿起来，慢慢看完，那首诗是这样写的：

寻人启事

妈妈在客厅贴起一张大红纸
上面写着黑黑的几行字：
兹有小男孩一名不知何时走失
谁把他拾去了啊，仁人君子
他身穿小小的蓝色水手服
他睡觉以前一定要念故事
他重得像铅球又快活得像天使
满街去指认金龟车是他的专职
当电扇修理匠是他的大志
他把刚出生的妹妹看了又看露出诡笑：

“妈妈呀，如果你要亲她就只准亲她的牙齿。”
那个小男孩到哪里去了，谁肯给我明示？
听说有位名叫时间的老人把他带了去
却换给我一个国中的少年比妈妈还高
正坐在那里愁眉苦脸地背历史
那昔日的小男孩啊不知何时走失
谁把他带还给我啊，仁人君子。

看完了，他放下，一言不发地回房去了。第二天，我问他：

“你读那首诗怎么不发表一点高见？”

“我读了很难过，所以不想说话……”

我茫然走出他的房间，心中怅怅，小男孩已成大男孩，他必须有所忍受，有所承载，我所熟知的一度握在我手里的那一双小手有如飞鸟，在翩飞中消失了。

仅仅只在不久以前，他不是还牵着妹妹的手，两人诡秘地站在我的书房门口吗？他们同声用排练好的做作的广告腔说：

好立克大王
张晓风女士
请你出来
为你的儿子女儿冲一杯好立克

这样的把戏玩了又玩，一杯杯香浓的饮料喝了又喝，童年，繁华喧天的岁月，就如此跫音渐远。

有一次，在朋友的墙上看到一幅英文格言：

“今天，是你生命余年中的第一日。”

我看了，立即不服气。

“不是的，”我说，“对我来讲，今天，是我有生之年的最后一天。”

最后一天，来不及的爱，来不及的飞扬，来不及的期许，来不及的珍惜和低回。

容我好好爱宠我的孩子，在今天，毕竟，在永世永劫的无穷岁月里，今天，仍是他们今后一生一世里最最幼小的一天啊！

初绽的诗篇

白莲花

二月的冷雨浇湿了一街的路灯，诗诗。

生与死，光和暗，爱和苦，原来都这般接近。

而诗诗，这一刻，在待产室里，我感到孤独，我和你，在我们各人的世界里孤独，并且受苦。诗诗，所有的安慰，所有怜惜的目光为什么都那么不切实际？谁会了解那种疼痛，那种曲扭了我的身体，击碎了我的灵魂的疼痛！我挣扎，徒然无益地哭泣，诗诗，生命是什么呢？是崩裂自伤痕的一种再生吗？

雨在窗外，沉沉的冬夜在窗外，古老的炮仗在窗外，世界又宁谧又美丽。而我，诗诗，何处是我的方向？如果我死，这将是我躺过的最后一张床，洁白的，隔在待产室幔后的床。我留我的爱给你，爱是我的名字，爱是我的写真。有一天，当你走过蔓草荒烟，我便在那里向你轻声呼喊——以风声，以水响。

诗诗，黎明为什么这样遥远，我的骨骼在山崩，我的血液在倒流，我的筋络像被灼般地纠起，而诗诗，你在哪里？

他们推我入产房，诗诗，人间有比这更孤绝的地方吗？那只手被隔在门外——那终夜握着我的手，那多年前在月光下握着我的手。他的目光，他的祈祷，他的爱，都被关在外面，而我，独自步向不可测的命运。

所有的脸退去，所有的往事像一只弃置的牧笛。室中间，一盏大灯俯向我仰起的脸，像一朵倒生的莲花，在虚无中燃烧着千层洁白。花是真，花是幻，花是一切，诗诗。

今夜太长，我已疲倦，疲于挣扎，我只想嗅嗅那朵白莲花，嗅嗅那亘古不散的幽香。

花是你，花是我，花是我们永恒的爱情，诗诗。

四月的迷迭香

似乎是四月，似乎是原野，似乎是蝶翅乱扑的花之谷。

“呼吸，深深地呼吸吧！”从遥远的地方，有那样温柔的声音传来。

我在何处，诗诗，疼痛渐远，我听见金属的碰击声，我闻着那样沁人的香息。你在何处，诗诗。

“用力！已经看见头了！用力！”

诗诗，我是星辰，在崩裂中涣散。而你，诗诗，你是一颗全新的星，新而亮，你的光将照彻今夜。

诗诗，我望着自己，因汗和血而潮湿的自己，忽然感到十字架并不可怕，髑髅地并不可怕，荆棘冠冕并不可怕，孤绝并不可怕——如果有对象可以爱，如果有生命可为之奉献，如果有理想可前去流血。

“呼吸，深深地呼吸。”

何等的迷迭香，诗诗，我就浮在那样的花香里，浮在那样无所惧的爱里。

早晨已经来，万象寂然，宇宙重新回到太古，混沌而空虚，只有迷迭香，沁人如醉的迷迭香，诗诗，你在哪里？

我仍清楚地感到手术刀的宰割，我仍能感到温热的血在流，血，以及泪。

我仍感觉到我苦苦的等待。

歌手

像高悬的瀑布，你猝然离开了我。

“恭喜啊，是男孩。”

“谢谢。”我小声地说，安慰，而又悲哀。

我几乎可以听到他们剪断脐带的声音，我们的生命就此分割了，分割了，以一把利剪，诗诗，从今而后，虽然表面上我们将住在一个屋子里，我将乳养你，抱你，亲吻你，用歌声送你去每晚的梦中，但无论如何，你将是你自己了。你的眼泪，你的欢笑，都将与我无份，你将扇动你自己的羽翼，飞向你自己的晴空。

诗诗，可是我为什么哭泣，为什么我老想着要挽回什么。

世上有什么角色比母亲更孤单，诗诗，她们是注定要哭泣的，诗诗，容我牵你的手，让我们尽可能地接近。而当你飞翔时，容我站在较高的山头上，去为你担心每一片过往的云。

他们为什么不给我看你的脸，我疲惫地沉默着。但忽然，我听见你的哭。

那是一首诗，诗诗。

这是一种怎样的和谐呢？啼哭，却充满欢欣，你像你的父亲，有着美好的 tenor 嗓子，我一听就知道。

而诗诗，我的年幼的歌手，什么是你的主题呢？一些赞美？一些感谢？一些敬畏？一些迷惘？但不管如何，它们感动了我，那样简单的旋律。

诗诗，让你的歌持续，持续在生命的死寂中。诗诗，我们不常听到流泉，我们不常听到松风，我们不常有伯牙，不常有瓦格纳，但我们永远有婴孩。有婴孩的地方便有音乐，神秘而美丽，像传抄自重重叠叠的天外。

诗诗，歌手，愿你的生命是一支庄严的歌，有声，或者无声，去充满人心的溪谷。

丁大夫和画

丁大夫来自很远的地方，诗诗，很远很远的爱尔兰，你不曾知道他，他不曾知道你。当他还是一个吹着风笛的小男孩，他何尝知道半个世纪以后，他将为一个黑发黑睛的孩子引渡？诗诗，是一双怎样的手安排他成为你所见到的第一张脸孔？

他有多么好看的金发和金眉，他和善的眼神和红扑扑的婴儿般的脸颊使人觉得他永远都在笑。

当去年初夏，他从化验室中走出来，对我说“恭喜你”的时候，我真想吻他的手。他明亮的浅棕色的眼睛里充满了了解和美善，诗诗，让我们爱他。

而今天早晨，他以钳子钳你巨大的头颅，诗诗，于是你就被带进世界。

当一切结束，终夜不曾好睡的他舒了一口气。有人在为我换干净的褥单，他忽然说：

“看啊，我可以到巴黎去，我画得比他们好。”

满室的护士都笑了，我也笑，忽然，我才发现我疲倦得有多么厉害。

他们把那幅画拿走了，那幅以我的血我的爱绘成的画，诗诗，那是你所见的第一幅画，生和死都在其上，诗诗，此外不复有画。

推车，甜蜜的推车，产房外有忙碌的长廊，长廊外有既忧苦又欢悦的世界，诗诗。

丁大夫来到我的床边，和你愕然的父亲握手。

“让我们来祈祷。”他说，合上他厚而大的巴掌——那是医治者的掌，也是祈祷者的掌，我不知道我更爱他的哪一种掌。

上帝，我们感谢你，
因为你在地上造了一个新的人，
保守他，使他正直，
帮助他，使他有用。

诗诗，那时，我哭了。

诗诗，廿七年过去，直到今晨，我才忽然发现，什么是人，我才了解，什么是生存，我才彻悟，什么是上帝。

诗诗，让我们爱他，爱你生命中第一张脸，爱所有的脸——可爱的，以及不可爱的，圣洁的，以及有罪的，欢愉的，以及悲哀的。直爱到生命的末端，爱你黑瞳中最后的脸。

诗诗。

红樱

无端的，我梦见夹道的红樱。梦中的樱树多么高，多么艳，我的梦遂像史诗中的特洛伊城，整个地被燃着了，我几乎可以听见火焰的噼啪声。

而诗诗，我骑一辆跑车，在山路上曲折而前。我觉得我在飞。

于是，我醒来，我仍躺在医院白得出奇的被褥上。那些樱花呢？那些整个春季里真正只能红上三五天的樱瓣呢？

因此就想起那些山水，那些花鸟，那些隔在病室之外的世界。诗诗，我曾狂热地爱过那一切，但现在，我却被禁锢，每天等待四小时一次的会面，等待你红于樱的小脸。

当你偶然微笑，我的心竟觉得容不下那么多的喜悦，所谓母亲，竟是那么卑微的一个角色。

但为什么，当我自一个奇特的梦中醒来，我竟感到悲哀。春花的世界似乎离我渐远了，那种悠然的岁月也向我挥手作别。而今而后，我只能生活在你的世界里，守着你的摇篮，等待你的学步，直到你走出我的视线。

我闭上眼睛，想再梦一次樱树——那些长在野外，临水自红的樱树，但它们竟不肯再来了。

想起十六岁那年，站在女子中学的花园里所感到的眩晕。那年春天，波斯菊开得特别放浪，我站在花园中间，四望皆花，真怕自己会被那些美所击昏。

而今，诗诗，青春的梦幻渐渺，余下唯一比真实更真实，比美善更美善的，那就是你。

但诗诗，你是什么呢？是我多梦的生命中最后的一梦吗？

祝福那些仍眩晕在花海中的少年，我也许并不羡慕他们。但为什么？诗诗，我感到悲哀，在白贝壳般的病房中，在红樱亮得人眼花的梦后。

在静夜里

你洞悉一切，诗诗，虽然言语于你仍陌生。而此刻，当你熟睡如谷中无风处的小松，让我的声音轻掠过你的梦。

如果有人授我以国君之荣，诗诗，我会退避，我自知并非治世之才。如果有人加我以学者之尊，我会拒绝，诗诗，我自知并非渊博之士。

但有一天，我被封为母亲，那荣于国君尊于学者的地位，而我竟接受。诗诗，因此当你的生命在我的腹中被证实，我便惶然，如同我所孕育的不只是一个婴儿，而是一个宇宙。

世上有何其多的女子，敢于自卑一个母亲的位分，这令我惊奇，诗诗。

我曾努力于做一个好女孩，一个好学生，一个好的教师，一个好的人。但此刻，我知道，我最大的荣誉将是一个好的母亲。

当你的笑意，在深夜秘密的梦中展现，我就感到自己被加冕。而当你哭，闪闪的泪光竟使东方神话中的珠宝全为之失色。当你的小膀臂如萝藤般缠绕着我，每一个日子都是神圣的母亲节。当你晶然的小眼望着我，遍地都开着五月的康乃馨。

因此，如果我曾给你什么，我并不知道。我只知道，你给我的令我惊奇，令我欢悦，令我感戴。

想象中，如果有一天你已长大，大到我们必须陌生，必须误解，那将是怎样的悲哀。故此，我们将尽力去了解你，认识你，如同岩滩之于大海。我愿长年地守望你，熟悉你的潮汐变幻，了解你的每一拍波涛。我将尝试着同时去爱你那忧郁沉静的蓝和纯洁明亮的白——甚至风雨之夕的灰浊。

如果我的爱于你成为一种压力，如果我的态度过于笨拙，那么，请你原谅我，诗诗，我曾诚实地期望为你作最大的给付，我曾幻想你是世间最幸福的孩童。如果我没有成功，你也足以自豪了。

我从不认为“天下无不是的父母”，如果让全能者来裁判，婴儿永远纯洁于成人。如果我们之间有一人应向另一人学习，那便是我。帮助我，孩子，让我自你学习人间的至善。我永不会要求你顺承我，或者顺承传统，除了造物者自己，大地上并没有值得你顶礼膜拜的金科玉律。世间如果有真理，那真理自在你的心中。

若我有所祈求，若我有所渴望，那便是愿你容许我更多爱你，并容许我向你支取更多的爱。在这无风的静夜里，愿我的语言环绕你，如同远远近近的小山。

如果你是天使

如果你是天使，诗诗，我怎能想象如果你是天使。

若是那样，你便不会在夜静时啼哭，用那样无助的声音向我说明你的需要，我便不会在寒冷的冬夜里披衣而起，我便无法享受拥你在我的双臂中，眼见你满足地重新进入酣睡的快乐。

如果你是天使，诗诗，你便不会在饥饿时转动你的颈子，噘着小嘴急急地四下索乳。诗诗，你永不知道你那小小的动作怎样感动着我的心。

如果你是天使，在每个宁馨的午觉后，你便不会悄无声息地爬上我的大床，攀着我的脖子，吻我的两颊，并且咬我的鼻子，弄得我满脸唾津，而诗诗，我是爱这一切的。

如果你是天使，你便不会钻在桌子底下，你便不会弄得满手污黑，你便不会把墨水涂得一脸，你便不会神通广大地把不知何处弄到的油漆抹得一身，但，诗诗，每当你这样做时，你就比平常可爱一千倍。如果你是天使，你便不会扶着墙跌跌撞撞地学走路，我便无缘欣赏倒退着逗你前行的乐趣。而你，诗诗，每当你能够多走几步，你便笑倒在地，你那毫无顾忌的大笑，震得人耳麻，天使不会这些，不是吗？

并且，诗诗，天使怎会有属于你的好奇，天使怎会蹲在地下看一只细小的黑蚁，天使怎会在春天的夜晚讶然地用白胖的小手，指着满天的星月，天使又怎会没头没脑地去追赶一只笨拙的鸭子，天使怎会热心地模仿邻家的狗吠，并且学得那么酷似。

当你做坏事的时候，当你伸手去拿一本被禁止的书。当你蹑着脚走近花钵，你那四下溜目的神色又多么令人绝倒，天使从来不做坏事，天使温驯的双目中永不会闪过你做坏事时那种可爱的贼亮，因此，天使远比你逊色。

而每天早晨，当我拿起手提包，你便急急地跑过来抱住我的双腿，你哭喊，你抓撕，作无益的挽留——你不会如此的，如果你是天使——但我宁可你如此，虽然那是极伤感的时刻，但当我走在小巷里，你那没有掩饰的爱便使我哽咽而喜悦。

如果你是天使，诗诗，我便不会听到那样至美的学话的呀呀，我不会因听到简单的“爸爸”“妈妈”而泫然，我不会因你说了串无意义的音符便给你那么多亲吻，我也不会因你在“爸妈”之外，第一个会说的字是“灯”便肯定灯是世间最美丽的东西。

如果你是天使，你绝不会唱那样难听的歌，你也不会把小钢琴敲得那么刺耳，不会撕坏刚买的图画书，不会扯破新买的衣服，不会摔碎妈妈心爱的玻璃小鹿，不会因为一件不顺心的事而乱蹬着两条结实的小腿，并且把小脸涨得通红。但为什么你那小小的坏事使我觉得可爱，使我预感到你性格中的弱点，因而觉得我们的接近，并且因而觉得宠爱你的必要。

也许你会有更清澈的眼睛，有更红嫩的双颊，更美丽的金发和更完美的性格——如果你是天使。但我不需要那些，我只满意于你，诗诗，只满意于人间的孩童。

让天使们在碧云之上鼓响他们快乐的翅，我只愿有你，在我的梦中，在我并不强壮的臂膀里。

贝展

让我们去看贝壳展览，诗诗，让我们去看那光彩的属于海上的生命。

而海，诗诗，海多么遥远，那吞吐着千浪的海，那潜藏着鱼龙的海，那使你母亲的梦境为之芬芳的海。

海在何处？诗诗，它必是在千山之外，我已久违了那裂岸的惊涛，我已遗忘了那溺人的柔蓝，眼前只有贝，只有博物馆灯下的彩晕向我见证那澎湃的所在。

诗诗！这密雨的初夏，因一室的贝壳而忧愁了，那些多色的躯壳，似乎只宜于回响一首古老的歌，一段被人遗忘的诗。但人声嘈杂，人潮汹涌。有谁回顾那曾经蠕动的生命，有谁怜惜那永不能回到海中的旅魂。

而你，你童稚的黑睛中只曾看见彩色的斑斓，那些美丽于你似乎并不惊奇，所有的美好，在你都是一种必然，因你并不了解丑陋为何物。丑陋远在你的经验之外。

从某一个玻璃柜走过，我突然驻足不前，那收藏者的名字乍然刺痛了我，那曾经响亮的名字如今竟被压在一列寂寞的贝壳之下，记得他中年后仍炯然的双目，他的多年来仍时常夹着激愤的声音，但数年不见，何图竟在冷冷的玻璃板下遇见他的名字，想着他这些年的岁月，心中便凄然，而诗诗，你不会懂得这些——当然，也许有一天你会懂。啊，想到你会懂，我便欲哭。当初我的母亲何尝料到我会懂这一切，但这一天终会来的，伊甸园的篱笆终会倾倒。

且让我们看这些贝，诗诗，这些空洞的躯壳多么像一畦春花，明艳而闪烁。看那碎红，看那皎白，看那沉紫，看那腻黄，诗诗，看那悲剧性的生命。

六月的下午，诗诗，站在千形的贝前，我们怎地不垂泪，为死去的贝，为老去的拾贝人，为逸去的恋海的梦。

诗诗，不要抬起你惊异的小眼，不要探询，且把玩这一枚我为你买的透明的小贝。有一天，或许一天，我们把它带回海边，重放它入那一片不损不益的明蓝。

蝉鸣季

七月了，诗诗。蝉鸣如网，撒自古典的蓝空，蝉鸣破窗而来，染绿了我们的枕席。

诗诗，你的小嘴吱然作声，那么酷似地模仿着，像模仿什么美丽的咏叹调。而诗诗，蝉在何处，在油加利最高的枝梢上，在晴空最低的流云上，抑或在你常红的两唇上。

而当你笑，把七月的绚丽，垂挂在你细眯的眼睫外，你可曾想及那悲剧的生命，那十几年在地下，却只留一夏在南来的熏风中的蝉？而当他歌唱，我们焉知那不是一种深沉的静穆？

蝉鸣浮在市声之上，蝉鸣浮在凌乱的楼宇之上，蝉鸣是风，蝉鸣是止不住的悲悯。诗诗，让我们爱这最后的，挣扎在城市里的音乐。

曾有一天黄昏，诗诗，曾有一天黄昏，你的母亲走向阳明山半山的林荫里，年轻人的营地里有一个演讲会。一折入那鼓着山风的小径，她的心便被回忆夺去。十年了，小径如昔，对面观音山的霞光如昔，千林的蝉声如昔。但十年过去，十年前柔蓝的长裙不再，十年前的马尾结不再，诗诗，我该坦然，或是驻足叹息。

那一年，完整的四个季节，你的母亲便住在这山上，杜鹃来潮时，女孩子的梦便对着窗户的微云绽开。那男孩总是从这条山径走来

——那男孩，诗诗，曾和你母亲在小径上携手的，曾和你母亲在山泉中濯足的，现在每天黄昏抱你在他的膝上，让你用白蚕似的小指头去探他的胡碴。

诗诗，蝉声翻腾的小径里，十年便如此飞去。诗诗，那男孩和那女孩的往事被吹在茫然的晚风里，美丽，却模糊——如同另一个山头的蝉鸣。

偶低头，一只尚未脱皮的蝉正笨拙地走向相思林，微温的泥沾在它身上，有一种说不出的动人。

她，你的母亲，或者说那女孩吧——我并不知道她是谁——把它捡起。

它的背上裂着一条神秘的缝，透过那条缝，壳将死，蝉将生，诗诗，蝉怎能不是一首诗。

那天晚上，灯下的蝉静静地展示出它黑艳的身躯，诗诗，这是给你的。诗诗，蝉声恒在，但我们只能握着今岁的七月，七月的风，风中的蝉。

七月一过，蝉声便老。熏风一过，蝉便不复是蝉，你不复是你。诗诗，且让我们听这长夏欢悦而惆怅的咏叹调，听这生命的神秘跫音，响自这城市中最后的凉柯。

花担

诗诗，春天的早晨，我看见一个女人沿着通往城市的路走来。

她以一根扁担，担着两筐子花。诗诗你能不惊呼吗？满满两大筐水晶一般硬挺而透明的春花。

一筐在前，一筐在后，她便夹在两筐璀璨之间。半截青竹剖成的扁担微作弓形，似乎随时都准备要射发那两筐箭镞般的待放的春天。

淡淡的清芬随着她的脚步，一路散播过来。当农人在水田里插那些半吐的青色秧针，她便在黑柏油的路上插下恍惚的香气。诗诗，让我们爱那些香气，从春泥中酿成的香气。

当她行近，诗诗，当她的脸骤然像一张距离太近的画贴近我时，我突然怔住了。汗水自她的额际流下，将她的土布衫子弄湿了。我忍不住自责，我只见到那些缤纷的彩色，但对她而言，那是何等的负荷，她吃力地走着，并不强壮的肩膀被压得微微倾斜。

诗诗，生命是一种怎样的负担？

当她走远，我仍立在路旁，晨露未晞，青色的潮意四面环绕着我们。诗诗，我迷惘地望着她，和她那逐渐没入市尘的模糊的花担。

她是快乐的呢？还是痛苦的呢？

诗诗，担着那样的担子是一种怎样的感觉呢？走这样的一段路又是怎样的一段路呢？想着想着，我的心再度自责，我没有资格怜悯她，我只该有敬意——对负重者的敬意。

那天早晨，当我们从路旁走开，我忽然感到那担子的重量也压在我的两肩上。所有美丽的东西似乎总是沉重的——但我们的痛苦便是我们的意义，我们的负荷便是我们的价值。诗诗，世上怎能有无重量的鲜花？人间怎能有廉价的美丽？

诗诗，且将你的小足举起，让我们沿着那女人走过的路回去。诗诗，当你的脚趾初履大地的那一天，荆棘和碎石便在前路上埋伏着了。诗诗，生命的红酒永远榨自破碎的葡萄，生命的甜汁永远来自压干的蔗茎。今年春天，诗诗，今年春天让我们试着去了解，去参透。诗诗，让我们不再祈祷自己的双肩轻松，让我们只祈祷我们挑着的是满筐满篓的美丽。

诗诗，愿今晨的意象常在我们心中，如同光热常在春阳中。

第一首诗

诗诗，冬天的黄昏，雨的垂帘让人想起江南，你坐在我的膝上，美好的宽额有如一块湿润的白玉。

于是，开始了我们的第一首诗：

床前明月光
疑是地上霜
举头望明月
低头思故乡

诗诗，简单的字，简单的旋律，只两遍，你就能上口了。你高兴地嚷着，把它当成一支新学会的歌，反复地吟诵，不满两岁的你竟能把抑扬顿挫控制得那么好。

满城的灯光像秋后的果实，一枚枚地在窗外亮了起来，我却木然地垂头，让泪水在渐沉的暮霭中纷落。

诗诗，诗诗，怎样的一首诗，我们的第一首诗。在这样凄惶的异乡黄昏，在窗外那样陌生的棕榈树下，我们开始了生命中的第一首诗，那样美好的，又那样哀伤的绝句。

八岁，来到这个岛上，在大人的书堆里搜出一本唐诗，糊里糊涂地背了好些，日子过去，结了婚，也生了孩子，才忽然了解什么是乡愁。想起那一年，被爷爷带着去散步，走着走着，天蓦地黑了，我焦急地说：

“爷爷，我们回家吧！”

“家？不，那不是家，那只是寓。”

“寓？”我更急了，“我们的家不是家吗？”

“不是，人只有一个家，一个老家，其他的地方都是寓。”

如果南京是寓，新生南路又是什么？

诗诗，请停止念诗吧，客中的孤馆无月也无霜。我不明白我为什么在冬日的黄昏里想起这首诗，更不明白为什么把它教给稚龄的你。诗诗，故乡是什么，你不会了解，事实上，连我也不甚了解。除了那些模糊的记忆，我只能向故籍中去体认那“三秋桂子”的故国，那“十里荷香”的故国。但于你呢？永忘不了那天你在客人面前表演完了吟诗，忽然被突来的问题弄乱了手脚。

“你的故乡在哪里？”

你急得满房子乱找，后来却又宽慰地拍着口袋说：“在这里。”满堂的笑声中我却忍不住地心痛如绞。

在哪里呢？诗诗，一水之隔，一梦之隔，在哪里呢？

诗诗，当有一天，当你长大，当你浪迹天涯，在某一个月如素练的夜里，你会想起这首诗。那时，你会低首无语，像千古以来每个读这首诗的人。那时候，你的母亲又将安在？她或许已阖上那忧伤多泪的眼，或许仍未阖上，但无论如何，她会记得，在那个宁静的冬日黄昏，她曾抱你在膝上，一起轻诵过那样凄绝的句子。

计我们念它，诗诗，让我们再念：

床前明月光
疑是地上霜
举头望明月
低头思故乡

音乐教室

诗诗：

雨或者仍在下，或者已不下，厚丝绒的帷幕升起，大厅里簇拥着盛装的人群。这是你的第一次演奏会，我和晴晴坐在迢远的角落上遥望你。

音乐是风，在观众席的千峰万壑间回荡。音乐是雨，在我们心的檐沿繁密地垂下。音乐是奇异的阳光，蜿蜒向天涯每一条曲径。

我们从来没有期望你成为一个音乐家，只希望给你一个快乐的童年。因此三年前，我们带你去学音乐。教室里贴着美丽的壁纸，地毯是绿茵茵的。我们愉快地发现每一个小孩都是可爱的。你们唱歌，你们辨认拍子，你们兴奋地做着韵律游戏，你们学着识谱，试着作曲，尝试跟别人合奏，你们享受着彼此的快乐。

后来，我们又买了一架古老的、雕镂着花纹的钢琴，客厅成了另一间音乐教室，我们常常可以倾听你的充满生命的弹奏。

诗诗，我常在这一切的美好之上，感到一些更巨大的、更神圣的美丽。你还小，我因而从来没有告诉你。但今天，你和你的朋友们站在台上，你是多么大啊！你就是那个我每夜醒来为你哺乳的小婴孩吗？我在泪光中遥望你们，犹如一排青青翠翠的小树，我忍不住要将一些话告诉你。

许多年前，妈妈还是一个小女孩，有时她经过琴行，驻足看那些庄严得几乎不可触及的乐器，感到一种绝望。但少年时期总是美好的，有时，把双手放在桌子下面，也尽可在一排想象的琴键上来回抚弄。不需要才学和胸襟，少年时期人人都自然能了解陶渊明“无弦琴”的意境。

终于，有一天，有一个音乐老师答应教她弹琴。那是在南台湾的一个小城，学校又大又空旷，音乐教室因为面对着一带遮天蔽日的大树，整个绿郁郁地古典了起来。那女孩踩着密匝匝的树影朝圣似的走向音乐教室。夏日的骤雨过后，树上的黄花凄凄然地悬着饱胀的令人不知所措的美感，那女孩小心翼翼地捧着琴谱走着。

我常常忍不住要感谢许多人，例如我的音乐老师。他多么好，回忆中已想不起他的坏脾气，想不起他的不修边幅，只记得他站在琴前教我弹那简单的练习曲。诗诗，记得那天，你在钢琴上重弹那些曲子的时候，我忍不住地从书房跑出来。诗诗，你不能了解我在那一刹间的激动，我已经十几年不弹琴了，乍听你弹那些熟悉的曲子，只觉恍如隔世，几乎怀疑曲子是自我的腕下流出的——诗诗，我的音乐老师已经谢世了！伟大的音乐家里永远不会有他的名字，可是我仍然感谢他，尊敬他，他曾教导我更多地拥抱我所爱的音乐。他也不是成功的声乐家，但是，当他告诉我们他怎样去从戎当青年军，怎样在青春的激情里为祖国而唱的时候，那是怎样一种声音——诗诗，我再也不能看见我的老师了。我回国的时候他已化为一钵劫灰，我唯一能安慰自己的是，我曾让他了解，虽然已经十几年了，我仍在敬爱他。

诗诗，我不弹琴，竟已经十几年了，但恒在的是心中的琴韵。我的老师不曾把我教成一个钢琴家，但他使我了解怎样聆听这充满爱充满温情的世界。今天，当你的小手在琴键上往返欢呼，你可知道我所移植给你的音乐之苗是承自何处吗？诗诗，我每一思及人间的爱之链锁，那些牵牵绊绊彼此相萦的真情，总忍不住心如激湍。

有时候，诗诗，我们需要的是一点良知，一点感恩，以及一份严肃的对他人的歉疚之心，一种自觉欠负了什么的谦虚。

我仍然记得，那些年，音乐事实上是一个奢侈的名词。而今天，你我能安然地坐在美丽祥和的音乐教室里，你会感到那些琴，那些鼓仿佛理所当然地从开天辟地就存在着了。不是的，诗诗，这些美，这些权利，是许多不知名的手所共同建筑起来的。诗诗，我们或迟或早，总应该学会合理的感恩。

行年渐长，我越来越觉得生活在“人”之中的喜悦，生活在属于自己的土地上的喜悦，拥有一种历史的喜悦，以及一切小小的“与人共有”的喜悦。诗诗，这是一个有情的世界，我们每一个人都是在许多别人的善意里活着的——而那每一份善意都值得我们虔诚地谢天。

有一天，我偶然仔细地看了一下薪水袋！在安静的凝思里竟也能体会出一份美感。许多年来，我一直不认为钱是高尚的东西，但那天，我在谦卑中却体会出某种诗意来。我知道政府能给公教人员的薪酬有限，但我仿佛能感到这份薪水里包括某个荒山野岭的纳税人的玉米，某个渔人所捞的鱼，某个农人的稻子，某个女孩的甘蔗，以及某些工厂中许许多多人的劳力，或者是一个煤矿工人的汗，或者是一个手工业工人的巧心。诗诗，你能走入音乐教室，学你所喜欢的音乐课程，和那些人每一个都有或多或少的关系。社会的富足建立在广大人群的共同效命上。诗诗，我今天能安然地坐在灯下写，站在讲坛上说，我能欢悦地向年轻的孩子们叙述那个极大的古中国故事中的一部分，我能侃侃而谈《说文解字序》，或者王绩、王梵志，我能从容地讲唐人的传奇，宋人的平话，诗诗，我没有一丝可以傲人的，我从心底感到我对上天以及对整个社会的铭而难忘的谢意。

我有时真想对政府和军人说一声“谢谢”，我们在他们的忧劳中享受安谧，在他们的瘁殚中享受丰富。世界上的人能活在一个自由的、宁静的、确知自己的头颅有权利长在自己的头颈上的人并不多。诗诗，有时早晨起来，面对宇宙间新生的一天，面对李白和莎士比亚也无权经历的这一天，我忍不住对上苍说：“我感谢你，我感谢这个世界，我多么想去告诉每一个人我感谢他们。我多么想让别人知道我在他们的贡献里一直怀着一份歉疚的情感，一颗希望有所图报的心。”

诗诗，音乐在四壁之间，音乐在四壁之外，有如无所不在的花香。音乐渐渐地将空气过滤得坚实而甜美。你站在台上，置身于一座大电子琴后，每个孩子都认真地奏着自己的乐器，多么美好的下午！但是，诗诗，我愿意你知道，这世界并不全是这样美好的。我们所生活的制度，我们所生活的环境不是全世界处处都有的。加州的越南难民营里不会有音乐教室。诗诗，我们能有你，能相守在一间有爱有食物有音乐的屋子里，而如果仍然不知感恩的话，我们就是可耻的。

有一天，偶然和我们学校的教务主任谈起，他说：“你知道吗？就为我们学校这一百二十个学生，政府已经花掉一亿多了！平均是一个学生一百万，这还是只指他们一入学，要是把七年医学教育的费用全算上，一个人大概是二百万!”

我当时深为震撼，一个人才是多少苦心的期待栽成的！转而一想，诗诗，我和你不也或多或少地接受过公费的培育吗？少年时期常向往的是冲风冒雨独来独往的豪情，成长以后才憬悟到人与人之间手足相依的那份亲切。少年时期是无挂无碍志得意满的自矜，成长以后才了解面对天地之化育、人类万物的深情，心头应该常存几分感恩、几分歉疚——没有什么是理所当然的，我们的每一分获得都该是足以令人惊喜的意外。

音乐扬起，再扬起，诗诗，也许将来你会有更多的演奏会——也许这是你唯一的一次，但无论如何，愿你记得音乐教室中美好的时光，记得那些穿花色长裙的小女孩，记得美丽的长发的音乐老师，记得那些琴、那些鼓、那些欢乐的歌。诗诗，不管世路是否艰难，记得我们曾在欢乐中走完美丽的初程。愿中国新生的一代常走在琴韵之中，真正有大担当的人是体会过幸福，而且确信人世间人人有权利幸福的人。真正敢投入风浪的大英雄是那些享受过内心深处真正宁静的人。诗诗，我愿你在音乐教室之内，我也愿你在音乐教室之外。

诗诗，雨或者在下，或者已不下，而我们已饱饫今日下午的音乐。音乐中有许多动人的冥思，有许多温热的联想。诗诗，愿天地是一间大音乐教室，愿萧萧的万木是琴柱，愿温柔的千涧是长弦，诗诗，让我们能说，我们已歌过，我们曾是我们这一代的声音。

包子

有个亲戚死了，在遥远的故土。消息传来，已是半年之后，我的悲伤也因不合节拍而显得有些荒谬。何况彼此是远亲，毫无血缘关系。但毕竟我握过她枯纤如柴的老手，感觉过她泪水滴落在我腕上的温度，也曾惊讶地看她住在黑如地穴的破屋里，手捧一把小炭篮与之相依为命。毕竟我也曾为她去买她视为仙丹的西洋参丸，听她说凄凉的晚境……

然而，这个生命却消失了，微贱如蚁。

好些日子以来，我昼思夜梦的常是那老妇人被儿子恶吼一声的悲怔。

那天，我和丈夫去看她，时间是上午，我们谈了两小时的话，赶在中午以前离去。她依依不舍，抵死要留我们吃饭，但环堵萧然，她哪里有饭可供我们吃？不得已，她说：

“这么远来，不吃饭就走，怎么行？我到巷子口买包子……”

忽然，她的儿子回过头来，愤然大骂一声：

“哼，包子！台湾来的人会吃你那包子!?”

老妇人立刻噤声了，我和丈夫一时也不敢回腔。那年轻人，西装笔挺，骑着威风的摩托车，时不时地跑深圳做一票生意，有时赔有时赚，但老不够他花用。老母，则丢在那里任她自生自灭。

这老妇人，因为待客的盛情，一时忘了的那份自卑感，此刻给儿子一吼，全身不安又惶愧，仿佛她真说错了话做错了事似的。

我当时心中暗怒激涌，恨不得大声骂回去，说：

“怎么样，我是台湾来的，但我就偏要吃这包子！我的嘴巴可能因为富裕的生活养刁了，我可能看这包子又肥又粗不堪入口，可是我还懂得礼数，我还知道对长辈的好意理该恭敬接受！”

但我终于按捺住，毕竟人家是母子，我若骂回去，虽逞了一时之快，恐怕长辈觉得连我这外人都如此贴心，想起儿子就更伤感了。我只好说：

“下次吧！”

“你看，第一次来，什么都没吃，就要走……”她捉住我的手不放，老泪爬满一脸，“晓风，我第一次看到你呀，我一看你就知道你这人好，我是真喜欢你，唉，我也没东西送你，你看，饭也不吃，就要走……”

对她而言，我大概等于她所有在台湾的已死的和未死的亲戚，而那些亲戚长辈又代表着一切逝去的再也不肯回来的美好岁月。

我一面拍着她的背，一面喃喃保证：

“会再来的，会的、会的，你留步，下回来，我们去吃包子。”

“今天有事要走，下次来，一定吃你这包子。”

然而，有些事，是没有下次的了。老人撒手而去。

如果，有一天，你在某个大陆巷落里，你在穿过公厕穿过破檐人家的窄道上，遇见一个奇怪的远方女子，手里拿着一团热腾腾的包子，一面流泪，一面咀嚼，那人，就是我。

母亲的羽衣

讲完了牛郎织女的故事，细看儿子已经垂睫睡去，女儿却犹自瞪着坏坏的眼睛。

忽然，她一把抱紧我的脖子把我赘得发疼：

“妈妈，你说，你是不是仙女变的？”

我一时愣住，只胡乱应道：

“你说呢？”

“你说，你说，你一定要说。”她固执地扳住我不放，“你到底是不是仙女变的？”

我是不是仙女变的？——哪一个母亲不是仙女变的？

像故事中的小织女，每一个女孩都曾住在星河之畔，她们织虹纺霓，藏云捉月，她们几曾烦心挂虑？她们是天神最偏怜的小女儿，她们终日临水自照，惊讶于自己美丽的羽衣和美丽的肌肤，她们久久凝注着自己的青春，被那份光华弄得痴然如醉。

而有一天，她的羽衣不见了，她换上了人间的粗布——她已经决定做一个母亲。有人说她的羽衣被锁在箱子里，她再也不能飞翔了，人们还说，是她丈夫锁上的，钥匙藏在极秘密的地方。

可是，所有的母亲都明白那仙女根本就知道箱子在哪里，她也知道藏钥匙的所在，在某个无人的时候，她甚至会惆怅地开启箱子，用忧伤的目光抚摸那些柔软的羽毛，她知道，只要羽衣一着身，她就会重新回到云端，可是她把柔软白亮的羽毛拍了又拍，仍然无声无息地关上箱子，藏好钥匙。

是她自己锁住那身昔日的羽衣的。

她不能飞了，因为她已不忍飞去。

而狡黠的小女儿总是偷窥到那藏在母亲眼中的秘密。

许多年前，那时我自己还是一个小女孩，我总是惊奇地窥伺着母亲。

她在口琴背上刻了小小的两个字——“静鸥”，那里面有什么故事吗？那不是母亲的名字，却是母亲名字的谐音，她也曾梦想过自己是一只静栖的海鸥吗？她不怎么会吹口琴，我甚至想不起她吹过什么好听的歌，但那名字对我而言是母亲神秘的羽衣，她轻轻写那两个字的时候，她可以立刻变了一个人，她在那名字里是另外一个我所不认识的有翅的什么。

母亲晒箱子的时候是她另外一种异常的时刻，母亲似乎有好些东西，完全不是拿来用的，只为放在箱底，按时年年在三伏天取出来曝晒。

记忆中母亲晒箱子的时候就是我兴奋欲狂的时候。

母亲晒些什么？我已不记得，记得的是樟木箱又深又沉，像一个混沌黝黑初生的宇宙，另外还记得的是阳光下竹竿上富丽夺人的颜色，以及怪异却又严肃的樟脑味，以及我在母亲喝噤声中东摸摸西探探的快乐。

我唯一真正记得的一件东西是幅漂亮的湘绣被面，雪白的缎子上，绣着兔子和翠绿的小白菜，和红艳欲滴的小杨花萝卜，全幅上还绣了许多别的令人惊讶赞叹的东西，母亲一面整理，一面会忽然回过头来说："别碰，别碰，等你结婚就送给你。"

我小的时候好想结婚，当然也有点害怕，不知为什么，仿佛所有的好东西都是等结了婚就自然是我的了，我觉得一下子有那么多好东西也是怪可怕的事。

那幅湘绣后来好像不知怎么就消失了，我也没有细问。对我而言，那么美丽得不近真实的东西，一旦消失，是一件合理得不能再合理的事。譬如初春的桃花，深秋的枫红，在我看来都是美丽得违了规的东西，是茫茫大化一时的错误，才胡乱把那么多的美堆到一种东西上去，桃花理该一夜消失的，不然岂不教世人都疯了？

湘绣的消失对我而言简直就是复归大化了。

但不能忘记的是母亲打开箱子时那份欣悦自足的表情，她慢慢地看着那幅湘绣，那时我觉得她忽然不属于周遭的世界，那时候她会忘记晚饭，忘记我扎辫子的红绒绳。她的姿势细想起来，实在是仙女依恋地轻抚着羽衣的姿势，那里有一个前世的记忆，她又快乐又悲哀地将之一一拾起，但是她也知道，她再也不会去拾起往昔了——唯其不会重拾，所以回顾的一刹那更特别的深情凝重。

除了晒箱子，母亲最爱回顾的是早逝的外公对她的宠爱，有时她胃痛，卧在床上，要我把头枕在她的胃上，她慢慢地说起外公。外公似乎很舍得花钱（当然也因为有钱），总是带她上街去吃点心，她总是告诉我当年的肴肉和汤包怎么好吃，甚至煎得两面黄的炒面和女生宿舍里早晨订的冰糖豆浆（母亲总是强调“冰糖”豆浆，因为那是比“砂糖”豆浆更为高贵的）都是超乎我想象力之外的美味，我每听她说那些事的时候，都惊讶万分——我无论如何不能把那些事和母亲联想在一起。我从有记忆起，母亲就是一个吃剩菜的角色，红烧肉和新炒的蔬菜简直就是理所当然地放在父亲面前的，她自己的面前永远是一盘杂拼的剩菜和一碗“擦锅饭”（擦锅饭就是把剩饭在炒完菜的剩锅中一炒，把锅中的菜汁都擦干净了的那种饭），我简直想不出她不吃剩菜的时候是什么样子。

而母亲口里的外公、上海、南京、汤包、肴肉全是仙境里的东西，母亲每讲起那些事，总有无限的温柔，她既不感伤，也不怨叹，只是那样平静地说着。她并不要把那个世界拉回来，我一直都知道这一点，我很安心，我知道下一顿饭她仍然会坐在老地方，吃那盘我们大家都不爱吃的剩菜。而到夜晚，她会照例一个门一个窗地去检点去上闩。她一直都负责把自己牢锁在这个家里。

哪一个母亲不曾是穿着羽衣的仙女呢？只是她藏好了那件衣服，然后用最黯淡的一件粗布把自己掩藏了，我们有时以为她一直就是那样的。

而此刻，那刚听完故事的小女儿鬼鬼地在窥伺着什么？

她那么小，她何由得知？她是看多了卡通，听多了故事吧？她也发现了什么吗？

是在我的集邮本偶然被儿子翻出来的那一刹那吗？是在我拣出石涛画册或汉碑并一页页细味的那一刻吗？是在我猛然回首听他们弹一阕熟悉的钢琴练习曲的时候吗？抑是在我带他们走过年年的春光，不自主地驻足在杜鹃花旁或流苏树下的一瞬间吗？

或是在我动容地托住父亲的勋章或童年珍藏的北平画片的时候，或是在我翻检夹在大字典里的干叶之际，或是在我轻声地教他们背一首唐诗的时候……

是有什么语言自我眼中流出呢？是有什么音乐自我腕底泻过吗？为什么那小女孩会问道：

“妈妈，你是不是仙女变的呀？”

我不是一个和千万母亲一样安分的母亲吗？我不是把属于女孩的羽衣收折得极为秘密吗？我在什么时候泄漏了自己呢？

在我的书桌底下放着一个被人弃置的木质砧板，我一直想把它挂起来当一幅画，那真该是一幅庄严的画，那样承受过万万千千生活的刀痕和凿印的，但不知为什么，我一直也没有把它挂出来……

天下的母亲不都是那样平凡不起眼的一块砧板吗？不都是那样柔顺地接纳了无数尖锐的割伤却默无一语的砧板吗？

而那小女孩，是凭什么神秘的直觉，竟然会问我：

“妈妈？你到底是不是仙女变的？”

我掰开她的小手，救出我被吊得酸麻的脖子，我想对她说：

“是的，妈妈曾经是一个仙女，在她做小女孩的时候，但现在，她不是了，你才是，你才是一个小小的仙女！”

但我凝注着她晶亮的眼睛，只简单地说了一句：

“不是，妈妈不是仙女，你快睡觉。”

“真的？”

“真的！”

她听话地闭上了眼睛，旋又不放心地睁开。

“如果你是仙女，也要教我仙法哦！”

我笑而不答，替她把被子掖好，她兴奋地转动着眼珠，不知在想什么。

然后，她睡着了。

故事中的仙女既然找回了羽衣，大约也回到云间去睡了。

风睡了，鸟睡了，连夜也睡了。

我守在两张小床之间，久久凝视着他们的睡容。

初雪

诗诗：

我的孩子。

如果五月的花香有其源自，如果十二月的星光有其出发的处所，我知道，你便是从那里来的。

这些日子以来，痛苦和欢欣都如此尖锐，我惊奇在它们之间区别竟是这样的少。每当我为你受苦的时候，总觉得那十字架是那样轻省。于是我忽然了解了我对你的爱情，你是早春，把芬芳秘密地带给了园。

在全人类里，我有权利成为第一个爱你的人。他们必须看见你，了解你，认识你而后才决定爱你，但我不需要。你的笑貌在我的梦里翱翔，具体而又真实。我爱你没有什么可夸耀的，事实上没有人能忍得住对孩子的爱情。

你来的时候，我开始成为一个爱思想的人，我从来没有这样深思过生命的意义，这样敬重过生命的价值，我第一次被生命的神圣和庄严感动了。

因着你，我爱了全人类，甚至那些金黄色的雏鸡，甚至那些走起路来摇摆不定的小狗，它们全都让我爱得心疼。

我无可避免地想到战争，想到人类最不可抵御的一种悲剧。我们这一代人像菌类植物一般，生活在战争的阴影里。我们的童年便在拥塞的火车上和颠簸的海船里度过。而你，我能给你怎样的一个时代？我们既不能回到诗一般的十九世纪，也不能隐向神话般的阿尔卑斯山，我们注定生活在这苦难的年代，以及苦难的中国。

孩子，每思及此，我就对你抱歉，人类的愚蠢和卑劣把自己陷在悲惨的命运里。而今，在这充满核子恐怖的地球上，我们有什么给新生的婴儿？不是金锁片，不是香槟酒，而是每人平均相当一百万吨TNT的核子威力。孩子，当你用完全信任的眼光看这个世界的时候，你是否看得见那些残忍的武器正悬在你小小的摇篮上？以及你父母亲的大床上？

我生你于这样一个世界，我也许是错了。天知道我们为你安排了一段怎样的旅程。

但是，孩子，我们仍然要你来，我们愿意你和我们一起学习爱人类，并且和人类一起受苦。不久，你将学会为这一切的悲剧而流泪——而我们的时代多么需要这样的泪水和祈祷。

诗诗，我的孩子，有了你我开始变得坚韧而勇敢。我竟然可以面对着冰冷的死亡而无惧于它的毒钩。我正视着生产的苦难而仍觉傲然。为你，孩子，我会去胜过它们。我从没有像现在这样热爱过生命。你教会我这样多成熟的思想和高贵的情操，我为你而献上感谢。

前些日子，我忽然想起《新约》上的那句话：“你们虽然没有见过他，却是爱他。”我立刻明白爱是一种怎样独立的感情。当油加利的梢头掠过更多的北风，当高山的峰巅开始落下第一片初雪的莹白，你便会来到。而在你珊瑚色的四肢还没有开始在这个世界挥舞以前，在你黑玉的瞳仁还没有照耀这个城市之先，你已拥有我们完整的爱情。我们会教导你在孩提以前先了解被爱。诗诗，我们答应你要给你一个快乐的童年。

写到这里，我又模糊地忆起江南那些那么好的春天，而我们总是伏在火车的小窗上，火车绕着山和水而行，日子似乎就那样延续着，我仍记得那满山满谷的野杜鹃！满山满谷又凄凉又美丽的忧愁！

我们是太早懂得忧愁的一代。

而诗诗，你的时代未必就没有忧愁，但我们总会给你一个丰富的童年，在你所居住的屋顶下没有属于这个世界的财富，但有许多的爱，许多的书，许多的理想和梦幻。我们会为你砌一座故事里的玫瑰花床，你便在那柔软的花瓣上游戏和休息。

当你渐渐认识你的父亲，诗诗，你会惊奇于自己的幸运，他诚实而高贵，他亲切而善良。慢慢地你也会发现你的父母相爱得有多么深。经过这样多年，他们的爱仍然像林间的松风，清馨而又新鲜。

诗诗，我的孩子，不要以为这是必然的，这样的幸运不是每一个孩子都有的。这个世界不是每一对父母都相爱的。曾有多少个孩子在黑夜里独泣，在他们还没有正式投入人生的时候，生命的意义便已经否定了。诗诗，诗诗，你不会了解那种幻灭的痛苦，在所有的悲剧之前，那是第一出悲剧。而事实上，整个人类都在相残着，历史并没有教会人类相爱。诗诗，你去教他们相爱吧，像那位诗哲所说的：他们残暴地贪婪着，嫉妒着，他们的言辞有如隐藏的刀锋正渴于饮血。

去，我的孩子，去站在他们不欢之心的中间，让你温和的眼睛落在他们身上，有如黄昏的柔霭淹没那日间的争扰。

让他们看你的脸，我的孩子，因而知道一切事物的意义，让他们爱你，因而彼此相爱。

诗诗，有一天你会明白，上苍不会容许你吝守着你所继承的爱。诗诗。爱是蕾，它必须绽放。它必须在疼痛的破拆中献出芳香。

诗诗，你也教导我们学习更多更高的爱。记得前几天，一则药商的广告使我惊骇不已，那广告是这样说的："孩子，不该比别人的衰弱。下一代的健康关系着我们的面子。要是孩子长得比别人的健康、美丽、快乐，该多好多荣耀啊。"诗诗，人性的卑劣使我不禁齿冷。诗诗，我爱你，我答应你，永不在我对你的爱里掺入不纯洁的成分。你就是你，你永不会被我们拿来和别人比较，你不需要为满足父母的虚荣心而痛苦。你在我们眼中永远杰出，你可以贫穷、可以失败，甚至可以潦倒。诗诗，如果我们骄傲，是为你本身而骄傲，不是为你的健康美丽或者聪明。你是人，不是我们培养的灌木，我们绝不会把你修剪成某种形态来使别人称赞我们的园艺天才。你可以照你的倾向生长，你选择什么样式，我们都会喜欢——或者学习着去喜欢。

我们会竭力地去了解你，我们会慎重地俯下身去听你述说一个孩童的秘密愿望。我们会带着同情与谅解帮助你度过忧闷的少年时期。而当你成年，诗诗，我们仍愿分担你的哀伤，人生总有那么些悲怆和无奈的事，诗诗，如果在未来的日子里你感觉孤单，请记住你的母亲，我们的生命曾一度相系，我会努力使这种联系持续到永恒。我再说，诗诗，我们会试着了解你，以及属于你的时代。我们会信任你——上帝从未赐下坏的婴孩。

我们会为你祈祷，孩子，我们不知道那些古老而太平的岁月会在什么时候重现。那种好日子终我们一生也许都看不见了。

如果这种承平永远不会再重现，那么，诗诗，那也是无可抗拒无可挽回的事。我只有祝福你的心灵，能在苦难的岁月里有内在的宁静。

常常记得，诗诗，你不单是我们的孩子，你也属于山，属于海，属于五月里无云的天空——而这一切，将永远是人类欢乐的主题。

你即将长大，孩子，每一次当你轻轻地颤动，爱情便在我的心里急速涨潮。你是小芽，蕴藏在我最深的深心里，如同音乐蕴藏在长长的箫笛中。

前些日子，有人告诉我一则美丽的日本故事。说到每年冬天，当初雪落下的那一天，人们便坐在庭院里，穆然无言地凝望那一片片轻柔的白色。

那是一种怎样虔敬动人的景象！那时候，我就想到你，诗诗，你就是我们生命中的初雪。纯洁而高贵，深深地撼动着我。那些对生命的惊服和热爱，常使我在静穆中有哭泣的冲动。

诗诗，给我们的大地一些美丽的白色。诗诗，我们的初雪。

不识

两个人坐着谈话，其中一个是高僧，另一个是皇帝，皇帝说：“你识得我是谁吗？我——就是这个坐在你对面的人。”

“不，不识。”

他其实是认识并了解那皇帝的，但是他却回答说“不识”。也许在他看来，人与人之间其实都是不识的。谁又曾经真正认识过另一个人呢？传记作家也许可以把翔实的资料一一列举，但那人却并不在资料里——没有人是可以用资料来还原的。

而就连我们自己，也未必识得自己吧？杜甫，终其一生，都希望做个有所建树、救民于水火的好官。对于自己身后可能以文章名世，他反而是遗憾的。他似乎从来不知道自己是唐代最优秀的诗人，如果命运之神允许他以诗才来换官位，他是会换的。

家人至亲，我们自以为是极亲爱极了解的，其实我们所知道的也只是浅薄的事件而不是刻骨的感觉。刻骨的感觉不能重现，它随风而逝，连事件的主人也不能再拾。

而我们面对面却瞠目不相识的，恐怕是生命本身吧？我们活着，却不知道何谓生命？更不知道何谓死亡？

父亲的追思会上，我问弟弟：

“追述生平，就由你来吧？你是儿子。”

弟弟沉吟了一下，说：

“我可以，不过我觉得你知道的事情更多些，有些事情，我们小的没赶上。”然而，我真的知道父亲吗？

五指山上，朔野风大，阳光辉丽，草坪四尺下，便是父亲埋骨的所在。我站在那里一面看山下的红尘深处密如蚁垤的楼宇，一面问自己：“这墓穴中的身体是谁呢？”

虽然隔着棺木隔着水泥，我看不见，但我也知道那是一副溃烂的肉躯。怎么会这样呢？一个至亲至爱的父亲怎么会化为一堆陌生的腐肉呢？

也许从宗教意义而言，肉体只是暂时居住的房子，屋主终有搬迁之日。然而，与原屋之间总该有个徘徊顾却之意吧？造物主怎可以如此绝情，让肉体接受那化作粪壤的宿命？

我该承认这一抔黄土中的腐肉为父亲呢？或是那优游于鸿蒙中的才是呢？我曾认识过死亡吗？我曾认识过父亲吗？我愕然，不知怎么回答。

“小的时候，家里穷，除了过年，平时都没有肉吃。如果有客人来，就去熟肉铺子切一点肉，偶然有个挑担子卖花生米小鱼的人经过，我们小孩子就跟着那人走。没得吃，看看也是好的，我们就这样跟着跟着，一直走，都走到隔壁庄子去了，就是舍不得回头。”

那是我所知道的，父亲最早的童年故事。我有时忍不住，想掏把钱塞给那九十年前的馋嘴小男孩。想买一把花生米小鱼填填他的肚子，并且叫他不要再跟着小贩走，应该赶快回家去了……

我问我自己，你真的了解那小男孩吗？还是你只不过在听故事？如果你不曾穷过、饿过，那小男孩巴巴的眼神你又怎么读得懂呢？

我想，我并不明白那贫穷的小孩，那傻乎乎地跟着小贩走的小男孩。

读完徐州城里第七师范的附小，他打算读第七师范，家人带他去见一位堂叔，目的是借钱。

堂叔站起身来，从一把旧铜壶里掏出二十一块银元，那只壶从梁柱上直吊下来，算是家中的保险柜吧？

读师范不用钱，但制服、棉被、杂物却都要钱，堂叔的那二十一块钱改变了父亲的一生。

我很想追上前去看一看那目光炯炯的少年，渴于知识渴于上进的少年。我很想看一看那堂叔看着他的爱怜的眼色。他必是族人中最聪明俊发的孩子，堂叔才慨然答应借钱的吧！听说小学时代，他每天上学都不从市内走路，嫌人车杂沓，他宁可绕着古城周围的城墙走，城墙上人少，他一面走，一面大声背书。那意气飞扬的男孩，天下好像没有可以难倒他的事。他走着、跑着，自觉古人的智慧因背诵而尽入胸中，一个志得意满的优秀小学生。

然而，我真认识那孩子吗？那个捧着二十一块银元来到这个世界打天下的孩子。我平生读书不过只求随缘尽兴而已，大概不能懂得那一心苦读求上进的人，那孩子，我不能算是深识他。

“台湾出的东西，有些我们老家有，像桃子。有些我们老家没有，像木瓜芭乐。”父亲说，“没有的，就不去讲它，凡是有的，我们老家的就一定比台湾好。”

我有点反感，他为什么一定要坚持老家的东西比这里好呢？他离开老家都已经这么多年了，为什么还坚持老家的最好？

“譬如说这香椿吧？”他指着院子里的香椿树，“台湾的，长这么细细小小一株。在我们老家，那可是和榕树一样的大树咧！而且台湾是热带，一年到头都能长新芽，那芽也就不嫩了。在我们老家，只有春天才冒得出新芽来，所以那个冒法，你就不知道了。忽然一下，所有的嫩芽全冒出来了，又厚又多汁，大人小孩全来采呀，采下来用盐一揉，放在格架上晾，一面晾，那架子上腌出来的卤汁就呼噜——呼噜——的一直流，下面就用盆接着，那卤汁下起面来，那个香呀——”

我吃过韩国进口的盐腌香椿芽，从它的形貌看来，揣想它未腌之前一定也极肥厚，故乡的香椿芽想来也是如此。但父亲形容香椿芽在腌制的过程中竟会“呼噜——呼噜——”的流汁，我被他言语中的象声词所惊动，那香椿树竟在我心里成为一座地标，我每次都循着那株椿树去寻找父亲的故乡。

但我真的明白那棵树吗？我真的明白在半个世纪之后，他坐在阳光璀璨的屏东城里，向我娓娓谈起的那棵树吗？

父亲晚年，我推轮椅带他上南京中山陵，只因他曾跟我说过：

“总理下葬的时候，我是军校学生，上面在我们中间选了些人去抬棺材。我被选上了，事先还得预习呢！预习的时候棺材里都装些石头……”

他对总理一心崇敬——这一点，恐怕我也无法十分了然。我当然也同意孙中山是可佩服的，但恐怕未必那么百分之百的心悦诚服。

能有一人令你死心塌地，生死追随，不作他想，父亲应该是幸福的——而这种幸福，我并不能体会。

父亲说，他真正的兴趣在生物，我听了十分错愕。我还一直以为是军事学呢！抗战前后，他加入了一个国际植物学会，不时向会里提供全国各地植物的资讯，我对他惊人的耐心感到不解。由于职业的关系，他跑遍大江南北，他将各地的萝卜、茄子、芹菜、白菜长得不一样的情况一一汇集报告给学会。在那个时代，我想那学会接到这位中国会员热心的讯息，也多少要吃一惊吧？

啊，他究竟是怎样的一个人呢？我对他万分好奇，如果他晚生五十年，如果他生而为我的弟弟，我是多么愿意好好培养他成为一个植物学家啊！在那一身草绿色的军装下面，他其实有着一颗生物学者的心。我小时候，他教导我的，几乎全是生物知识，我至今看到螳螂的卵仍十分激动，那是我幼年行经田野时父亲教我辨认的。

每次他和我谈生物的时候，我都惊讶，仿佛我本来另有一个父亲，却未得成长践形。父亲也为此抱憾吗？或者他已认了？

而我不知道。

年轻时的父亲，有一次去打猎，一枪射出，一只小鸟应声而落。他捡起小鸟一看，小鸟已肚破肠流，他手里提着那温热的肉体，看着那腹腔之内一一俱全的五脏，忽然决定终其一生不再射猎。

父亲在同事间并不是一个好相处的人，听母亲说有人给他起个外号叫“杠子手”，意思是耿直不圆转，他听了也不气，只笑笑说“山难改，性难移”。他是很以自己的方正棱然自豪的，从来不屑于改正。然而这个清晨，在树林里，对一只小鸟，他却生慈柔之心，誓言从此不射猎。

父亲的性格如铁如砧，却也如风如水——我何尝真正了解过他？

《红楼梦》第一百二十回，贾政眼看着光头赤脚身披红斗篷的宝玉向他拜了四拜，转身而去，消失在茫茫雪原里，说："竟哄了老太太十九年，如今叫我才明白——"

贾府上下数百人，谁又曾明白宝玉呢？家人之间，亦未必真能互相解读吧？

我于我父亲，想来也是如此无知无识。他的悲喜、他的起落、他的得意与哀伤、他的憾恨与自足，我哪里都能一一探知、一一感同身受呢？

蒲公英的散蓬能叙述花托吗？不，它只知道自己在一阵风后就身不由己的和花托相失相散了，它只记得叶嫩花初之际，被轻轻托住的安全的感觉。它只知道，后来，就一切都散了，胜利的也许是生命本身，草原上的某处，又会有新的蒲公英冒出来。

我终于明白，我还是不能明白父亲。至亲如父女，也只能如此。世间没有谁识得谁，正如那位高僧说的。

我觉得痛，却亦转觉释然，为我本来就无能认识的生命，为我本来就无能认识的死亡，以及不曾真正认识的父亲。原来没有谁可以彻骨认识谁，原来，我也只是如此无知无识。

篇二：有些人

我特别喜欢看的是捏合饺子边皮留下的指纹，世界如此冷漠，天地和文明可能在一刹那之间化为炭劫，但无论如何，当我坐在桌前，上面摆着的某个人亲手捏合的饺子，热雾腾腾中，指纹美如古陶器上的雕痕，吃饺子简直可以因而神圣起来。

再跟我们讲个笑话吧——怀念世棠

不知怎么开的头，他谈起他小时候，在上海弄堂里住，对面有一家义学，夜间上课，来的人都是目不识丁的三轮车夫或苦力之类的。夜晚，对面亮着灯，那些汉子诚心诚意地扮起乖乖的小学生来，一个个拉长调子念道：

“晋太元中，武陵人……”

他一边说，一边就吟起那调子。

我立刻为之五内震动，并且牢牢记住那吟法——我为什么如此？大约是为那些劳力者对知识的崇敬而感触万端。黄昏，拉了一天的车，扛了一天的货，那些人必然累了，但他们勉力来上学，来读《桃花源记》，美丽的晋代的桃花源对他们的现实生活能产生什么好处？大约什么都没有吧？但他们仍虔诚地大声吟诵，觉得那里有点什么可攀的高贵，什么可及的梦想……

我也怜徐世棠——这个说故事给我听的友人，他必然曾是个富厚之家的寂寞小男孩吧？他为什么凭窗而望，并且牢牢记住那些汗污的面孔和书声？他重述那场景时为什么眼中有湿意，声中有悲悯？

认识世棠，是我大一那年，到最后一次和他通电话——在他死前二十天，这段友谊共是三十九年。

世棠在艺专读音乐，擅钢琴，所以在教会担任司琴的工作。他的钢琴在我听来简直是出神入化，像他的人，雄辩，滔滔不绝，而又娓娓动听。大伙隐约知道他家世不错，住在中山北路不知几条胡同里，反正那是某些有钱人住的地方。但世棠的穿着却刻意邋遢，大概那是他年轻时叛逆的一种方式吧！一双肥头而又半张嘴的旧鞋尤其令人印象深刻。教会里向例都有个奉献箱，供人投进金钱，某次奉献箱里有位不知名的好心人提供了一笔钱，上面注明“供司琴弟兄买鞋之用”。他居然被当成济贫的对象了，朋友闻之，无不绝倒。

又有一次，下雨天，他不知哪里弄到一件又旧又大的斗篷式黑雨衣穿着，站在许昌街上，竟有路人把他当成三轮车夫，问他：

“××路去不去?”

那种款式的雨衣的确是车夫常穿的。我想他努力要在衣着上让自己摆脱那个有钱的家。他想做他自己，很普罗大众的自己，其实，只此一件事，大概就把他累得半死。

世棠圆脸上的圆眼睛，鼓胀的腮颊充满可爱的喜感。圣诞节扮起圣诞老人来非他莫属，我现在还能忆起他背上的礼物袋，他这一世也真像个圣诞老人，到处去散播好东西，只是，他似乎忘了留一件给自己了。

世棠天生有老人和小孩缘，读大学的时候，他有一次和朋友一起赴深山，到原住民的村落去，他背着一架手风琴，走到哪里便拉到哪里，每到一个村子，总能把一村的小孩迷死。朋友相聚的时候世棠的角色永远不变，他是负责逗大家快乐的人，他总有说不完的笑话，又极善模仿人，大家笑得滚做一团的时候，他一径保持木木的一张脸，死撑着不笑，现在回想起来，不知道那里面有没有一种成分叫寂寞。

世棠有个奇怪的嗜好，是做蛋糕，当时很少人家里有烤箱，即使有，做蛋糕也该是女孩子的事——当然，这件事多少也和他的英文好有关系，当年并没有什么中文蛋糕的食谱，要看懂英文食谱在当年来说是件难事。

世棠是梁实秋迷，梁教授是他的父执辈，他一提起梁教授便话题不绝：

“刚来台湾的时候，他就借住在我们家呀！到台湾，梁先生心情并不好。可是，晚上，梁师母在白灯罩上点了几点红点，梁先生便加上枝干，一幅红梅图就蹦出来了。”

我又一惊，和三轮车夫的故事一样动人，一个是劳力阶级对知识的虔敬信仰，一个是读书人对困厄环境的夷然眼神。两者都令我默然久之。

世棠后来一直常去梁家做客，梁家当年座上客不少，但能得梁先生的冷隽和幽默之传的，似乎只世棠一人。

世棠的父母和冰心夫妇也熟，他小时候甚至是冰心的干儿子，前些年他还去访问过这位干妈。

世棠在艺专读书似乎不是什么乖乖牌的学生，但由于英文好，他倒是常被选作学生代表，去美国开些国际性的会。

“啊！美国有一种冰的点心，叫‘火烧阿拉斯加’，一块雪糕，浇上酒一点上火一烧，立刻端上来。还有一种饮料叫 Root Bear，厚厚的玻璃杯，事先冰得透透的，杯上结了霜，把饮料倒进去，一喝，哇！——”我垂涎三尺，立志在有生之年一定要吃到这两种好东西。

由于爱英文，继艺专之后他又去读了辅仁外文。他的梦想是做个口译员，后来他果真考上联合国英翻中的口译员。后来辞了职回来，供职于新闻局。

由于没有正式的公务员铨叙资格，他的薪水极低，到了难以维生的程度。绝处逢生，倒也被他想出了一个办法，就是下班后到餐厅去弹钢琴，一方面赚外快，另一方面，勉强算是公余的休息——一个人想要拥抱自己的土地和人民，从现实层面来说有时也真是很艰难的。

那段时间世棠也回辅仁教书，倒是发生了一件特别的事。有位女生，从南部来，读大一，是他英文班上的，她对老师的课十分入迷。不料到了下学期，她被学校分到第二班，而世棠教的是第一班。这女生很失望，打算不修这门课了，宁可去世棠班上旁听。世棠知道此事后力劝女孩照规定选课，女孩忖度，以为选了课之后，或者老师有什么神通把她调到第一班也未可知——不料没有。但等上课的时候，她才赫然发现世棠已经把自己调到第二班来了！这女孩说：

“我当时从南部来台北，土土的，从来不知道重视自己——而这件事改变了我的一生，我知道我得做好，免得让老师为我这样做却不值得。”

这女孩名叫黄乃毓，目前是师大家政研究所的教授。

世棠后来转去文建会工作，那是在申学庸教授主掌文建会的时候。

之后他又参与外贸协会的工作，前后共十三年，最近八年一直驻伦敦。也许由于年龄，他非常渴望回台湾，无奈未蒙许可，他有时候短期回来——只为听几场昆剧，真是手法豪奢。

他死后有人为他没能早离英国回到台湾惋惜，我则说：

“如果我是他长官，我也不放他，这种中英文俱佳的人才到哪里去找!”

有一件事，世棠曾多次谢我，因为我一度对他说：

“你，那么能说的人，怎么可能不会写呢？试试看写点什么吧!”

世棠写了，果真文笔爽飒明亮，如短笛信吹，自成佳趣。

“都是晓风叫我写的呀！她说的，‘能言者必能文’!”

我每次都想订正他的话，但都没说——其实，不是所有擅长说话的人都能写好文章。是那些说完故事能令人心神震动如山崩海啸的高手才能。世棠其实很像英文所形容的“讲故事的人”（storyteller），他永远能把故事陈述得那么好！奇怪的是有时候他那么孤傲难处，但有时候他又那么认真卑微地用故事和笑话来取悦于人，什么场合只要有世棠在便热闹融洽，这种令人愉悦的才分不是常人轻易可以拥有的。

有时候世棠也试用文言文写文章，我惊奇之余才悟到他有些地方是十分古典的。例如他爱写信。其实这一点，颇令人难以招架。古老的书信艺术不是一般人能身体力行的，因而不免让自己陷入“欠信”的不义状态。欠信不比欠债好受，尤其在世棠过去后，我每次想到自己常不回他信，就内疚不已。

近五年来我一直希望世棠做一件事，我希望他能录一卷录音带。他讲的故事那么活灵活现，他不只属于我们这个时代，下个世纪的孩子应该也有权利分享他的声音。他立刻就被说动了，也许他本来即有此意吧？

最后一个暑假，他真的走进录音室，要为孩子们讲一个故事。什么故事呢？他想起自己八岁起就极爱的故事——王尔德的《快乐王子》。五十年过去了，他坐在录音室里娓娓地复述起这故事，他的声音干净敦实，充满感情：

——但是，他还没有张开翅膀，第三滴水又落了下来，他仰起头去看，他看见——啊！他看见了什么？

快乐王子的眼里装满了泪水，泪珠沿着他的黄金的脸颊流下来。他的脸在月光里显得这么美，叫小燕子的心里也充满了怜悯。

“你是谁？”他问道。

“我是快乐王子。”

“那么你为什么哭呢？”燕子又问，“你看，你把我一身都打湿了。”

“从前我活着，有一颗人心的时候，”王子慢慢地答道，“我并不知道眼泪是什么东西，因为我那时候住在无愁宫里，悲哀是不能进去的——”

“我觉得，他自己就是那个‘快乐王子’！”他去世之后一位朋友斩钉截铁地说。

我想的确是吧，那个悲愁的快乐王子。

世棠走后我曾和他的老母亲通过电话，据她老人家说，世棠年少时曾立志当牧师，母亲以为不可，说他生性太爱说笑取闹，有所不宜。我听了不免吓一跳，因为三十多年的老友，我竟不知他当年有此心愿。当年一起长大的朋友中有几个看来特别虔诚深稳的，他们后来倒也的确不负众望做了牧师。但大家万万没有想到这位每次聚会都负责把大家肚子笑痛的一位，内心深处竟期望自己是一位驻堂牧师。

现在想来，也许他这一生所做的事都只是在实践他少年时期的梦想：他做口译员，他去新闻局、文建会，他做驻伦敦的贸协主任，他写文章，他为孩童录音，他勤于给朋友写信并鼓励他们，这一切全等于在牧养这个时代，在服役这些人群。他终于做了另一种意义的牧师。

世棠独居在伦敦市郊，一九九七年十二月二十六日有人还看见他，他可能死于十二月二十七日的心脏病，十二月三十日同事破门而入，才发现他已远行，得年五十九岁。死前他似乎正要出门，所以西装领带俨然，这样有尊严而不受苦的死法当然值得羡慕，悲伤的是我们这群还留在世上的朋友。谁能来跟我们再讲个笑话呢？人生的欢乐原来是这样稀少易逝，讲笑话的人一走，场子岂不立刻冷了。

什么时候，再跟我们讲个笑话吧！世棠！

天门——记旅法画家朱德群先生

一　樟木箱里的朱砂仍在红着

是三伏暑天，白土镇的太阳直哗哗地照下来，大院子里陆续搬出来好多好多只大樟木箱子。箱子扎实芬芳而巨大，在阳光下有一种千年不变的悠悠强势，简直像一列森严的城寨子一般坚固威猛。

男孩有七八岁了，浓眉大眼隆准，嘴唇习惯性地紧闭着，有一种和他年龄不相称的自持自重的神气。屋子里散发着长年以来隐约的草药香，箱子里则传来淡淡的樟脑味，男孩浑然不觉，入定似的站在阳光下，阳光把一切晒成空无状态，四下有一种奇怪的宁静，男孩有几分紧张，箱子就要打开了——

真打开了！每年这种时节，做医生的父亲，都要晒晒箱子里的宝贝，小男孩瞪着眼睛看，只见一会是查士标的山水，一会是仇十洲的人物，一会是董其昌的对联，一会是深深黯黯的绢画。绢画画的是什么，小男孩也不甚了然，但那凝重如华北平原泥土的绢色却令小男孩迷惑，古绢的颜色，其实就是岁月的颜色啊！那幅画其实是作者和岁月一起画出来的，小男孩当然说不清楚，但晒画的日子总是兴奋的。他不知道那是他最初接触的画展，年年七月，铺陈在烈阳下的中国历代画家的回顾展。

其实印象最深的也许不是那些伟大的名字，而是樟木箱的大盖子乍然掀开时，从闭锁的沉暗中忽然夺箱而出的石绿和朱砂的颜色，那样鲜艳跳脱，男孩迷惑了，几百年前的画怎么好像今天上午才刚刚着好色似的？

二　画门神的张师傅

张师傅住在对街，微微有些瘸腿，年纪有五六十岁了。

男孩站在店门口，看张师傅拿起一支毛笔，在纸上画了起来，男孩的父亲也画，但他隐约知道这张师傅的画法和父亲不同。张师傅正在画一幅门神，是刚才一家人家来订的，墙上还悬着一张财神画，也是村人订的。墙角则堆些白纸扎成的房子车马，是丧家要用来烧给死人的。张师傅画画的时候，凝定专注，有一份不自觉的庄严，几乎令人忘记他是个瘸子了。

张师傅窄逼而昏暗的小店面里有一种神秘不可解的气氛，他是一个那样卑微不起眼的角色，却能把生前和死后的福气随手许给众人。

他把平安给了那些来订门神画的，让厉鬼邪魔不敢入侵；他把富裕的希望给了那些求财神画的；他把丰盛的衣食住行给了那些只身前赴黄泉的，让他们无虞匮乏。一个卑微的张师傅，如何在一挥毫之际横跨在可知与不可知的世界之间，把人间和阴间的好处慷慨地一一散给众人？

男孩的眼睛大而黑，看起东西来有一种专精不二、欲搏欲攫的表情，像白土镇上盘桓于松林之上的青鹰。

三　你不知道下一秒钟会发生什么！

他渐渐感觉到自己的成长，感觉到自己体内用不完的弥弥精力，整个身体像通了电的导体，急于发动。他迷上了球，迷上了运动，而最迷人的却是在运动的时候自己的身体充满弹性，每一个别人的身体也充满弹性，每个球员自己本身就像一触即发的球类，全场每个人都要对场子上别人的动作立即反应，球场因此成为不可预期的地方，每一秒钟都有情况，每一个动作都可能让形势逆转……

“我本来想去考体专的，”五十年后，他回忆往事淡淡地笑了，“可惜家里不准，所以就去考艺专——”

一张画和一场球赛对他来说其实是一个东西，两者都充满无限的可能，你都不知道下一秒钟情况会转成什么！运动和绘画最迷人的地方皆在于此。

除了学校的体育，他最不能忘怀的是猎兔。每到冬天，绝早起床，长辈带着驯好的鹰，到朱家的大陵墓上去。陵墓深达十几公里，枯黄的土石坡上，孩子们各拿一根竹竿，每隔一百公尺站一个，一声令下，只消拿竹竿在地上横向一拨，黄褐色的野兔便从石缝里窜逃出来，青鹰立刻一攫成擒。青鹰俯冲的角度准确无比，它惯于先用拇指往兔子尾部一插，等兔子惊痛回首，再用其他三指兜住兔胸，便把整只尺把长的野兔握在掌里提飞而起了。

一个冬天总要捉二三百只兔子，少年一遍遍地看，仍觉不可思议，他隐约知道那样在一秒钟之间发生且完成的精准手法，那样从高天俯冲然后腾空的生动轨迹和日后自己要做的事是有些关联的。至于那冬日的枯原，原上的青鹰，鹰爪上一攫成擒的野兔，许多年来已成为心中一种熟悉的律动——创作从灵思一现到灵思成擒，不也是这样的吗？

四　借来的名字

村子周围是河，河边长满二人才能合抱的大柳树，春来千丝万绪，日复一日更绿胀起来，男孩已成长为少年。他爱自己到一个地方去玩，那地方叫天门寺。

一般寺庙都建在山上，这座寺很特别，建在谷底，反而四山如插，垂手拱立。天门寺离家只有七里路，少年放了假便自己跑来。灰墙俨然，巨大的松树在半天空里举起一片小草原，僧人从长廊行过，悄然无息，如同风声、钟声或松涛，一一都成为梵唱的一部分。

四十年后，在巴黎，在画完水墨或写完字的时候，他落下“天门居士”的名字。

想起故乡徐州，他总想起那些山，枯索的、多石多棱角的山，像乡人方棱的脾性。

那大寺为什么叫天门呢？那少年后来不曾有任何宗教信仰，对他而言，大自然就是那扇天门，由人而天的门。

那些山后来没想到成了哥哥打游击的屏障，为了峻拒日本人，哥哥带着游击队藏在山里，日本人不明就里，撞了进去，不料层峦叠嶂，处处都是死亡关卡。日本人吃了亏，后来就用轰炸来报复，他们家也就在轰炸中灰飞烟灭，包括那一大箱一大箱的收藏，那在三伏天的阳光上，比正午的日照更灿烂的记忆。

少年自己的名字叫朱德翠，他有个堂哥名叫朱德群，但世事难料，后来少年和堂哥竟用了同一个名字。事情是由于十五岁那年，初中毕业，来不及等毕业证书到手，立刻直奔杭州，打算和朋友会合，再学点素描，好能去考向往已久的杭州艺专。当时拿了堂哥的毕业证书去考，也让他考中了，等他去找老师说明真相，想改回本名的时候，学籍已经报上去了。他只好将错就错，一生一世和堂哥共用一个名字。他没有想到这个名字后来会成为播扬画坛的一个名字——如果说他比一般人更不在乎名气应该是可信的，反正“朱德群”于他只是借来的番号。让别人去记那个可有可无的名字，他要做的事很简单，他要好好监督自己，他要自己更丰富，他希望这个“自己”能画出更好的画来。至于这个“自己”叫朱德群或朱德翠又有什么相干呢？

连“天门居士”也是借来的名字，他是和寺同名，和寺一同立在神人之间的。

五　反正有手在

进了杭州艺专，他忽然狠下心放弃了打球。

“不行，人只能选一样，打完了球画画，连手指都是抖的。”

必须有大割舍吧！想要有所攫取的人怎能不有所抛散。虽然只是一双手，但这双手却不可不小心持护。

当时的军训教育是在前三个月里把来自各校的人集中来的。在十一个人的班里，他因为长得高，是排头，另外有个小个子，叫吴冠中，是排尾。他每次做完徒手动作跑到排尾站好，就刚好和小个子的吴冠中站在一起，两个人之间因而产生了一段友谊。如果没有碰到朱德群，吴冠中大约会读他那愈来愈觉无趣的电机，但由于这个狂热的朋友，他也练起画来了，特别是素描和水彩部分。从四月一日到六月三十日，军训集训结束，“画训”也完成。那个暑假朱德群干脆没有回家，陪着这个朋友待他考取艺专，这人至今也是大陆上有名的画家了。

“如果现在有一个年轻人，如果现在他是你的学生，你会给他什么劝告呢？”六十岁以后，有人这样问他。

“素描，素描的底子最重要！而且水墨和西画要并重——因为到后来这两样其实是一样东西，还有，就是他不能有名利心，人一有名利心，就难有大发展了。

“你自己还有没有保留早期的素描？”

“没有，一九五五年去法国以前的画一张也没有了，我念书时期的画都放在老家，日本人一轰炸，二三进的大房子全部片瓦不留了。后来我毕业做助教，在重庆留了一批画，还都的时候一张也没带。离开大陆来台湾也没带画——当时也不觉得可惜，反正有手在，丢了画算什么？一九五五年在中山堂开画展，卖了画就做去巴黎的旅费，这次回来想找我卖出去的画，可惜一张也没找着——”

找不到早期的画虽然不无遗憾，但人到巴黎之后，已有三十年了，每年要画出五六十幅，至今也有一千五百幅以上了，有手在，总不怕没有画吧？

六　也该从形里解脱出来了！

“在法国，你怎么开始画抽象画的？”

“其实，”他的妻子替他回答，“刚到巴黎的时候，因为参加两次春季沙龙，临时画了属于具象的两幅人像去，也都得了奖哩！”

“我当时画具象也画了二十多年，觉得也该让自己从形里解脱出来才对，我希望能画一种更自由更奔放更离谱的东西。我喜欢抽象，是因为它让看画的人更多用自己想象的权利——其实抽象和具象并无好坏之别，抽象画有好画也有坏画，具象也是，画抽象画具象画纯粹是画家个人性向问题。”

“一个人，到满街都是画家的地方打天下，开头的时候，日子会不会很苦?”

“是啊，”朱太太说，“紧的时候就只能吃面包——其实那时候我们还是有钱的——但画廊没有给我们，我们就拉不下脸来去要。外国朋友听了都笑我们傻，该要的钱，有什么不好意思的，但我们中国人就是脸皮薄——而且又替画廊想，怕画廊不好意思呢!”

“当时你初到巴黎，有没有特别受到某个画家的影响?”

“有，有位叫尼歌尔斯塔（Nicola de stael）的画家，他是沙皇时代的人，后来在比利时的皇家艺术学院学画。他初到巴黎穷愁潦倒，后来又忽然大出风头，给人捧上天；忽冷忽热之间大概失去了适应力，四十多岁的人，就这样自杀了。我当时到巴黎不久，他的回顾展在国立现代博物馆展出。不得了，一百四五十幅画，一起拿出来，那时是秋天，十一月前后，我到博物馆去看，惊奇一个人怎么可以画到如此奔放不羁，我选择抽象画绝对和这人有关系。”

“能够刚去就被画廊看上应该算是幸运的吧?”

“对，的确很幸运，尤其当时的我除了会画画以外，什么都不懂。说来好笑，当时我在巴黎碰到学音乐的许常惠，两人住在同一个旅舍。许常惠说要带个日本朋友来看我的画，我又不懂日文，那日本人看了以后，透过许常惠比手画脚强调我一定要有个经纪人。有一次，我拿画到画廊去，经过几次来往，他们对我很欣赏；但那时是夏天，巴黎人一到夏天便要去度假——忽然有一天，星期天早上，我还没起床，就有人来叩门，说要完全经营我的画，说要跟我订合同——我当时愣住了。我连什么叫合同都不知道，所以赶快去请教朋友什么叫合同，可不可以订？朋友笑了，说合同嘛，就像结婚，订是可以订的，只是要小心有没有不利于你的条文，后来我跟这画廊合同一订就是六年。”

七　传统的包袱有什么不好？

是你自己提不动罢了！

“有没有西方画评家，会把你们归类成东方画家？‘东方的’或者‘中国的’，会不会变成了你的设限？”

“一般来说，是有这种倾向。西方画评家，碰到东方画家，习惯的要说上几句：‘他表现了中国的、韩国的或者日本的趣味’什么的……”

“你呢？会不会受这种说法的影响，弄得自己必须去‘中国’一点，这件事会不会影响你的创作？”

“不会，我从来没有要刻意表达什么中国，我知道‘中国’自然会从我笔端出来的——其实以前在国内我倒是很西化的一个人，没想到人到国外反而跟传统认同了。像西方画家，他们画风景，一向只算人物的背景罢了——但是中国画，像范宽的溪山行旅，像李唐的万壑松风，你去看他们的画，一块块石头都画得跟铁一样重，他们不仅仅在画自然，也画人跟自然的关系。你看他们的画，你就知道他们跟自然有关系，你就知道他们画出来的是他们体会出来的东西；中国山水的艺术性，显然比西画要高出许多。西方人对大自然有其客观的分析

——但中国人对山水对月光却是善感的……”

“你自己为什么要选择油画呢？”

“因为油画有最大的可能性，像表现光，表现色，都可以没有阻碍。油画像大交响乐团，有最大的包容性。”

“有的画家，很急于摆脱传统，你呢？”

“这真是笑话，传统有什么不好？为什么要排斥？有人骂‘传统的包袱’，我说，这‘传统的包袱’是你没那个力气，提不起来罢了！要是提得起来，可够你用的了。”

八　如果再年轻一次

“如果你自己能再年轻一次，你会怎么样选择？你会怎样要求自己？”

“我？”他毫不犹疑地冲口而出：“我要多读中国文学，画家画到最后，需要的就是这个——”

在巴黎城东，在城里和城外交界处，朱德群的画室高踞在十九层的顶楼（这栋大楼属于政府，下层作其他用途，顶楼则廉价——约合台币近万元——租给职业画家，在他们居住的那一区里这类画室共有六个，法国政府对巴黎这“艺术之都”的美名，是花了些精神和金钱维护的），整排的落地窗外，碗大的玫瑰正盛放，全个巴黎尽收眼底。画室约十坪大，古典音乐和阳光一起流漾生辉——在这间屋子里，他翻得最勤的两套书是《全唐诗》和《全宋词》。他也写字，也画水墨，每当此时，他会想起父亲，那逼他写颜字写隶书的父亲。但私底下，他却偷偷写行云流水般的王字，在巴黎的十九层楼上，他仍是“天门居士”，仍是那个在古城城郊天门寺里玩耍的孩子。

画室下的十八楼是住家，长子以华，次子以峰，都在这个城市长大。叫以华，是要他们不忘中国；叫以峰，则希望孩子登峰造极——他对孩子的期望其实刚好也是他自己三十年来的成就，他在油画世界里建树了中国这个国度，他攀登了一座座艰难的险峰。

九　向前走，并且不停的思索

通常早晨从九点到十二点，下午从一点到五点，夏天天亮得早黑得晚，就开始得更早，结束得更晚（巴黎的夏日，有时到十点钟天还亮着）。平均算来，每天可以画到十个小时，这样年复一年，日复一日，除非离开巴黎，他没有一天休假，工作比劳工还要辛苦。

“不能多睡！时间不够用，经不起浪费啊！”他喃喃自语，像一个时间方面的守财奴。从某些方面看，他仍像华北大平原上劳苦的农民，口里唱着“拴住太阳好干活”的那不甘心的跟时间竞走的汉子。

“怎么能到巴黎郊外租间房子画画就好了！租间房子放大画，我一口气把想画的大画都画出来放好，画它一百张存在那里，要是死了，就死了好了！”

明眸凝肤的朱太太坐在一旁，小声地嘀咕了一句，对他开口闭口说死很不以为然。画家每是不顾死活欲泄天机的孩子，女子则常是有效地制衡，把他们拉回生命质朴的本相上来。

“以后的路，你会怎么走?”

“向前走，并且不停地思索。”他说，“技巧不算什么，技巧是一个人想出来表现他思想的，是自然流露出来的，要紧的是一直走，走到更深更远的地方去。”

可以想见的是，在巴黎的东城，在楼高十九层的绝顶，在可以纵览阳光和远景的画室里，在唐诗宋词余芳的熏陶里，在对王羲之、范宽和李唐的思念里，在对于无形之形、无象之象的“执迷且悟”的心情里，他会日复一日的继续画下去——天也许无门，但绘画的手是一双肉质的凿子，可以凿破一线天机。

有些人

有些人，他们的姓氏我已遗忘，他们的脸却恒常浮着——像晴空，在整个雨季中我们不见它，却清晰地记得它。

那一年，我读小学二年级，有一个女老师——我连她的脸都记不起来了，但好像觉得她是很美的（有哪一个小学生心目中的老师不美呢?）也恍惚记得她身上那片不太鲜丽的蓝。她教过我们些什么，我完全没有印象，但永远记得某个下午的作文课，一位同学举手问她“挖”字该怎么写，她想了一下，说：

“这个字我不会写，你们谁会?”

我兴奋地站起来，跑到黑板前写下了那个字。

那天，放学的时候，当同学们齐声向她说“再见”的时候，她向全班同学说：

“我真高兴，我今天多学会了一个字，我要谢谢这位同学。”

我立刻快乐得有如肋下生翅一般——我生平似乎再没有出现那么自豪的时刻。

那以后，我遇见无数学者，他们尊严而高贵，似乎无所不知。但他们教给我的，远不及那个女老师为多。她的谦逊，她对人不吝惜的称赞，使我忽然间长大了。

如果她不会写“挖”字，那又何妨，她已挖掘出一个小女孩心中宝贵的自信。

有一次，我到一家米店去。

“你明天能把米送到我们的营地吗?”

“能。”那个胖女人说。

“我已经把钱给你了，可是如果你们不送，”我不放心地说，“我们又有什么证据呢?”

“啊!”她惊叫了一声，眼睛睁得圆突突，仿佛听见一件耸人听闻的罪案，“做这种事，我们是不敢的。”

她说“不敢”两字的时候，那种敬畏的神情使我肃然，她所敬畏的是什么呢？是尊贵古老的卖米行业？还是“举头三尺即有神明”。

她的脸，十年后的今天，如果再遇到，我未必能辨认，但我每遇见那无所不为的人，就会想起她——为什么其他的人竟无所畏惧呢!

有一个夏天，中午，我从街上回来，红砖人行道烫得人鞋底都要烧起来似的。

忽然，我看到一个衣衫褴褛的中年人疲软地靠在一堵墙上，他的眼睛闭着，黧黑的脸曲扭如一截枯根，不知在忍受什么?

他也许是中暑了，需要一杯甘洌的冰水。他也许很忧伤，需要一两句鼓励的话，但满街的人潮流动，美丽的皮鞋行过美丽的人行道，但没有人驻足望他一眼。

我站了一会儿，想去扶他，但我闺秀式的教育使我不能不有所顾忌，如果他是疯子，如果他的行动冒犯我——于是我扼杀了我的同情，让自己和别人一样地漠然离去。

那个人是谁？我不知道，那天中午他在眩晕中想必也没有看到我，我们只不过是路人。但他的痛苦却盘踞了我的心，他的无助的影子使我陷在长久的自责里。

上苍曾让我们相遇于同一条街，为什么我不能献出一点手足之情，为什么我有权漠视他的痛苦？我何以怀着那么可耻的自尊？如果可能，我真愿再遇见他一次，但谁又知道他在哪里呢？

我们并非永远都有行善的机会——如果我们一度错过。

那陌生人的脸于我是永远不可弥补的遗憾。

对于代数中的行列式，我是一点也记不清了。倒是记得那细瘦矮小貌不惊人的代数老师。

那年七月，当我们赶到联考考场的时候，只觉整个人生都摇晃起来，无忧的岁月至此便渺茫了，谁能预测自己在考场后的人生？

想不到的是代数老师也在那里，他那苍白而没有表情的脸竟会奔波过两个城市而在考场上出现，是颇令人感到意外的。

接着，他蹲在泥地上，拣了一块碎石子，为特别愚鲁的我讲起行列式来。我焦急地听着，似乎从来未曾那么心领神会过。泥土的大地可以成为那么美好的纸张，尖锐的利石可以成为那么流丽的彩笔——我第一次懂得，他使我在书本上的朱注之外了解了所谓“君子谋道”的精神。

那天，很不幸的，行列式没有考，而那以后，我再没有碰过代数书，我的最后一节代数课竟是蹲在泥地上上的。我整个的中学教育也是在那无墙无顶的课室里结束的，事隔十多年，才忽然咀嚼出那意义有多美。

代数老师姓什么？我竟不记得了，我能记得国文老师所填的许多小词，却记不住代数老师的名字，心里总有点内疚。如果我去母校查一下，应该不甚困难，但总觉得那是不必要的，他比许多我记得住姓名的人不是更有价值吗？

她曾教过我

——为纪念中国戏剧导师李曼瑰教授而作

秋深了。

后山的蛩吟在雨中渲染开来，台北在一片灯雾里，她已经不在这个城市里了。

记忆似乎也是从雨夜开始的，那时她办了一个编剧班，我去听课。那时候是冬天，冰冷的雨整天落着，同学们渐渐都不来了，喧哗着雨声和车声的罗斯福路经常显得异样的凄凉，我忽然发现我不能逃课了，我不能把她一个人丢给空空的教室。我必须按时去上课。

我常记得她提着百宝杂陈的皮包，吃力地爬上三楼，坐下来常是一阵咳嗽，冷天对她的气管非常不好，她咳嗽得很吃力，常常憋得透不过气来，可是在下一阵咳嗽出现之前，她还是争取时间多讲几句书。

不知道为什么，想起她的时候总是想起她提着皮包，佝着背踽踽行来的样子——仿佛已走了几千年，从老式的师道里走出来，从湮远的古剧场里走出来，又仿佛已走几万里地，并且涉过最荒凉的大漠，去教一个最懵懂的学生。

也许是巧合，有一次我问文化学院戏剧系的学生对她有什么印象，他们也说常记得站在楼上教室里，看她缓缓地提着皮包走上山径的样子。她生平不喜欢照相，但她在我们心中的形象是鲜活的。

那一年她为了纪念父母，设了一个“李圣质先生夫人剧本奖”，她把首奖颁给了我的第一个剧本《画》，她又勉励我们务必演出。在认识她以前，我从来不相信自己会投入舞台剧的工作——我不相信我会那么傻，可是，毕竟我也傻了，一个人只有在被另一个傻瓜的精神震撼之后，才有可能成为新起的傻瓜。

常有人问我为什么写舞台剧，我也许有很多理由，但最初的理由是“我遇见了一个老师”。我不是一个有计划的人，我唯一做事的理由是：“如果我喜欢那个人，我就跟他一起做”。在教书之余，在家务和孩子之余，在许多繁杂的事务之余，每年要完成一部戏是一件压得死人的工作，可是我仍然做了，我不能让她失望。

在《画》之后，我们推出了《无比的爱》《第五墙》《武陵人》《自烹》（仅在香港演出）、《和氏璧》和今年即将上演的《第三害》，合作的人如导演黄以功，舞台设计聂光炎，也都是她的学生。

我还记得，去年八月，我写完《和氏璧》，半夜里叫了一部车到新店去叩她的门，当时我来不及誊录，就把原稿呈给她看。第二天一清早她的电话就来了，她鼓励我，称赞我，又嘱咐我好好筹演，听到她的电话，我感动不已，她一定是漏夜不眠赶着看的。现在回想起来不免内疚，是她太温厚的爱把我宠坏了吧，为什么我兴冲冲地去半夜叩门的时候就不会想想她的年龄和她的身体呢？她那时候已经在病着吧？还是她活得太乐观太积极，使我们都忘了她的年龄和身体呢？

我曾应幼狮文艺之邀为她写一篇生平介绍和年表，有很长一段时间，我仔细观察她的生活，她吃得很少（家里倒是常有点心），穿得也马虎，住宅和家具也只取简单实用，连出租车都不大坐。我记得我把写好的稿子给她看时，她只说："写得太好了——我哪里有这么好？"接着她又说，"看了你的文章别人会误会我很孤单，其实我最爱热闹的，亲戚朋友大家都来了我才喜欢呢！"

那是真的，她的独身生活过得平静、热闹而又温暖，她喜欢一切愉悦的东西，她像孩子。很少看见独身的女人那样爱小孩的，当然小孩也爱她，她只陪小孩玩，送他们巧克力，她跟小孩在一起的时候只是小孩，不是学者，不是教授，不是"立法委员"。

有一夜，我在病房外碰见她所教过的两个女学生，说是女学生，其实已是孩子读大学的华发妈妈了，那还是她在大学毕业和进入研究所之间的一年，在广东培道中学所教的学生，算来已接近半世纪了（李老师早年尝试用英文写过一个剧本《半世纪》，内容系写一传教士终生奉献的故事，其实现在看看，她自己也是一个奉献了半世纪的传教士）。我们一起坐在廊上聊天的时候，那太太掏出她儿子从台中写来的信，信上记挂着李老师，那大男孩说："除了爸妈，我最想念的就是她了。"——她就是这样一个被别人怀念，被别人爱的人。

作为她的学生，有时不免想知道她的爱情，对于一个爱美、爱生命的人而言，很难想象她从来没有恋爱过，当然，谁也不好意思直截地问她，我因写年表之便稍微探索了一下，我问她："你平生有没有什么人影响你最多的？"

"有，我的父亲，他那样为真理不退不让的态度给了我极大的影响，我的笔名雨初（李老先生的名字是李兆霖，字雨初，圣质则是家谱上的排名）就是为了纪念他。""除了长辈，我也指平辈，平辈之中有没有朋友是你所佩服而给了你终生的影响的?”她思索了一下说:“真的，我有一个男同学，功课很好，不认识他以前我只喜欢玩，不太看得起用功的人，写作也只觉得单凭才气就可以了，可是他劝导我，使我明白好好用功的重要，光凭才气是不行的——我至今还在用功，可以说是受他的影响。”

作为一个女孩子，我很难相信一个女孩既折服于一个男孩而不爱他的，但我不知道那个书念得极好的男孩现今在哪里，他们有没有相爱过？我甚至不敢问他叫什么名字。他们之间也许什么都没开始，什么都没有发生——当然，我倒是宁可相信有一段美丽的故事被岁月遗落了。

据她在培道教过的两个女学生说：“倒也不是特别抱什么独身主义，只是没有碰到一个跟她一样好的人。”我觉得那说法是可信的，要找一个跟她一样有学养、有气度、有原则、有热度的人，质之今世，是太困难了。多半的人总是有学问的人不肯办事，肯办事的没有学问，李老师的孤单何止在婚姻一端，她在提倡剧运的事上也是孤单的啊!

有一次，一位在香港导演舞台剧的江伟先生到台湾来拜见她，我带他去看她，她很高兴，送了他一套签名著作。江先生第二次来台的时候，她还请他吃了一顿饭。也许因为自己是谷山人，跟华侨社会比较熟，所以只要听说海外演戏，她就非常快乐、非常兴奋，她有一件超凡的本领，就是在最无可图为的时候，仍然兴致勃勃的，仍然相信明天。

我还记得那一次吃饭，她问我要上哪一家，我因为知道她一向俭省（她因为俭省惯了，倒从来不觉得自己是在俭省了，所以你从来不会觉得她是一个在吃苦的人），所以建议她去云南人和园吃“过桥面”，她难得胃口极好，一再鼓励我们再叫些东西，她说了一句很慈爱的话：“放心叫吧，你们再吃，也不会把我吃穷，不吃，也不会让我富起来。”而今，时方一年，话犹在耳，老师却永远不再吃一口人间的烟火了，宴席一散，就一直散了。

今秋我从国外回来，赶完了剧本，想去看她，会问黄以功她能吃些什么，“她什么也不吃了，这三个月，我就送过一次木瓜，反正送她什么也不能吃了……”

我想起她最后的一个戏《瑶池仙梦》，汉武帝会那样描写死亡：

“你到如今还可以活在世上，行着、动着、走着、谈着、说着、笑着；能吃、能喝、能睡、能醒、又歌、又唱，享受五味，鉴赏五色，聆听五音，而她，却蛰伏在那冰冷黑暗的泥土里，她那花容月貌，那慧心灵性……都……都……”

心中黯然久之。

李老师和我都是基督徒，都相信永生，她在极端的痛苦中，我们会手握着手一起祷告，按理说是应该不在乎“死”的——可是我仍然悲痛，我深信一个相信永生的人从基本上来说是爱生命的，爱生命的人就不免为死别而凄怆。

如果我们能爱什么人，如果我们要对谁说一句感恩的话，如果我们要送礼物给谁，就趁早吧！因为谁也不知道明天还能不能表达了。

其实，我在八月初回台湾的时候，如果立刻去看她，她还是精神健旺的，但我却拼着命去赶一个新剧本《第三害》，赶完以后又漏夜誊抄，可是我还是跑输了，等我在回台湾二十天后把抄好的剧本带到病房去的时候，她已进入病危期了，她的两眼睁不开，她的声音必须伏在胸前才能听到，她再也不能张开眼睛看我的剧本了。子期一死，七弦去弹给谁听呢？但是我不会摔破我的琴，我的老师虽走了，众生中总有一位足以为我之师为我之友的，我虽不知那人在何处，但何妨抱着琴站在通衢大道上等待呢，舞台剧的艺术总有一天会被人接受的。

年初，大家筹演老师的《瑶池仙梦》的时候，心中已有几分忧愁，聂光炎曾说："好好干吧，老人家就七十岁了，以后的精力如何就难说了，我们也许是最后一次替她效力了。"不料一语成谶，她果真在"瑶池仙梦"三个月以后开刀，在七个月后不治。《瑶池仙梦》后来得到最佳演出的金鼎奖，其导演黄以功则得到最佳导演奖，我不知对一位终生不渝其志的戏剧家来说这种荣誉能给她增加什么，但多少也表现社会对她的一点尊重。

有一次，她开玩笑地对我说：

"我们广东有句话：'你要受气，就演戏。'"

我不知她一生为了戏剧受了多少气，但我知道，即使在晚年，即使受了一辈子气，她仍是和乐的，安详的。甚至开刀以后，眼看是不治了，她却在计划什么时候出院，什么时候出国去为她的两个学生黄以功和牛川海安排可读的学校，寻找一笔深造的奖学金，她的遗志没有达成便撒手去了，以功和川海以后或者有机会深造，或者因恩师的谢世而不再有肯栽培他们的人，但无论如何，他们已自她得到最美的遗产，那是她的诚恳和关注。

她在病床上躺了四个月，几上总有一本《圣经》，床前总有一个忠心不渝的管家阿美，她本名叫李美丹，也有六十了，是李老师邻村的族人，从抗战后一直跟从李老师至今，她是一个瘦小的，大眼睛的，面容光洁的，整日身着玄色唐装而面带笑容的老式妇女，老师病重的时候曾因她照料辛苦而要加她的钱，她黯然地说："谈什么钱呢？我已经服侍她一辈子了，我要钱做什么用呢？她已经到最后几天了，就是不给钱，我也会伺候的。"我对她有一种真诚的敬意。

亚历山大大帝会自谓："我两手空空而来，两手空空而去。"但作为一个基督徒的她却可以把这句话改为："我两手空空而来，但却带着两握盈盈的爱和希望回去，我在人间会播下一些不朽是给了别人而依然存在的。"

最后我愿将我的新剧《第三害》和它的演出，作为一束素菊，献于我所爱的老师灵前，会有人赞美过我，会有人诋毁过我，唯有她，曾用智慧和爱心教导了我。她会在前台和后台看我们的演出，而今，我深信她仍殷殷地从穹苍俯身看我们这一代的舞台。

种种有情

有时候，我到水饺店去，饺子端上来的时候，我总是怔怔地望着那一个个透明饱满的形体，北方人叫它“冒气的元宝”，其实它比冷硬的元宝好多了，饺子自身是一个完美的世界，一张薄茧，包覆着简单而又丰盈的美味。

我特别喜欢看的是捏合饺子边皮留下的指纹，世界如此冷漠，天地和文明可能在一刹那之间化为炭劫，但无论如何，当我坐在桌前，上面摆着的某个人亲手捏合的饺子，热雾腾腾中，指纹美如古陶器上的雕痕，吃饺子简直可以因而神圣起来。

“手泽”为什么一定要拿来形容书法呢？一切完美的留痕，甚至饺皮上的指纹不都是美丽的手泽吗？我忽然感到万物的有情。

巷口一家饺子馆的招牌是正宗川味山东饺子馆，也许是一个四川人和一个山东人合开的，我喜欢那招牌，觉得简直可以画入清明上河图，那上面还有电话号码，前面注着 TEL，算是有了三个英文字母，至于号码本身，写的当然是阿拉伯文，一个小招牌，能涵容了四川、山东、中文、阿拉伯（数）字、英文，不能不说是一种可爱。

校车反正是每天都要坐的，而坐车看书也是每天例有的习惯，有一天，车过中山北路，劈头栽下一片叶子竟把手里的《宋诗》打得有了声音，多么令人惊异的断句法。

原来是通风窗里掉下来的，也不知是刚刚新落的叶子，还是某棵树上的叶子在某时候某地方，偶然憩在偶过的车顶上，此刻又偶然掉下来的，我把叶子揉碎，它是早死了，在此刻，它的芳香在我的两掌复活，我揸开微绿的指尖，竟恍惚自觉是一棵初生的树，并且刚抽出两片新芽，碧绿而芬芳，温暖而多血，镂饰着奇异的脉络和纹路，一叶在左，一叶在右，我是庄严地合着掌的一截新芽。

二年前的夏天，我们到堪萨斯去看朱和他的全家——标准的神仙眷属，博士的先生，硕士的妻子，数目“恰恰好”的孩子，可靠的年薪，高尚住宅区里的房子，房子前的草坪，草坪外的绿树，绿树外的蓝天……

临行，打算合照一张，我四下浏览，无心地说：

“啊，就在你们这棵柳树下面照好不好？”

“我们的柳树？”朱忽然回过头来，正色地说，“什么叫我们的柳树？我们反正是随时可以走的！我随时可以让它不是‘我们的柳树’。”

一年以后，他和全家都回来了，不知堪萨斯城的那棵树如今属于谁——但朱属于这块土地，他的门前不再有柳树了，他只能把自己栽成这块土地上的一片绿意。

春天，中山北路的红砖道上有人手拿着用粗绒线做的长腿怪鸟在兜卖，风吹着鸟的瘦胫，飘飘然好像真会走路的样子。

有些外国人忍不住停下来买一只。

忽然，有个中国女人停了下来，她不顶年轻，大概三十左右，一看就知是由于精明干练日子过得很忙碌的女人。

“这东西很好，”她抓住小贩，“一定要外销，一定赚钱，你到××路××巷×号二楼上去，一进门有个×小姐，你去找她，她一定会想办法给你弄外销！”

然后她又回头重复了一次地址，才放心走开。

台湾怎能不富，连路上不相干的路人也会指点别人怎么做外销，其实，那种东西厂商也许早就做外销了，但那女人的热心，真是可爱得紧。

暑假里到中部乡下去，弯入一个岔道，在一棵大榕树底下看到一个身架特别小的孩子，把几根绳索吊在大树上，他自己站在一张小板凳上，结着简单的结，要把那几根绳索编成一个网花盆的吊篮。

他的母亲对着他坐在大门口，一边照顾着杂货店，一边也编着美丽的结，蝉声满树，我停下来搭讪着和那妇人说话，问她卖不卖，她告诉我不能卖，因为厂方签好契约是要外销的。带路的当地朋友说他们全是不露声色的财主。

我想起那年在美国逛梅西公司，问柜台小姐那架录音机是不是台湾做的，她回了一句：

“当然，反正什么都是日本跟台湾来的。”

我一直怀念那条乡下无名的小路，路旁那一对富足的母子，以及他们怎样在满地绿荫里相对坐编那织满了蝉声的吊篮。

我习惯请一位姓赖的油漆工人，他是客家人，哥哥做木工，一家人彼此生意都有照顾。有一年我打电话找他们，居然不在，因为到关岛去做工程了。

过了一年才回来。

“你们也是要三年出师吧。”有一次我没话找话跟他们闲聊。

“不用，现在二年就行。”

“怎么短了?”

“当然，现代人比较聪明!”

听他说得一本正经，顿时对人类前途都觉得乐观了起来，现代的学徒不用生炉子，不用倒马桶，不用替老板娘抱孩子，当然二年就行了。

我一直记得他们一口咬定现代人比较聪明时脸上那份尊严的笑容。

老王是一个包工头，圆滚滚的身材加上圆头圆脸圆眼睛——甚至还有个圆鼻子。

可是我一直觉得他简直诗意得厉害。

一张估价单，他也要用毛笔写，还喜欢盯着人问：“怎么?这笔字不顶难看吧?”

碰到承包大工程，他就要一个人躲到乌来去，在青山绿水之间仔细推敲工和料的盈亏。

有一次，偶然闲谈，他兴高采烈地提到他在某某地方做过工程。那是一个军事单位。

“有人说那里有核子弹，你看到没有?”

“当然有!”

“有，又怎么会让你看见?”我笑了起来。

“老实说，我也没看见，”他也笑起来，不过仍是理直气壮的，“不过，有，我也说有，没有，我也说有，反正我就是硬要说它有。

我们做老百姓的就是这样。”

有没有核子弹忽然变得不重要，有老王这样的人才是件可爱的事。

学校下面是一所大医院，黄昏的时候，病人出来散步，有些探病的人也三三两两地散步。

那天，我在山径上便遇见了几个这样的人。

习惯上，我喜欢走慢些去偷听别人说话。

其中有一个人，抱怨钱不经用，抱怨着抱怨着，像所有的中老年人一样，话题忽然就回到四十年前一块钱能买几百个鸡蛋的老故事上去了。

忽然，有一个人憋不住地叫了起来：

“你知道吗，抗战前，我念初中，有一次在街上捡到一张钱，哎呀，后来我等了一个礼拜天，拿着那张钱进城去，又吃了馆子，又吃了冰淇淋，又买了球鞋，又买了字典，又看了电影，哎呀，钱居然还没有花完呐……”

山径渐高，黄昏渐冷。

我驻下脚，看他们渐渐走远，不知为什么，心中涌满了对黄昏时分霜鬓的陌生客的关爱，四十年前的一个小男孩，曾被突来的好运弄得多么愉快，四十年后山径上薄凉的黄昏，他仍然不能忘记……不知为什么，我忽然觉得那人只是一个小男孩，如果可能，我愿意自己是那掉钱的人，让人世中平白多出一段传奇故事……

无论如何，能去细味另一个人的惆怅也是一件好事。

元旦的清晨，天气异样的好，不是风和日丽的那种好，是清朗见底毫无渣滓的一种澄澈。我坐在计程车上赶赴一个会，路遇红灯时，车龙全停了下来，我无聊地探头窗外，只见两个年轻人骑着机车，其中一个说了几句话忽然兴奋地大叫起来：“真是个好主意啊！”我不知他们想出了什么好主意，但看他们阳光下无邪的笑脸，也忍不住跟着高兴起来，不知道他们的主意是什么主意，但能在偶然的红灯前遇见一个以前没见过以后也不会见到的人真是一个奇异的机缘。他们的脸我是记不住的，但那不重要，重要的是我记得他们石破天惊的欢呼，他们或许去郊游，或许去野餐，或许去访问一个美丽的笑面如花的女孩，他们有没有得到他们预期的喜悦，我不知道，但我至少得到了，我惊喜于我能分享一个陌路的未曾成形的喜悦。

有一次，路过香港，有事要和乔宏的太太联络，习惯上我喜欢凌晨或午夜打电话——因为那时候忙碌的人才可能在家。

“你是早起的还是晚睡的？”

她愣了一下。

“我是既早起又晚睡的，孩子要上学，所以要早起，丈夫要拍戏，所以要晚睡——随你多早多晚打来都行。”

这次轮到我愣了，她真厉害，可是厉害的不止她一个人。其实，所有为人妻为人母的大概都有这份本事——只是她们看起来又那样平凡，平凡得自己都弄不懂自己竟有那么大的本领。

女人，真是一种奇怪的人，她可以没有籍贯、没有职业，甚至没有名字地跟着丈夫活着，她什么都给了人，她年老的时候拿不到一文退休金，但她却活得那么有劲头，她可以早起可以晚睡，可以吃得极少可以永无休假地做下去。她一辈子并不清楚自己是在付出还是在拥有。

资深主妇真是一种既可爱又可敬的角色。

文艺会谈结束的那天中午，我因为要赶回宿舍找东西，午餐会上迟到了三分钟，慌慌张张地钻进餐厅，席次都坐好了，大家已经开始吃了，忽然有人招呼我过去坐，那里刚好空着一个座位，我不加考虑地就走过去了。

等走到面前，我才呆了，那是谢东闵主席右首的位子，刚才显然是由于大家谦虚而变成了空位，此刻却变成了我这个冒失鬼的位子，我浑身不自在起来，跟“大官”一起总是件令人手足无措的事。

忽然，谢主席转过头来向我道歉：

“我该给你夹菜的，可是，你看，我的右手不方便，真对不起，不能替你服务了。你自己要多吃点。”

我一时傻眼望着他，以及他的手，不知该说什么。那只伤痕犹在的手忽然美丽起来，炸得掉的是手指，炸不掉的是一个人的风格和气度。我拼命忍住眼泪，我知道，此刻，我不是坐在一个“大官”旁边，而是一个温煦的“人”的旁边。

经过火车站的时候，我总忍不住要去看留言牌。

那些粉笔字不知道铁路局允许它保留半天或一天，它们不是宣纸上的书法，不是金石上的篆刻，不是小笺上的墨痕，它们注定立刻便要消逝——但它们存在的时候，它是多好的一根丝绦，就那样绾住了人间种种的牵牵绊绊。

我竟把那些句子抄了下来：

缎：久候未遇，已返，请来龙泉见。

春花：等你不见，我走了（我两点再来）。荣。

展：我与姨妈往内埔姐家，晚上九时不来等你。

每次看到那样的字总觉得好，觉得那些不遇、焦灼、愚痴中也自有一份可爱。一份人间的必要的温度。

还有一个人，也不署名，也没称谓，只扎手扎脚地写了“吾走矣”三个大字，板黑字白，气势好像要突破挂板飞去的样子。也不知道究竟是写给某一个人看的，还是写给过往来客的一句诗偈，总之，令人看得心头一震!

《红楼梦》里麻鞋鹑衣的疯道人可以一路唱着《好了歌》，告诉世人万般“好”都是因为“了断”尘缘，但为什么要了断呢？每次我望着大小驿站中的留言牌，总觉万般的好都是因为不了不断，不能割舍而来的。

天地也无非是风雨中的一座驿亭，人生也无非是种种羁心绊意的事和情，能题诗在壁总是好的!

种种可爱

作为一个小市民有种种令人生气的事——但幸亏还有种种可爱，让人忍不住的高兴。

中华路有一家卖蜜豆冰的——蜜豆冰原来是属于台中的东西（木瓜牛奶也是），但不知什么时候台北也都有了——门前有一副对联，对联的字写得普普通通，内容更谈不上工整，却是情婉意贴，令人动容。

上句是：我们是来自纯朴的小乡村

下句是：要做大台北无名的耕耘者

店名就叫“无名蜜豆冰”。

台北的可爱就在各行各业间平起平坐的大气象。

永康街有一家卖面的，门面比摊子大，比店小，常在门口换广告词，冬天是“100℃的牛肉面”。

春天换上“每天一碗牛肉面，力拔山河气盖世。”

这比“日进斗金”好多了，我每看一次简直就对白话文学多生出一份信心。

有一天在剧场里遇见孟瑶，请她去喝豆浆，同车去的还有俞大纲老师和陈之藩夫人，他们都是戏剧家，很高兴地纵论地方剧，忽然，那驾驶员说：

“川剧和湖北戏也都是有帮腔的呀！”

我肃然起敬，不是为他所讲的话，而是为他说话的架势，那种与一代学者比肩谈话也不失其自信的本色。

台北的人都知道自己有讲话的分，插嘴的分。

好几年前，我想找一个洗衣兼打扫的半工，介绍人找了一位洗衣妇来。

“反正你洗完了我家也是去洗别人家的，何不洗完了就替我打扫一下，我会多算钱的。”

她小声地咕哝了一阵，介绍人郑重宣布：

“她说她不扫地——因为她的兴趣只在洗衣服。”

我起先几乎大笑，但接着不由一凛，原来洗衣服也可以是一个人认真的“兴趣”。

原来即使是在“洗衣”和“扫地”之间，人也要有其一本正经的抉择，有抉择才有自主的尊严。

带一位香港的朋友坐计程车去找一个地方，那条路特别不好找，计程车驾驶员找过了头，然后又折回来。

下车的时候，他坚持要扣下多绕了冤枉路的钱。

“是我看错才走错的，怎么能收你们的钱?”

后来死推活拉，总算用折中的办法，把争执的差额付了。香港的朋友简直看得愣住了，我觉得大有面子。

祝福那位驾驶员!

我家附近有一个卖水果的，本来卖许多种水果，后来改了，只卖木瓜，见我走过，总要说一句：

“老师，我现在卖木瓜了——木瓜专科。”

又过了一阵，他改口说：

“老师，现在更进步了，是木瓜大学了。”

我喜欢他那骄矜自喜的神色，喜欢他四个肤色润泽的活蹦乱跳的孩子——大概都是木瓜大学作育有功吧？

隔巷有位老太太，祭祀很诚，逢年过节总要上供。有一天，我经过她设在门口的供桌，大吃一惊，原来她上供的主菜竟是洋芋沙拉，另外居然还有罐头。

后来想倒也发觉她的可爱，活人既然可以吃沙拉和罐头，让祖宗或神仙换换口味有何不可？

她的没有章法的供菜倒是有其文化交流的意义了。

从前，在中华路平交道口，总是有个北方人在那里卖大饼。我从来没有见过那种大饼整个一块到底有多大，但从边缘的弧度看来直径总超过二尺。

我并不太买那种饼，但每过几个月我总不放心地要去看一眼，我怕吃那种饼的人愈来愈少，卖饼的人会改行，我这人就是“不放心”（和平东路拓宽时，我很着急，生怕师大当局一时兴起，把门口那开满串串黄花的铁刀木砍掉，后来一探还在，高兴得要命）。

那种硬硬厚厚的大饼对我而言差不多是有生命的，北方黄土高原上的生命，我不忍看它在中华路上慢慢绝种。

后来不知怎么搞的，忽然满街都在卖那种大饼，我安心了，真可爱，真好，有一种东西暂时不会绝种了！

华西街是一条好玩的街，儿子对毒蛇发生强烈兴趣的那一阵子我们常去。我们站在毒蛇店门口，一家一家地去看那些百步蛇、眼镜蛇、雨伞蛇……

“那条蛇毒不毒?”我指着一条又粗又大的问店员。

“不被咬到就不毒!”

没料到是这样一句回话，我为之暗自惊叹不已。其实，世事皆可作如是观，有浪，但船没沉，何妨视作无浪，有陷阱，但人未失足，何妨视作坦途。

我常常想起那家蛇店。

有一天在一家公司的墙上看到这样一张小纸条：

“请随手关灯，节约能源，支援十大建设。”

看了以后，一下子觉得十大建设好近好近，好像就是家里的事，让人觉得就像自家厨房里添抽风机或浴室里要添热水炉，或饭厅里要添冰箱的那份热闹亲切的喜气——有喜气就可以省着过日子，省得扎实有希望。

为了整修“我们咖啡屋”，我到八斗子渔港去买渔网，渔网是棉纱的，用山上采来的一种植物染成赭红色，现在一般都用尼龙的了，那种我想要的老式的棉纱渔网已成古董。

终于找到一家有老渔网的，他们也是因为舍不得，所以许多年来一直没丢，谈了半天他们决定了价钱：

“二角三!”

二角三就是二千三百的意思，我只听见城里市面上的生意人把一万说成一块，没想到在偏僻的八斗子也是这样说的。大家说到钱的时候，全都不当回事，总之是大家都有钱了，把一万元说成一块钱的时候，颇有那种偷偷地志得意满而又谦逊不露的劲头。

有一阵子，我的公交月票掉了，还没有补办好再买的手续以前，我只好每次买票——但是因为平时没养成那份习惯，每看见车来，很自然地跳上去了，等发现自己没有月票，已经人在车上了。

这种时候，车掌多半要我就便在车上跟其他乘客买票——我买了，但等我付钱时那些卖主竟然都说："算了，不要钱了。"一次犹可，连着几次都是这样，使我着急起来，那么多好人，令人"无所逃于天地之间"，长此以往，我岂不成了"免费乘车良策"的发明人了，老是遇见好人也真是让人非常吃不消的事。

我的月票始终没去补办，不过却幸运地被捡到的人辗转寄回来了，我可以高高兴兴地不再受惠于人了——不过偶然想起随便在车上都能遇见那么多肯"施惠于人"的好人，可见好人倒也不少，台北究竟还是个适合人住的地方。

在一家最大规模的公立医院里，看到一个牌子，忍不住笑了起来，那牌子上这样写着："禁止停车，违者放气。"

我说不出的喜欢它！

老派的公家机关，总不免摆一下衙门脸，尽量在口气上过官瘾，碰到这种情形，不免要说"违者送警"或"违者法办"。

美国人比较干脆，只简简单单地两个大字"No Parking"——"勿停"。

但口气一简单就不免显得太硬。

还是"违者放气"好，不凶霸不懦弱，一点不涉于官方口吻，而且憨直可爱，简直有点孩子气的作风——而且想来这办法绝对有效。

有个朋友姓李，不晓得走路的习惯是偏于内八字或外八字——总之，他的鞋跟老是磨得内外侧不一样厚。

他偶然找到一个鞋匠，请他换鞋跟，很奇怪的，那鞋匠注视了一下，居然说："不用换了，只要把左右互调一下就是了，反正你的两块鞋跟都还有一半是好用的！"

朋友大吃一惊，好心劝告他这样处处替顾客打算，哪里有钱赚，他却也理直气壮：

"该赚的才赚，不该赚的就不赚——这块鞋底明明还能用。"

朋友刮目相看，然后试探性地问他：

"为国家做了一辈子事，退了役还得补鞋，政府真对不起你。"

"什么？人人要这样一想还得了，其实只有我们对不起国家，国家哪有什么对不起我们的。"

朋友感动不已，嗫嗫嚅嚅地表示要送他一套旧西装（他真的怕会侮辱他），他倒也坦然接受了。

不知为什么，朋友说这故事给我听的时候，我也不觉得陌生，而且真切得有如今天早晨我才看过那老鞋匠似的。

有一次在急诊室看医生急救病人，病人已经昏迷了，氧气罩也没用了，医生狠劲地用一个类似皮球的东西往里面压缩氧气。

至少是呼吸系统有毛病。

两个医生轮流压，像打仗似的。

渐渐地，他清醒了，但仍说不出话来，医生只好不断发问来让他点头摇头，大概问十几个问题才碰得上一个点头的答案。

他是在路上发病的，一个亲人也没有，送他来的是一个不相干的人。

后来发现他可以写字——虽然他眼睛一直是闭着的。

医生问他的病历，问他是不是服过某些成药，问他现在的感觉，忽然，那医生惊喜地叫了一声：

“写下去，写下去，再写！你写得真好——哎，你的字好漂亮。”

整个的急救的过程，我都一面看一面佩服，但是当他用欢呼的声音去赞美那病人不成笔画的字的时候，我却为之感动得哽咽起来。

病人果真一路写下去。

也许那病人想起了什么，虽然闭着眼睛，躺在床上仰面而写，手是从生死边缘被救回来的颤抖不已的手——但还有人在赞美他的字！也许是颜体的，也许是柳体，也许什么都不是，只是一个活着的人写的字，可贵的是此刻他的字是“被赞美的字”。

那医生救人的技能来自课本，但他赞美病人的字迹却来自智慧和爱心，后者更足以使整个的急救室像殿堂一样地神圣肃穆起来。

有一位父执辈，颇有算八字的癖好，谁家有了刚生的孩子，他总要抢来时辰，免费服务一番——那是他难得实习的机会。

算久了，他倒有一个发现，现代孩子的命普遍都比老一辈好，他又去找同道证实，得到的结论也都一样，他于是很高兴，说：

“国运一定是好的了，要不是国运好，哪有那么多命好的孩子。”

我自己完全不知道八字是怎么一回事，但听到他的话仍不免欢欣雀跃，甚至肃然起敬——为那些一面在排着神秘的八字一面又不忘忧心国事的人。

在澄清湖的小山上爬着，爬到顶，有点疑惑不知该走哪一条路回去，问道于路旁的一个老兵。

那人简直不会说话得出奇，他说：

“看到路——就走，看到路——就走，再看到路——再走，就到了。”

我心里摇头不已，怎么碰到这么呆的指路人！

赌气回头自己走，倒发现那人说的也没错，的确是“看到路——就走”，渐渐地，也能咀嚼出一点那人言语中的诗意来，天下事无非如此，“看到路——就走”，哪有什么一定的金科玉律，一部二十五史岂不是有路就走——没有路就开路，原来万物的事理是可以如此简单明了——简单明了得有如呆人的一句呆话。

西谚说，把幸运的人丢到河里，他都能口衔宝物而归，我大概也是幸运的人，生活在这座城里，虽也有种种倒霉事，但奇怪的是，我记得住的而且在心中把玩不已的全是这些可爱的片断！这些从生活的渊泽里捞起来的种种不尽的可爱。

念你们的名字

孩子们，这是八月初的一个早晨，美国南部的阳光舒迟而透明，流溢着一种让久经忧患的人鼻酸的、古老而宁静的幸福。助教把期待已久的发榜名单寄来给我，一百二十个动人的名字，我逐一地念着，忍不住覆手在你们的名字上，为你们祈祷。

在你们未来漫长的七年医学教育中，我只教授你们八个学分的国文，但是，我渴望能教你们如何做一个人——以及如何做一个中国人。

我愿意再说一次，我爱你们的名字，名字是天下父母满怀热望的刻痕，在万千中国文字中，他们所找到的是一两个最美丽最醇厚的字眼——世间每一个名字都是一篇简短质朴的祈祷！

“林逸文”“唐高骏”“周建圣”“陈震寰”，你们的父母多么期望你们是一个出类拔萃的孩子。“黄自强”“林进德”“蔡笃义”，多少伟大的企盼在你们身上。“张鸿仁”“黄仁辉”“高泽仁”“陈宏仁”“叶宏仁”“洪仁政”，说明了儒家传统的对仁德的向往。“邵国宁”“王为邦”“李建忠”“陈泽浩”“江建中”，显然你们的父母曾把你们奉献给苦难的中国。“陈怡苍”“蔡宗哲”“王世尧”“吴景农”“陆恺”，含蕴着一个古老而圆融的理想。我常惊讶，为什么世人不能虔诚地细味另一个人的名字？为什么我们不懂得恭敬地省察自己的名字？每一个名字，不论雅俗，都自有它的哲学和爱心。如果我们能用细腻的领悟力去叫别人的名字，我们便能学会更多的互敬和互爱，这世界也可以因此而更美好。

这些日子以来，也许你们的名字已成为乡梓邻里间一个幸运的符号，许多名望和财富的预期已模模糊糊和你们的名字联在一起，许多人用钦慕的眼光望着你们，一方无形的匾已悬在你们的眉际。有一天，“医生”会成为你们的第二个名字，但是，孩子们，什么是医生呢？一件比常人更白的衣服？一笔比平民更饱涨的月入？一个响亮荣耀的名字？孩子们，在你们不必讳言的快乐里，抬眼望望你们未来的路吧！

什么是医生呢？孩子们，当一个生命在温湿柔韧的子宫中悄然成形时，你，是第一个宣布这神圣事实的人。当那蛮横的小东西在尝试转动时，你是第一个窥得他在另一个世界的心跳的人。当他陡然冲入这世界，是你的双掌，接住那华丽的初啼。是你，用许多防疫针把成为正常的权利给了婴孩。是你，辛苦地拉动一个初生儿的船纤，让他开始自己的初航。当小孩半夜发烧的时候，你是那些母亲理直气壮打电话的对象。一个外科医生常像周公旦一样，是一个在简单的午餐中三次放下食物走入急救室的人。有的时候，也许你只需为病人擦一点红汞水，开几颗阿司匹林，但也有的时候，你必须为病人切开肌肤，拉开肋骨，拨开肺叶，将手术刀伸入一颗深藏在胸腔中的鲜红心脏。你甚至有的时候必须忍受眼看血癌吞噬一个稚嫩无辜的孩童而束手无策的裂心之痛！一个出名的学者来见你的时候，可能只是一个脾气暴烈的牙痛病人。一个成功的企业家来见你的时候，可能只是一个气结的哮喘病人。一个伟大的政治家来见你的时候，也许什么都不是，他只剩下一口气，拖着一个中风后的瘫痪的身体。挂号室里美丽的女明星，或者只是一个长期失眠的、神经衰弱的、有自杀倾向的患者——你陪同病人经过生命中最黯淡的时刻，你倾听垂死者最后的一次呼吸、探察他最后的一槌心跳。你开列出生证明书，你在死亡证明书上签字，你的脸写在婴儿初闪的瞳仁中，也写在垂死者最后的凝望里。你陪同人类走过生、老、病、死，你扮演的是一个怎样的角色啊！一个真正的医生怎能不是一个圣者。

事实上，作为一个医者的过程正是一个苦行僧的过程，你需要学多少东西才能免于自己的无知，你要保持怎样的荣誉心才能免于自己的无行，你要几度犹豫才能狠下心拿起解剖刀切开第一具尸体，你要怎样自省，才能在千万个病人之后免于职业性的冷静和无情。在成为一个医治者之前，第一个需要被医治的，应该是我们自己。在一切的给予之前，让我们先成为一个“拥有”的人。

孩子们，我愿意把那则古老的“神农氏尝百草”的神话再说一遍，《淮南子》上说：“古者民茹草饮水，采树木之实，食蠃蛖之肉，时多疾病毒伤之害，于是神农氏乃始教民播种五谷，尝百草之滋味，水泉之甘苦，令民知所辟就，当此之时，一日而遇七十毒。”

神话是无稽的，但令人动容的是一个行医者的投入精神，以及那种人饥己饥、人溺己溺、人病己病的同情。身为一个现代的医生当然不必一天中毒七十余次，但贴近别人的痛苦，体谅别人的忧伤，以一个单纯的“人”的身份，恻然地探看另一个身罹疾病的“人”仍是可贵的。

记得那个“悬壶济世”的故事吗？“市中有老翁卖药，悬一壶于肆头，及市罢，辄跳入壶中，市人莫之见。”——那老人的药事实上应该解释成他自己。孩子们，这世界上不缺乏专家，不缺乏权威，缺乏的是一个“人”，一个肯把自己给出去的人。当你们帮助别人时，请记得医药是有时而穷的，唯有不竭的爱能照亮一个受苦的灵魂。古老的医术中不可缺的是“探脉”，我深信那样简单的动作里蕴藏着一些神秘的象征意义，你们能否想象用一个医生敏感的指尖去探触另一个人的脉搏的神圣画面。

因此，孩子们，让我们怵然自惕，让我们清醒地推开别人加给我们的金冠，而选择长程的劳瘁。诚如耶稣基督所说：“非以役人，乃役于人。”真正伟人的双手并不浸在甜美的花汁中，他们常忙于处理一片恶臭的脓血。真正伟人的双目并不凝望最翠拔的山峰，他们低俯下来察看一个卑微的贫民的病容。孩子们，让别人去享受“人上人”的荣耀，我只祈求你们善尽“人中人”的天职。

我曾认识一个年轻人，多年后我在纽约遇见他，他开过计程车，做过跑堂，以及各式各样的生存手段——他仍在认真地念社会学，而且还在办杂志。一别数年，恍如隔世，但最安慰的是当我们一起走过曼哈顿的市声，他无愧地说：“我还抱持着我当年那一点对人的关怀，对人的好奇，对人的执着。”其实，不管我们研究什么，可贵的仍是那一点点对人的诚意。我们可以用赞叹的手臂拥抱一千条银河，但当那灿烂的光流贴近我们的前胸，其中最动人的音乐仍是一分钟七十二响的雄浑坚实如祭鼓的人类的心跳！孩子们，尽管人类制造了许多邪恶，人体还是天真的、可尊敬的奥秘的神迹。生命是壮丽的、强悍的，一个医生不是生命的创造者——他只是协助生命神迹保持其本然秩序的人。孩子们，请记住你们每一天所遇见的不仅是人的“病”，也是病的“人”，人的眼泪，人的微笑，人的故事，孩子们，这是怎样的权利！

作为一个国文老师，我所能给你们的东西是有限的。几年前，曾有一天清晨，我走进教室，那天要上的课是《诗经》——而我们刚得到退出联合国的消息。我捏着那古老的诗册，望着台下而哽咽了，眼前所能看见的是二十世纪的烽烟，而课程的进度却要我去讲三千年前的诗篇，诗中有的是水草浮动的清溪，是杨柳依依的水湄，是鹿鸣呦呦的草原，是温柔敦厚的民情。我站在台上，望着台下激动的眼神，仍然决定讲下去。那美丽的四言诗是一种永恒，我告诉那些孩子们有一种东西比权力更强，比疆土更强，那是文化——只要国文尚在，则中国尚在，我们仍有安身立命之所。孩子们，选择做一个中国人吧！你们曾由于命运生为一个中国人，但现在，让我们以年轻的、自由的肩膀，选择担起这份中国人的轭。但愿你所医治的，不仅是一个病人的沉疴，而是整个中国的羸弱。但愿你们所缝补的不仅是一个病人的伤痕，而是整个中国的痈疽。孩子们，所有的良医都是良相——正如所有的良相都是良医。

长窗外是软碧的草茵，孩子们，你们的名字浮在我心中，我浮在四壁书香里，书浮在黯红色的古老图书馆里，图书馆浮在无际的紫色花浪间，这是一个美丽的校园。客中的岁月看尽异国的异景，我所缅怀的仍是台北三月的杜鹃。孩子们，我们不曾有一个古老幽美的校园，我们的校园等待你们的足迹使之成为美丽。

孩子们，求全能者以广大的天心包覆你们，让你们懂得用爱心去托住别人。求造物主给你们内在的丰富，让你们懂得如何去分给别人。某些医生永远只能收到医疗费，我愿你们收到的更多——我愿你们收到别人的感念。

念你们的名字，在乡心隐动的清晨。我知道有一天将有别人念你们的名字，在一片黄沙飞扬的乡村小路上，或是曲折迂回的荒山野岭间，将有人以祈祷的嘴唇，默念你们的名字！

溯洄

一　掌灯时分

一九三一年，江南的承平岁月依依暖暖如一春花事之无限。

四月，陌上桃花渐歇，栀子花满山漫开如垂天之云。春江涨绿，水面拉宽略如淡水河。江有个名字，叫汨罗江，水上浮着倏忽来往的小船，他的家离江约需走一小时，正式的地名是湖南湘阴县白水乡宴家冲。家里有棵老樟树，树上还套生了一株梅花。黄昏时分年轻的母亲生下这家人家的长孙。五十二年后，她仍能清楚地述起这件事：

“是酉时哩，那时天刚黑，生了他，就掌上灯了。”

渐渐开始有了记忆，小小的身子站在绣花绷子前看母亲绣花。母亲绣月季、绣蝴蝶，以及燕子、梅花。母亲绣大一点的被面、屏幛就先画稿子，至于绣新娘用的鞋面枕套竟可以随手即兴地直接绣下去。

绣到一半，不免要停下来料理一下家务。小男孩一俟母亲走开，立刻抓起针往白色缎面上扎下去。才绣几针，母亲回来了，看看，发觉不对，而重拆是很麻烦的。绣花当时是家庭副业，哪容小男孩捣蛋玩这种“奢侈的游戏”，所以按理必须打一顿。只是打完了，小男孩下次仍受不了诱惑又从事这种“探险”，怎样的葱绿配怎样的桃红？怎样以线组成面？为何半瓣梅花、半片桃叶，皆能于光暗曲折之间自有其大起伏大跌宕——这样绣了挨打，打完又绣。奇怪的是忽有一天母亲不打人了，因为七八岁的小男孩已经可以绣到和母亲差不多的程度了。

家里还织布染布，煮染的时候小男孩总在一旁兴奋地守着。如果是染衣服，就更讲究些。母亲懂得如何在袖口领口口袋等处绑上特殊的图案，染好以后松开绑线，留在蓝布或紫布上的白花常令小男孩惊喜错愕。

比较简单的方法是在夏末把整疋布铺在莲花池畔，小男孩跳下池子去挖藕泥，挖好泥浆以后涂在布上曝晒。干了就洗掉，再敷再晒。五六遍以后粗棉布便成了夹褐的灰紫色。家里的男人几乎都穿这种布衣。

还放牛，还自己酿米酒、捡毛栗、捡菌子、捡栀子花结成的栀实。日子过得忙碌而优游——似乎知道日后那一场别离，所以预先贮好整个一生需用的回忆。

十五岁读初中，学校叫汨罗中学，设在屈子祠里。祠就在江边上，学生饮用的便是汨罗江水。做父亲的挑着一肩行李把儿子送到祠中，注了册，直走到最后一进神殿，跪下，对着阳雕金字“楚三闾大夫屈子之神位”叩了三个头，男孩也拜了三下。做父亲的大概没想到磕了三个头后，这中国的诗神便收了男孩为门徒，使男孩的一生都属于诗魂。

起先，在十岁那年，男孩曾跟宋容生教授读过《左传》和《诗经》。宋教授从北大回乡养病，男孩在他家看到故宫的出版品和文物图片，遂悠然有远志。他不知道二十七年以后他自己也进入故宫，并且在器物研究之余也是《故宫文物月刊》的编辑委员。他回想起来，觉得遇见宋先生是生平最早出现的大事。另一件大事则是在理化老师家读到了长沙出版的新文学杂志，知道世上有小说、散文和诗歌。

民国三十七年，从军。长沙城的火车站里男孩看着车窗外的舅舅跑来跑去在满月台找他，想抓他回家，他狠心不顾而去。在兵籍簿上他写下自己的名字，因而分到一枚框着红边的学兵符号佩在胸上，上面写着“袁德星”。

二　“到西安城外，娶一汉家平民女子……”

而同一年，远方另有一男孩才一岁，住在西安城的小雁塔下。和他生命相系的最早的这条河叫渭水。

外曾祖父那一代在西安做知府，慈禧逃庚难那一年还是他接的驾。大概由于拥有这么一种家世，他被取了一个大有期许意味的名字：蒋勋。

辛亥革命之后，身为旗人的外曾祖父那一代败落了。外曾祖父临死传下遗命，要儿子必须娶个西安城外的汉家女子，平民出身，刻苦坚忍的那一种，家道才有可能中兴起来。外婆就这样嫁过来。外祖父显然不太爱这位妻子，一径逃到燕京大学去念书了。但这位外婆倒真是过日子的一把好手，丈夫不在，她便养一窝猫。日本人侵华的那些年，西安城里别家没吃的，她却能趁早晨城门乍开之际，擦身偷挤出去。一出城，她便如纵山之虎，城外到处都是她的乡亲朋友，弄点粮食是不成问题的。后来她又把大屋子划成一百多个单位，分租给人，租钱以面粉计，大仓房里面粉堆得满满的。

看到小外孙出生，她极高兴，因为小男孩已有哥哥，她满心相信可以把这孩子祧给母系，所以格外疼爱。西安城里冬天苦冷，她把小婴儿绑在厚棉裤的裤裆里，像一串不容别人染指的钥匙。

母亲当年念了西安女子师范，毕业典礼上的那首歌她一直都在唱："我们今天是桃李芬芳，明天是社会的栋梁。"她还有一把上海来的蝴蝶牌口琴，后来因为穷，换了面粉，事后大约不免有秦琼卖马之悲，也因此每和父亲吵架，都会把"口琴事件"搬出来再骂一遍。

中国民间女子的豪阔亮烈，蒋勋是在母亲身上看到的。

她到台北的故宫博物院去参观，看到那些菲薄透明的瓷碗，冷冷笑道：

"这玩意儿，我们家多的是，从前，你外婆心情不好的时候，就摔它一个。"

看到贵妇人手上的翡翠，她也笑："这算什么，从前旗人女子后脑勺都要簪一根扁簪，一尺长咧，纯祖母绿，放在水里，一盆尽绿——这种东西，逃难的时候，还不是得丢吗？丢了就丢了就是了。"

母亲有着对美的强烈直觉和本能，却能不依恋，物我之间，清净无事。

往南方逃亡的时候，已经是一九五一年了，逃到福建，从长乐上船。小男孩哭，母亲把他藏在船舱下面，吓唬他不准再哭了——早期的恐惧经验在后来少年的心里还不断成为梦魇，他时时梦见古井，梦到惊惶的窒闷和追捕。

暂时住在西沙群岛一个叫白犬的地方，好心的打鱼人有时丢给他们几尾鱼，日子就这样过下来。奇怪的是，许多年后，做姊姊的仍然恋恋不舍想起那些渔人分给他们的鱼：

“好大的鱿鱼啦，拿来放在灰里煨熟——哎，那种好吃……”

逃难的岁月，毁家荡产的悲痛都退去了，只剩下一尾好吃的鱼的回忆。

终于，全家到了台湾，住在大龙峒，渭水换成了淡水河，孔庙是小男孩每天要去玩的地方。至于那轻易忘掉翠尺的母亲宁可找些胭脂来为过年的馒头点红，这才是真正的人间喜气。那一年，是一九五二年。

三　失踪的湖

一九五二年，小女孩九岁，住在一个叫湾仔的地方。逃学的坡路上有杂色的马缨丹，刚刚够一个小女孩可以爬得上去。热闹的街角有卖凉茶的，她和妹妹总是去喝——为的是赚取喝完之后那粒好吃的陈皮梅。当然，还有别的：例如迷途的下午被警察牵着回家时留在手心的温暖、例如高斜如天梯的老街、例如必须卷起舌头来学说的广东话、例如假日里被年轻父亲带去浅水湾玩水的喜悦、例如英记茶行那份安详稳泰的老店感觉……然而，这一家人住在那栋楼上是奇怪的——他们是蒙古人，整个湾仔和整个港岛对他们而言，还不及故乡的一片草原辽阔，草原直漫到天涯，草香亦然，一条西喇木伦河将之剖为两半，父亲和母亲各属于左岸和右岸，而伯父和祖父沿湖而居，那湖叫汗诺日美丽之湖（汗诺日湖系蒙语“皇帝之湖”的意思）。二次大战前日本某学术团体曾有一篇《蒙古高原调查记》，文中描述的湖是这样的：

“沿途无限草原，由远而近，出现名曰汗诺日的美丽之湖，周围占地约四华里，湖水清湛，断定为一淡水湖，湖上万千水鸟群栖群飞，牛群悠然饮水湖边，美景当前，不胜依恋……”

但对小女孩而言，河亦无影，湖亦无踪，她只知道湾仔的炫目阳光，只知道下课时福利社里苏打水的滋味。五年之间，由小学而初中，她的同学都知道她叫席慕蓉，没有人知道她真正的名字叫穆伦·席连勃，那名字是“大江河”的意思。

读到初一，全家决定来台湾，住在北投的山径上，那一年是一九五四年，她十一岁了。

四　湖口街头初绽的梅幅

那一年，袁德星早已辗转经汉口、南京、上海而基隆而湖口，在岛上生活五年了。“受恩深处便为家”，他已经不知不觉将湖口认作了第二故乡。

也许因为有个学了点裱画的朋友，他也凑趣画些梅花、枇杷让对方裱着玩，及至裱好了两人又拿到湖口街上唯一的画店去悬挂。小镇从来没出现过这种东西，不免轰动一时——算来也许是他的第一次画展，如果那些初中时代的得奖壁报不算的话。

楚戈这笔名尚未开始取，当时忙着做的事是编刊物、到田曼诗女士家去看人画画、结交文人朋友。一九五七年，他拿画到台北忠孝西路去裱，裱褙店的人转告他说有人想买此画，遂以六百元成交，那是生平卖出的第一张画，得款则够自己和朋友们大醉一场。

仍然苦闷，一个既不能回乡也不能战死的小兵，在一个偶然的机会里他请缨赴中南半岛作游击战，当时他的一位老大哥赵玉明也报了名，别人问他原因，他说：

“不行啊，袁宝报了名，他那人糊里糊涂，我不跟着去照顾他怎么行呢？”

结果虽然没有成行，好在他却在知识和艺术的领域里找到了更大的挑战！戈之为戈，总得及锋而试啊！

五　密密的芙蓉花，开在防空洞上

搬进村子的第一天，蒋勋就去孔庙看野台歌仔戏。母亲一向喜欢河南梆子，所以也去了。一面看，她一面解释说起来：

“这是武家坡啊！”

母亲居然看得懂歌仔戏，也是怪事。家居的日子，母亲是讲故事的能手。她的故事有时简单明了，如：

“那王宝钏啊，因为一直挖野菜来吃，吃啊，吃啊，后来就变成一张绿肚皮……”

她言之凿凿，令人不得不信。也有时候，她正正经经讲起《聊斋》，邻居小孩也凑进来听。弟弟又怕又爱听，不知在哪一段高潮上吓得向后翻倒，头上缝了好几针，这件让为人笃实的父亲骂了又骂。

每到三月十二日，公家就发下树苗，当时政府规定家家要做防空洞，幼年的蒋勋和家人便把分到的芙蓉插在防空洞上。芙蓉一大早是白的，渐渐呈粉色，最后才变成艳红。此外又家家种柳，柳树长得泼旺如炽。防空洞当然一次也没用过，却变成小孩游戏的地方，在里面养鸟，养乌龟，连鸭子也跑进里面去秘密地孵了一窝蛋，小孩和鸭子共守这份秘密——及至做母亲的看到凭空冒出一窝小黄鸭，不免大吃一惊。

所谓战争，大概有点像那座防空洞，隐隐地坐落在那里，你不能说它不存在，却竟然上面栽上芙蓉，下面孵着鸭子，被生活所化解了。男孩穿花拂柳一路跑到淡水河堤上去放风筝，跑得太快，线断了，风筝跨河而去。他放弃了风筝转头去看落日，顺便也看跟落日同方位的观音山，观音凝静入定，他看得呆了——那一年，他小学四年级，十岁。

六　我可不可以来学画？

十四岁考上台北师范，席慕蓉背个大画夹，开始了她的习画生涯。那一年，在军中的楚戈开始努力看画展和画评，后来因为觉得别人说的不够鞭辟，便自己动手来写。而十三岁的蒋勋出现在民众服务处的教室里，站在老画家的面前问说：

“我没有钱出学费——可不可以来学画？”

老画家凝望了少年一眼，点头说：

“可以啊！”

一九六六年，楚戈退役，考入艺专夜间部美术科。而蒋勋，这时候刚开始念文化大学历史系，毕业以后，又读了文大的艺术研究所，一九七二年，二十五岁的他启程赴巴黎。

“以前我以为西安是我的乡愁，飞机起飞的刹那才知道不是，台湾在脚下变得像一张小小的地图，那感觉很奇怪，我才知道西安是我爸爸妈妈的乡愁，台北才是我自己的乡愁啊！”

七　回

终于能回台湾了，那一年是一九七〇年，心中胀着喜悦，腹中怀着孩子，席慕蓉觉得那一去一回是她生平最大的关键。

蒋勋回台湾则是在一九七六年。

楚戈也回来了——虽然他并未出国。许多年来，他一向纵身于现代诗与现代画的巨浪里，但从一九六八年供职台北故宫博物院开始，也陆续发表了不少有关青铜器的论文。一九七一年，他在《中华文化复兴月刊》上辟栏连续写了两年《中国美术史》。认识他的人不免惊奇于他向传统的急遽回归，但深识他的人也许知道，楚戈的性情是变中有不变，不变中有变的。一九八一年，蒋勋出版《母亲》诗集，在序文里，他说：

“我读自己第一本诗集《少年中国》，发现有许多凄厉的高音，重复的时候，格外脸红。”

接着他又说：

“这几年我在大屯山下，常常往山上走走。一到春天，地气暖了，从山谷间氤氲着云岚，几天的雨，使溪涧四处响起，哗啦哗啦，在乱石间争窜奔流，在深洼之处汇聚成清澈的水潭……我观看这水，只是看它在动、静、缓、急、回、旋、崩、腾，它对自己的形状好像丝毫没有意见，在陡直的悬崖上奋力一跃，或澄静如处子，那样不同的变貌，你还是认得出它来，可以回复成你知道的水。

“我对人生也有这样的向往，无论怎样多变，毕竟是人生。

“我对诗也有这样的向往，无论怎样的风貌，毕竟是诗，不在乎它是深渊，是急湍，是怒涛，是浅流。它之所以是诗，不在于它的变貌，而在于你知道它可以回复成诗。”

回来的不只是从前那个离去的蒋勋，还要更多，多了一整腔沉潜的关情。一九七三年，他接受了东海美术系系主任的职位。

至于席慕蓉，她在一个叫龙潭的地方住了下来，画画、教画、写诗并且做母亲。前后开的画展分别是人像系列、明镜系列、荷花系列、夜色系列。

楚戈的情节发生了一点变化，一九八〇年底他发现得了鼻咽癌，此后便一只手抗癌，一只手工作，且战且前却也出版了三本书，出过四趟国，开了港、台五六次画展。

八　各在水一方

一九八六年秋，蒋勋为毕业班同学开了一门课名叫“文人画”，他自己和楚戈、席慕蓉合授此课。属于渭水和淡水河的蒋勋，属于汨罗江和外双溪的楚戈，属于西喇木伦和大汉溪的席慕蓉，本是三条流向不同的河，此刻却在交汇处冲积出肥腴的月湾土壤。

“学生受了四年的专业训练，”蒋勋说，“我现在着急的不是要为他们再‘立’什么，而是要为他们‘破’，找三个人来开这门课，就是要为他们‘破一破’!”

受惠的不只是学生，三个老师也默默欣赏起彼此的好处来。那属于蒙古高原的席慕蓉，可以汲饮汨罗之水，那隶籍福建却来自西安小雁塔的蒋勋可以细绎草原的秩序，至于那来自楚地的楚戈亦得聆听大度山的清歌。一干原来不可能相逢的人物，在灾劫之余相知相遇，并且互灌互注，增加了彼此的水量与流速，形成一片美丽丰沃的流域。

九　溪谷桃李

一九八七年春四月，沿太鲁阁国家公园的绿水、文山、回头弯、九梅一路走下去是桃塞溪和整片石基的河床（原名陶花，此是故意的笔误）。再往里面走，则是密不透天的桃花，桃花开得极饱满的时候雄峙如一片颇有历史感的故垒。躺在树下苔痕斑斑的青石上看晴空都略觉困难那一天教室便在花下。

“席老师，”一个女孩走来，眼神依稀是自己二十年前的困惑，“这桃花，画它不下来，怎么办?”

“画不下来?”她的口气有时刚决得近于凶狠，“你问我，我告诉你，我自己也画它不下来呀！谁说你要画它下来的？你就真把它画了下来，又怎么样?”

“画家这行业根本是多余的!”爬到一块大石头上的蒋勋自言自语地宣布，这话，不知该不该让学生听到。忽然，他对着一块满面回纹的石头叫了起来，“你看，这是水自己把自己画在石头上了。”

楚戈则更无行无状，速写簿上一笔未着，却跟一位当地的“莲花池庄主”聊上了，一个劲的打听如何来此落地生根。

“山水，”蒋勋说，“我想是中国人的宗教。”

那山是坐落于大劫大难与大恩大宠之间的山，那水是亦悲激亦喜悦之水。那山是半落青天之外淡然复兀然的山，那水是山中一夜雨后走势狂劲直奔人间不能自止的水——各挟其两岸的风景以俱来。

一阵风起，悬崖上的石楠撒下一层红雾，溪水老是拣最难走的路走，像一个自己跟自己过不去的艺术家，弄得咻咻不已。师生一行的语音逐渐稀微，终至被风声溪声兼并，纳入一山春声。

篇三：晓风过处

落了单？落单其实还有其先决条件呢！你必须身在某个群体中。纳入了群体之后，跟人家转来转去，并辔同席，然后，忽然，因为某种原因，你离了群，落了单……

在 D 车厢

一、无声

十年前，二〇〇五年，全家四人去了一趟英国，为了省钱，也为了喜欢，我们选择火车作为交通工具。

我爱火车，虽然并没有爱到像某些人那种成痴成狂的程度，但“火车”好像常跟重大记忆相绑，不像搭公共汽车，坐完了就忘了。生命里的“要事”如逃难或北上就学，都是坐火车去的，我难免对火车有一份特殊情感。

英国火车干净准时，座位敞亮，不豪奢却舒服，乘客看起来也都彬彬有礼，连车站也很好——而所谓好，就是车站里面该有的就有，不该有的就没有——虽然，那一年发生了可怕的国王车站的屠杀案，我还是不改初衷深爱英国火车。

但我真正爱英国火车其实另有一个奇特的缘由，原来在它一节一节一节一节的绵长承载里，制度上竟然会划出一节“D车厢”。这节D车厢乍望之也并不特别，不料它却有一条比法律还有效的规定，这条规定便是：

“凡选择坐在此车厢的乘客，一律不许发出声音。”

呀！不准跟同行的人聊天，不准听音乐，不准打手机，这简直像天主教的“避静”，又像佛教在“打禅七”。不过，却不禁止你跟白云打手语，向田野上的一捆一捆的干草垛举手致敬，或者跟淙淙流过的小沟小溪暗通款曲，甚至一厢情愿地跟横空而过的鸟群眉目传情，或者低头写一首诗——翻动纸张所造成的窸窣不在噪音禁止之列。

我们于是选择买D车厢的票。

二、没有生活的小锉刀来锉你

如果世界上每个城市都有火车，如果每列火车都设有一节D车厢，如果载着我的不只是车轮车轨，也是幸福的D式的无边的祥宁安静——那，真是多么好的事啊！

火车，是英国人的发明，此事好像应该要大大佩服一番——不过，不知怎么的，我好像也不觉得这事十分了不起。

比较了不起的应是火车之前的蒸汽机的发明，更令人惊心动魄的则是有了火车之余，整个铁路网的规划建设和经营。当然，公路和地铁和高铁和海底隧道或飞机场或航线也都各有其大创意、大功力，可是，没出息如我，却单单最佩服英国火车中的D车厢的制度。

D车厢有多伟大？也不过就是不准人讲话罢了。自己一个人跑进深山里，不也就立刻拥有“宁静权”吗？可是，很难，“空山不见人，但闻人语响”，或者，“古木无人径，深山何处钟”，原来占领一个空间，不见得能霸住那空间里的“声音权”，所以连神明出巡，都得打着“肃静”的牌子，劝人别说话别吵闹。其实就连我们自己，也不太让自己耳根闲着，所以即使“独坐幽篁里”，居然仍不免“弹琴复长啸”，也不知是不是为了壮胆？

这样说来，除了别人，我们自己也常是破坏安静的高手——因此，规章、制度或者默契便有其必要了。生命中极需要用规条来维护某一小区的安谧与清寂，如D车厢。

在熙熙攘攘的人群中，坐着，不理陌生人，甚至也可以不理会自家人，D车厢是多么神奇的好地方啊！想想，为了家人，一个女人要说多少啰啰唆唆的废话啊，但此刻，你不必回答任何话，因为任何人不得提问。

家人对话，原也是好事，但在“父慈子孝兄友弟恭”之余，不免牺牲了独立深思的空间。爱因斯坦如果不断被问“水电费缴了没有？”或“我的袜子怎么少了一只？”或“下礼拜王家嫁女儿我们要送多少钱？”世上就没有《相对论》了。而此刻，在D车厢上，生活的小锉刀不会来锉你，你可以放心让思考迤逦独行，并且安心整理自己。

三、莎小妹和苏小妹

我选择在皮包中带几张小纸片，可以随手记录一些心情。另外，则是我的老招——看书，我挑的是张秀亚译的维吉尼亚·吴尔芙的《自己的房子》，此书以前已看过两遍，此刻带它，如偕老友结伴上路。百年前的英国女作家的经典作品，能在英国的风景线上来三番阅读，真是别具滋味啊！我又刻意去了国王学院，想走走当年那片不让女人踏行的草地，并且遥想在六十四年前的初春三月底（吴尔芙死于1941年，距我十年前的英国之旅是六十四年），她留下遗书，在衣袋中装满沉甸甸的石头，毅然一步步走入碧涧急流，执意只求灭顶。她步履轻稳坚定，一如黄昏时的散步……

然而，在D车厢里，在家人面对面坐着却不准互相对话的绝对宁静里，我何等珍惜这段硬挖出来的“空白机缘”。我可以坐在字里行间和吴尔芙倾谈，理直气壮，而不受任何干扰，我们谈起女子在这个世界上的生存空间的困厄，谈男子几乎永世不得探知的女性的哀怨和窃喜……

她那有名的“如果莎士比亚有个妹妹”的假设，令人心酸复心恻，也令人想起在英国既有个“莎小妹”，我们也有个“苏小妹”，这两位“小妹”有得拼，啊，这里分明有一篇论述可以写……咦，灵感不就是在这样的定静中产生的吗（后来，我果真写了这么一篇《莎小妹与苏小妹》的文章）？

那个奇怪的弗洛伊德，他以为女人的诸多焦虑或神经质或终日若有不足，都是因为身体上少了一具“那话儿”。唉，真是怪事啊，他那不合逻辑的脑袋难道就不能想想男人是不是因为少了子宫或阴道或乳房，才每每那么狂悖暴烈呢？

除了读吴尔芙，读旧诗也是个好主意。人在旅途，厚籍大册带了会累垮人，行囊只宜放它轻轻薄薄一二册书。诗集，如心灵世界中的行军干粮，又如奶酪或牛肉干，浓缩紧致，美的密度比较高，耐得咀嚼也耐得饥——但诗集也只适合在D车厢读，如果搭乘的是聒噪的游览车，导游下死劲努力劝人唱歌、讲笑话，他自己也努力让众人耳根不得一秒钟清净，他甚至认为必须如此这般，才庶几无愧于其神圣的职守。可怜你正想着如何把一句李贺的驰想兑化成现代诗，那边却冒出一堆“插嘴”的人，插科打诨，不一而足。在台湾，为了宣示族群平等，许多车厢中会“自动”跳出四种广播语言（三种华语，外加一段英语）告诉你“台中到了”。这还不打紧，有些车厢更是服务周到，他们不厌其烦地好心相劝，请每位乘客生活中务必要小心诈骗集团，不要上当了。这些公司对顾客的殷勤，真是令那些想好好阅读并思索一首唐人绝句的人欲哭无泪啊！

四、他肚子里的故事才只说了二成

人在英国旅行，难免多想英国文学的事，身为华人，通多国语言的人不多，我们“觉得相熟”的西方作家一向就只有英国人或美国人。火车在伦敦或约克郡奔驰之际，我除了想到吴尔芙，也想到写《坎特伯雷故事集》的乔叟，前者是近代人，后者的书则成于1399年。我于维吉尼亚·吴尔芙除了佩服她的作品之外，别有一种幽微的悲悯和认同，原来她投水自沉之日〔详细时间很难计算，因为只知吴氏“留书离家”（3月28日）之际和“尸身浮出”（4月中）之时，这几天中她是哪一刻死去的则又是个谜，推测应是三月底〕，也正是我在中国南方的浙江金华城呱呱坠地之时。

这《坎特伯雷故事集》也是个令我悠然意远的集子，1399年，算是英国文学的滥觞期，而这个时候在中国早已是唐诗也诗过了，宋词也词过了，元代的散曲和剧曲也闹闹腾腾地曲过了。此刻早已是明朝的天下了——但用英文写作的文学才刚刚起步……

大概因为文学刚开始，写法颇有草莽气息，故事从一个旅行团出发开始讲起——古代原没有什么观光旅游团可以去四处游玩，如果以中国为例，上焉者则是皇帝去泰山封禅，下焉者是官员调迁或遭贬。此外，可以去天下四方乱走的则是士兵戍边或僧侣化缘以及“重利轻别离”的商人在走东闯西、买货卖货。偏偏在这堆古人中有一支队伍是“进香”或“朝圣”的，《坎特伯雷故事集》便是写些朝圣者在“慢慢长途”的旅行中（当时也非慢不可），各人编些故事自娱娱人。这一开讲，便没完没了，简直要说到地老天荒。后来，作者死了，故事戛然而止。他本来计划要让30个朝圣者每人讲4个故事，一共凑成120个故事，可是，天哪，他才写了24个故事，就从自己的“人生朝圣之旅途”上消失了，书才完成五分之一呢！唉，我其实多么好奇乔叟另外百分之八十的纷纷纭纭的故事到底要说些什么呢？

故事中大部分的朝圣者当然是男性，却有修女和修道院的女院长

——修女去朝圣，这事算顺理成章，这其间却冒出一个来自巴斯地的大姐头，在书中她就叫巴斯妇人。

五、遇见我冥想中的巴斯妇人，在无声的D车厢

因为D车厢的凝定阒静，我遂想着这妇人和她的故事，当时，700年前，春天乍到，她将故事坦坦白白地道来……那时是2005年7月，我在英国旅行，坐火车选择D车厢，只因为它是人类声音的禁区，我因而可以好好想一些平常少碰的事情，例如——女性议题。

《坎特伯雷故事集》的作者乔叟本是个说故事的高手，他最有趣的地方在于他先写活了朝圣团中的各色成员，然后才请他们各自开口说故事，像巴斯妇人，她“自报家门”的段落，长到比故事还长两倍呢！甚至还比她讲的故事更精彩更劲爆。

在中国，好像不容有巴斯妇人那种女人，她美丽、肉感，敢做，而且做完还敢直说。中国这种女人如果有，也只能寄身江湖做个大姐头，时不时发声宣布自己：

“哼！老娘胳臂上好跑马！”

巴斯妇人五嫁，并且还很自豪，因为前三位丈夫都由她荣任“高酬收尸队”。她投资短短几年光阴，竟然连赌连赢，赚到三份丰厚的遗产，她真是克夫高手啊！而且，她似乎还有家学渊源，她的老妈也满腹经纶，知道如何操纵男人。

有了钱，她不再委屈自己去再嫁“老夫”了，她开始嫁“少夫”，

少夫当然也有少夫的麻烦，第四个丈夫虽不老，也在她某次朝圣远游时在家里“自行陨灭”了。不过截至说故事的那个春天，她在大打出手几个回合之后，虽然被打到耳聋，但却终于让她在第五任期中占了上风，搞定了比她小二十岁的丈夫，简直是莎剧《驯悍记》的反面版本。

巴斯妇人如果生在今天，大概是个“妇运分子”。她也可能走商业路线，到处演讲，传授“理财”和“御夫”两种高科技而名利双收。

巴斯妇人虽粗俗彪悍，但口齿清畅有理，论事引经据典，俨然大家风范，想来那五个丈夫也不是白嫁的，除了捞了些银子，也让她见多识广，成了个“上得了台面的人物”。

意大利的《十日谈》虽也是集众人之口来说故事，但那些说故事的人都是些小姐少爷，他们为了逃避瘟神，躲在乡下别墅度假，日子比较闲适，谈吐比较优雅，不像《坎特伯雷故事集》中的叙事节奏较明快，且颇多市井气息。

巴斯妇人讲的故事至今仍算个话题。话说有个骑士，独行荒郊野外，忽遇孤身少女，他一时欲令智昏，犯了江湖大忌，跑去“性侵”少女。事情闹出来，阿瑟王认为败了骑士门风，兹事体大，断他死刑。不料皇后出面（皇后竟然是700年前英国“废死联盟”的首任主席呢！真是失敬!)，阿瑟王乐得顺水推舟，就把“骑士案”转给皇后去发落。

皇后于是给他出了一个题目，要他出外一年（为了示恩，另外宽加一天)，去找寻一个“放之四海而皆准”的答案。答案如果经众贵妇同意，可以免死。

那问题是什么呢？问题是：

“世上的女人，她们心里一致最想要的是什么？”

骑士于是策马上路，俨然成立了“一人组”的“民调公司”。麻烦的是，答案因人而异，有的说是钱，有的说是华服、性、奉承、信任，有的甚至认为丈夫早死为妙……

行行重行行，半年已过，他必须遵守誓言折回头去向皇后复命了。但答案至今找不出来，依约仍旧必须砍头，心中不免怏怏。他走着走着，不意在森林深处碰见一位老丑的婆婆，婆婆虽老丑，却多智。婆婆给了他一个答案，要他去见皇后和众贵妇时说出来，如果大家一致同意答案正确而获免死之恩，她就有权向骑士要求一项回报。

骑士只好一试老媪之言，不意竟获全体贵妇同意，那答案是：

“世上女子皆愿能御其男子，男子对她言听计从，俯首称臣。”

这时，林中老妇忽然现身，向皇后请求主婚——因为骑士曾答应过她，如因其言幸获免死，便要答应办到一事，她此刻要求成婚。

骑士虽暗自叫苦，然而依骑士行规必须谨守誓言，所以就把这个丑老太太娶回家去了。不料此女简直是“西方的无盐女”，她看丈夫嫌她弃她，便说出一番大道理来。骑士说不过她，只好以礼相待，至少也得敬她几分，不意这一转念，老妇忽变绝色美女，如今骑士夫人有德、有才、有貌，堪称“三绝佳人”，两人自此，照故事的法则，过起幸福美满的日子……

可是坐在D车厢上，想着，过了700年，这答案好像又不对了。能罩得住男人，一个男人，在一个屋顶之下，那算什么呀？像一个名为五星上将的将军，麾下却只有一兵，又有什么好呢？反之，男人罩老婆虽威武八方，同理，也没啥好神气的。

女人跟男人一样，她的愿望应该是“平等”“不作附件”“生命里不止有婚姻”“在不违德的前提下可以去做自己要做的事”。白居易的诗中有句话说得深切：“人生莫作妇人身，百年苦乐由他人。”

传统女人未必个个不好命，但“苦乐由人”却把人生弄成了一场赌博，或赢或输，全没个准则。换言之，女人全然没有选择权，她是“被决定”的。女人不是什么奇怪生物，她要的东西其实跟男人一模一样，只是想去做一个人、去独立、去自主罢了。

这些事，700 年前的泼辣厉害的巴斯妇人是不会懂的，连乔叟也不懂，但坐在 D 车厢里，慢慢想，一切都洞然了。

可是，同一个我，为什么在台北不去想这些事，跑到英国“那节不准讲话的 D 车厢”就会思索许多事，也真是奇怪啊！

请不要对我说欢迎——西行手记

然而——亲爱的，请不要对我说欢迎。

我走上我自己的土地，我来依傍这母亲般的后土。你，亲爱的朋友，请真的不要对我说："欢迎！"

虽然，说这话的时候，常伴随着你的笑容，你的掌声，并且加上系着大红绸子的烤全羊，初秋甜沁的瓜果，以及艳滴滴的吐鲁番红葡萄酒……然而我还是想告诉你，不要说欢迎，真的不要。一说欢迎，就有了主客之别，但是，像我这样的人，我怎能承认自己是客。

去年九月，曾蒙钱伟长先生设宴款待，一巡酒罢，有位教授掏出台胞证来给钱先生看，一面就诉起苦来：

"钱先生，你看，我在台湾，他们叫我'外省人'，来到大陆，你们又叫我'台胞'，我是个'姥姥不疼舅舅不爱'的人！"

他说得十分愤慨。

我瞪大眼睛看他，不懂他为什么要这样想？我是不是台湾人，只能由我自己来决定，这分明不需要靠别人说才算数的。既然吃浊水溪的米长大，谁能否决你的台籍身份？但是，如果飞机一落在咸阳机场，李白的《忆秦娥》就会立刻蹦出来：

“……咸阳古道音尘绝……西风残照，汉家陵阙。”

这时候，我又是百分之百的大陆人，我回到我魂牵梦系的地方。你相信吗？西安街上人潮涌动，但像我一样爱这方土地的人却并不多。

请不要以为我是骑墙派，正如我一方面是百分之百的“人”，一方面又是百分之百的“女人”。这两个身份对我而言，真的是缺一不可。从咸阳机场赴长安城（现名西安）途经渭水，天哪！渭水！这是杜甫的渭河啊！“渭北春天树，江东日暮云”。黑夜中我顾不得违法不违法，赶紧把头探向车窗外，要看一看属于唐代诗人笔下的河。对我而言，这条河既不属于汉唐的刘家李家，也不属于后来宋明的赵家朱家。成吉思汗或皇太极也许各有勋业，但还没有一个英雄可以伟大到拥有一条河。

一条河，只属于她自己。

勉强说，也属于用诗歌用绘画用生活用故事去题咏她的人。

我只能说，这是《诗经》里的河，这是吕尚父垂钓的渭水，这是杜甫吟咏的千里烟波，而我，我是三千年前那蹲在江边呆看吕尚钓鱼的小女孩，看他如何被西伯发现。我又是那跟在杜甫身边的小讨厌，一路看他如何捻须苦吟——我既在这条河边神游了一个又一个的世代，而你，亲爱的，你不过才三十，或者四十、五十、六十，你怎能来欢迎我呢？我是先你而至的人，我在此地处处逢故旧，该说欢迎的其实是我啊！

是啊！真的是处处逢故旧！桥山那里，丛山古柏之中有小小的黄帝陵，这个地点，从小学就背得烂熟，仿佛是张藏宝图，你记熟了它的坐标，于是安了心，知道这宇宙间有一个你生命中的秘境——这，就够了。

于是，有一天，我来到这桥山。一切都顺理成章，仿佛天命注定，某年某月某日，我某人理当到此。我深躬到地，并不自以为是客，这是我家祖宗，我来此一祭他的英灵，礼罢只见天清地朗，古柏森森，有若神呵鬼护。

忽然开来一辆黑色轿车，是高干吧？那人虽有些权贵状，倒还懂得收敛，但他身旁那儿子却十分“走资”，穿件花色鲜艳的 T 恤衫，满脸不耐烦：

“这就是黄帝陵啊？——就这么个小土堆！”

“五千年前嘛！”做父亲的胡乱搪塞，“那时候人有多穷啊！”

“这啥也没看的！”他掉头而去。这时候，不知从哪里冒出一个灰发老头，他凑近我，说：

“其实，这里不是黄帝的坟，这里葬的是他的衣冠。”

“唔——”

“黄帝其实是升天了，但他临升天还回来桥山这里看看老百姓，老百姓舍不得他升天，就想扯住他，结果扯下了靴子和一角龙袍，后来，就埋在这里。”

这野老倒有点意思。

“这里三面环水，一面靠山，高一零二一米，叫‘龙首村’，有龙就当然该有虎，十里以外有个‘老虎尾巴村’哩！这里的风水可好咧！”

我低头，看地下铺的灰砖，上面竟有民国三十二年的字样。

能碰到这样一个肯相信神话的人真令人感动——否则，那狂妄少年口中的“小土堆”也真的可以成为一种定义——想起自己第一次见《史记》上记载“黄帝，生而神灵，弱而能言”的传说，几至泪下。神话，本有它另外解读的方法，所谓“能言”，指的是他圆融的沟通能力，黄帝的真正本领不在武力而在协商。是他，把众部落化成了邦联，而中华民族，今日需要的岂不正是协商？我们去哪里再求一位能言的轩辕氏呢？

第一次世界大战结束，许多美军自欧洲战场解甲归田，有人问诗人 e. e. 康明思（一股人的名字采大写，但康明思是个特立独行的人，他偏要小写），要回哪一州去过日子，康氏的回答是：

“和以前一样——我回中国去。”

康氏一生其实并未来中国住下，他指的是，中国哲学是他的安身立命之乡。像康明思这等人，不管他站在黄陵还是曲阜，谁如果说一声欢迎，他会不慌不忙地回答：

“不，不然，是我欢迎你，我在此处鹄立多时了。”

我今站在黄陵，鞠躬为礼，并不觉得自己比当年在此祭拜的秦皇汉武为小。而且虽然一别四十三年，也不觉生命中有什么东西曾经遭人斩断。我心仿若月中桂树，没有斧头可以砍坏那连绵的脉络。在每一度斯伤之际，它都有本事自动痊愈。

如此，亲爱的朋友，在我肃然致祭的一刹，你且与我一起肃然吧！大可不必说，我们欢迎你。这民族的祖坟是你的也是我的，我们都是一起虔心来上坟的小孙。

至于那长安城里，更是步步逢旧识，黄昏大雁塔下望着西天彩霞，怔怔出神的，不是那唐玄奘吗？马蹄急驰而至，那位一日看尽长安花的得意人是谁啊？正是新登科的诗人孟郊呢！那水边的美女是杜甫《丽人行》里的虢国夫人吧？而李白呢？李白最好找啦！他总在酒肆里，“李白一斗诗百篇，长安市上酒家眠，天子呼来不上船，自称臣是酒中仙”。至于那行色匆匆赶着去达贵家中演唱的是乐工李龟年。迎面走来的元微之正陪着白乐天的母亲去听说书回来，今天的说书人叫顾复本，讲的故事叫“一枝花”，一枝花其实就是李娃的故事。旁边还有个小观众，是李商隐的儿子，他听的是三国故事，他听得入了神，现在散了场，他还兀自一面走一面学张飞。走着走着，猛地又见一位黑皮肤的大个子，原来是昆仑奴磨勒，当年的外籍佣人，这人十分义气呢……

在这城里，摩肩擦踵，全是熟人，你，亲爱的朋友，何须说欢迎我呢？你居然以为我是新来乍到的客人吗？

我在骊山温泉避寒。我在阿房宫中看众女晨起梳妆。在灞陵折柳，为离人伤心的是我。在马嵬坡前，为杨玉环悲啼的是我。这个城，整个和我的生命纠结为一。所以，亲爱的，我怎能听得下那句“欢迎”呢？

我很高兴在那片美丽的后土与你们相遇，“历尽劫波兄弟在”（鲁迅诗），你在，我在，我们相逢，这是好事，他日若能重逢，当然更好——只是，请不用对我说：欢迎。

这万里江山像什么呢？我想江山亦恰似美人，似唐人传奇中华丽且来去自如的女子，她自会向少年英雄投怀送抱。我今行过这片大地，亦只见山曲水折处，一一皆是黛眉与眼波，也一一皆向我含情凝睇。这是我的江山，而我，则是他心许的主人——不为别的，只因千年来我们互为知己。

谢谢你的笑容，谢谢你的掌声，谢谢你的馈赠，谢谢那些萦绕不去的歌声，但我们既然在自己的田庄上相遇，就请不必对我说欢迎两字吧！

让我们互勉，互勉更爱这片土地，更隶属于这片土地，更爱属于这片土地且生活在其上的男女老幼，更诚恳地面对这片土地的未来。亲爱的朋友，舍此之外，还有什么值得多说的呢！

春之怀古

春天必然曾经是这样的：从绿意内敛的山头，一把雪再也撑不住了，噗嗤的一声，将冷面笑成花面，一首澌澌然的歌便从云端唱到山麓，从山麓唱到低低的荒村，唱入篱落，唱入一只小鸭的黄蹼，唱入软溶溶的春泥——软如一床新翻的棉被的春泥。

那样娇，那样敏感，却又那样浑沌无涯。一声雷，可以无端地惹哭满天的云，一阵杜鹃啼，可以斗急了一城杜鹃花，一阵风起，每一棵柳都会吟出一则则白茫茫、虚飘飘说也说不清、听也听不清的飞絮，每一丝飞絮都是一株柳的分号。反正，春天就是这样不讲理，不逻辑，而仍可以好得让人心平气和的。

春天必然会是这样的：满塘叶黯花残的枯梗抵死苦守一截老根，北地里千宅万户的屋梁受尽风欺雪扰自温柔地抱着一团小小的空虚的燕巢。然后，忽然有一天，桃花把所有的山村水廓都攻陷了。柳树把皇室的御沟和民间的江头都控制住了——春天有如旌旗鲜明的王师，因为长期虔诚的企盼祝祷而美丽起来。

而关于春天的名字，必然曾经有这样的一段故事：在《诗经》之前，在《尚书》之前，在仓颉造字之前，一只小羊在啮草时猛然感到的多汁，一个孩子放风筝时猛然感觉到的飞腾，一双患风痛的腿在猛然间感到舒适，千千万万双素手在溪畔在江畔浣纱时所猛然感到的水的血脉……当他们惊讶地奔走互告的时候，他们决定将嘴噘成吹口哨的形状，用一种愉快的耳语的声音来为这季节命名——“春”。

鸟又可以开始丈量天空了。有的负责丈量天的蓝度，有的负责丈量天的透明度，有的负责用那双翼丈量天的高度和深度。而所有的鸟全不是好的数学家，他们吱吱喳喳地算了又算，核了又核，终于还是不敢宣布统计数字。

至于所有的花，已交给蝴蝶去数。所有的蕊，交给蜜蜂去编册。所有的树，交给风去纵宠。而风，交给檐前的老风铃去一一记忆、一一垂询。

春天必然曾经是这样，或者，在什么地方，它仍然是这样的吧？穿越烟囱与烟囱的黑森林，我想走访那踯躅在湮远年代中的春天。

晓风过处——落了单的晚宴

落了单？落单其实还有其先决条件呢！你必须身在某个群体中。纳入了群体之后，跟人家转来转去，并辔同席，然后，忽然，因为某种原因，你离了群，落了单……

我就有这么一次——

时间是夏末秋初，地点是西湖，这样的邀约很难拒绝吧？虽然会中也有些演讲座谈什么的，但真正诱人的当然还是那鉴古照今的一汪湖水。那潋滟的波光至今仍是可以澄心滤志的自然救赎。

那湖水，在地图上，属于杭州市，杭州市是浙江省的一部分，而浙江省又归属于中华人民共和国。但当我站在湖心亭畔，我却只见以苏东坡命名的苏堤和以白居易命名的白堤。西湖若是有主人，那主人只能是庄诗和媚词，或者，是令人惊悚错愕的元曲，以及娓娓道来的宋人平话小说……西湖和政权无关。西湖应该只属于那些历代歌之咏之的声音，恰如美人只属于她的情人，以及情人唱得高响遏云的赞美。因为，那声音中有记忆，有记忆，才有版图。

住在西湖畔的那几天，我心中一直想的是元人马致远和刘致的句子：

不知音不到此，宜歌、宜酒、宜诗（《水仙子》）

贵何如？贱何如？六桥都是经行处（《山坡羊》）

哎！真是好日子啊！眼前有景，口中有诗（虽然是别人的），身边又都是些才子才女，秋风在无限自适中且刻意和柔婉曲，竟有几分讨好人的意味，如水面传来的笛声。

但我自己知道自己有个毛病，不但我有，而且我们台湾艺文界全团都有，那就是我们喜欢自己人凑在一起。坐车，跟自己人坐；吃饭，跟自己人吃；说话，跟自己人说，倒也不是对别人有成见，而是，习惯跟自己熟知的人来厮混。

可是被邀开会，其实不就是希望与会的人能多跟新朋友彼此沟通互相切磋吗？我们这样习惯于自家人的体温，相守不离，当然不是好事，但我们谁都不想改变现状，去跟新的人来往那是多么累啊！

麻烦的是，吃饭的桌子坐不下我们这些来自台湾的十几个人，一个不小心，你就得给挤到别人桌上去，而所谓别人，是指大陆各省来此赴会的人。

那天晚餐在“山外山”，这家餐厅和“楼外楼”齐名，我因事晚了一步，等我走到餐桌前，才发现桌子已坐满了。我一时悔恨万分，因为我起先曾动过一念，想用书包事先“占位子”，但又觉得这样做也太恶劣了一点。脸皮一薄，没下狠手，此刻后悔莫及，也不知出于真心还是勉力行善，有人说要让我坐，我想算了，我既不爱跟生疏的人同坐，他们想来也跟我一样，人同此心心同此理，才会天天窝在一起。算了算了，受苦就受苦吧！我于是拔脚离开，随便把自己插在某个桌子的缝隙里，开始尴尴尬尬地吃起饭来。

坐在我右侧的那男子话也不多，我想既然同桌，我总要跟他和他太太多说几句话才合理，远距离的同桌也许顾不到，但隔壁座的总要动动嘴皮吧！

于是硬着头皮应对了，原来对方来自上海，是玩金石的，名叫费名瑶，我们聊着聊着，我忽然想起来："咦？大会今天不是送我们一块石头吗？你可以帮我刻吗？"

"不成问题，你吃过饭送到我房间来，我五分钟就能刻好。"

看样子，他好像不收费呢！他问我刻什么字什么体？我说刻四个字的小篆：晓风过处。

那天晚上我顺利地拿到新刻好的图章，自觉幸运无比。下午才刚有人送石头，晚餐后竟另有人替你刻好了。大富大贵之人虽值得羡慕，但如此顺顺当当的际遇仿佛有天使左右侍候，才更是令人感恩啊！而且，这一切的好情节都发生在那个好舞台上，那个名叫西湖的好舞台。

更有趣的是，这一切好姻缘都由于我自认倒霉的一件事：我因为去迟了，或说因为不肯恶形恶状先霸占位子，以致落了单。

我原以为是世界末日，不料原来落了单以后，还是有好事会发生的，还是有可爱的人物会碰上的，还是有记忆可以供来日回首的。

西湖始自唐朝，及至南宋以后，众诗家几乎无人不写几句西湖，好像为人而不颂扬西湖就不合体统似的。我今日过西湖，能为自己留下一枚印记也算是盛事一件，我自己虽然不着一字，也算尽得风流了。至于那四个字中的"过处"二字是双关语。一方面是指我走过的轨迹，另一方面也代表我之为人也每有罪咎，凡我经过的地方，其实也正是我造成过错的地方，能记得自己是个“多过多错”之人，能因而对人世常怀几分愧疚，或许可以让自己终于进步成为“寡过之人”吧！

不知有花

那时候，是五月，桐花在一夜之间，攻占了所有的山头。历史或者是由一个一个的英雄豪杰叠成的，但岁月——岁月对我而言是花和花的禅让所缔造的。

桐花极白，极矜持，花心却又泄露些许微红。我和我的朋友都认定这花有点诡秘——平日守口如瓶，一旦花开，则所向披靡，灿如一片低飞的云。

车子停在一个小客家山村，走过紫苏茂生的小径，我们站在高大的桐树下。山路上落满白花，每一块石头都因花罩而极尽温柔，仿佛战马一旦披上了绣帔，也可以供女子骑乘。

而阳光那么好，像一种叫"桂花蜜酿"的酒，人走到林子深处，不免叹息气短，对着这惊心动魄的手笔感到无能为力，强大的美有时令人虚脱。

忽然有个妇人行来，赭红的皮肤特别像那一带泥土的色调。

"你们来找人?"

"我们——来看花。"

“花？”妇人匆匆往前赶路，一面丢下一句，“哪有花？”

由于她并不要求答案，我们也噤然不知如何接腔，只是相顾愕然，如此满山满林扑面迎鼻的桐花，她居然问我们“哪有花？”。

但风过处花落如雨，似乎也并不反对她的说法。忽然，我懂了，这是她的家，这前山后山的桐树是他们的农作物，是大型的庄稼。而农人对他们作物的花，一向是视而不见的。在他们看来，玫瑰是花，剑兰是花，菊是花，至于稻花桐花，那是不算的。

使我们为之绝倒发痴的花，她竟可以担着水夷然走过千遍，并且说：

“花，哪里有花？”

我想起少年游狮头山，站在庵前看晚霞落日，只觉如万艳争流竞渡，一片西天华美到几乎受伤的地步，忍不住返身对行过的老尼说：

“快看那落日！”

她安静垂眉道：

“天天都是这样的！”

事隔二十年，这山村女子的口气，同那老尼竟如此相似，我不禁暗暗嫉妒起来。

我自己一向是大惊小怪的。我是禁不得星之灿烂与花之暖香的人。我是来自城市的狂乱执迷之人，我没有办法“处美不惊”。唐人韦苏州在友人家里见到一位绝色歌姬，对于友人能日日安然无恙地面对美人，不禁大感惊讶。他说“司空见惯浑无事，断尽苏州刺史肠”。翻成白话就是：“我的朋友司空大人对美已经有了免疫能力了，而我却注定完蛋，这种美，是会把我置之于死地的啊！”

不为花而目醉神迷、惊愕叹息的，才是花的主人吧？对那大声地问我“花？哪有花？”的山村妇人而言，花是树的一部分，树是山林地的一部分，山林地是生活的一部分，而生活是浑然大化的一部分。她与花可以像山与云，相亲相融而不相知。

宋人张在的诗谓：“南邻北舍牡丹开，年少寻芳日几回。唯有君家老柏树，春风来似不曾来。”好个“春风来似不曾来”，众芳为春风迷醉成疾的时候，竟有一株翠柏独能挺得住，不落万仞情劫。

年年桐花开的时候，我总想起那妇人，步过花潮花汐而不知有花的妇人，并且暗暗嫉妒。

愁乡石

到“鹅库玛”度假去的那一天，海水蓝得很特别。

每次看到海，总有一种瘫痪的感觉，尤其是看到这种碧入波心的、急速涨潮的海。这种向正前方望去直对着上海的海。

“只有四百五十海里啊。”他们说。

我不知道四百五十海里有多远，也许比银河还要迢遥吧？每次想到上海，总觉得像历史上的镐京或是洛邑那么幽渺，那样让人牵起一种又凄凉又悲怆的心境。我们面海而立，在浪花与浪花之间追想多柳的长安与多荷的金陵，我的乡愁遂变得又剧烈又模糊。

可惜那一片江山，每年春来时，全交付给了千林啼鴂。

明孝陵的松涛在海浪中来回穿梭，那种声音、那种色泽，恍惚间竟有那么相像。记忆里那一片乱映的苍绿已经好虚幻好缥缈了，但不知为什么，老忍不住要用一种固执的热情去念诵它。

有两三个人影徘徊在柔软的沙滩，捡着五彩的贝壳。那些炫人的小东西像繁花一样地开在白沙滩上，给发现的人一种难言的惊喜。而我站在那里，无法让悲激的心怀去适应一地的色彩。

蓦然间，清凉的浪打在我的脚上，我没有料到那一下冲撞竟有那么裂人心魄。想着海水所来的方向，想着上海某一个不知名的滩头，我便有一种号啕的冲动。而哪里是我们可以恸哭的秦庭？哪里是申包胥可以流七日泪水的地方？此处是异乡，异乡寂凉的海滩。

他们叫这一片海为中国海，世上再没有另一个海有这样美丽沉郁的名字了。小时候曾经多么神往于爱琴海，多么迷醉于想象中那抹灿烂的晚霞，而现在，在这个无奈的多风下午，我只剩下一个爱情，爱我自己国家的名字，爱这个蓝得近乎哀愁的中国海。

而一个中国人站在中国海的沙滩上遥望中国，这是一个怎样咸涩的下午！

遂想起那些在金门的日子，想起在马山看对岸的角屿，在湖井头看对岸的何厝。望着那一带山峦，望着那块使东方人骄傲了几千年的故土，心灵便脆薄得不堪一声海涛。那时候忍不住想到自己为什么不是一只候鸟，犹记得在每个江南草长的春天回到旧日的梁前，又恨自己不是鱼，可以绕着故乡的海滩岩岸而流泪。

海水在远处澎湃，海水在近处澎湃，海水徒然地冲刷着这个古老民族的羞耻。

我木然地坐在许多石块之间，那些灰色的，轮流着被海水和阳光煎熬的小圆石。

那些岛上的人很幸福地过着他们的日子，他们在历史上从来不曾辉煌过，所以他们不必痛心。他们没有骄傲过，所以无须悲哀。他们那样坦然地说着日本话、给小孩子起日本名字，在学校的旗杆上竖着别人的太阳旗，他们那样怡然地顶着东西、唱着歌，走在美国人为他们铺的柏油路上。

他们有他们的快乐。那种快乐是我们永远不会有也不屑有的。我们所有的只是超载的乡愁。只是世家子弟的那份茕独。

海浪冲逼而来，在阳光下亮着残忍的光芒。海雨天风，在不放过旅人的悲思。我们向哪里去躲避？我们向哪里去遗忘？

小圆石在不绝的浪涛中颠簸着，灰白的色调让人想起流浪者的霜鬓。我捡了几个，包在手绢里，我的臂膀遂有着十分沉重的感觉。

忽然间，就那样不可避免地忆起了雨花台，忆起那闪亮了我整个童年的璀璨景象。那时候，那些彩色的小石曾怎样地令我迷惑。有阳光的假日，满山的捡石者挑剔地品评着每一块小石子。那段日子为什么那么短呢？那时候我们为什么不能预见自己的命运？在去土离乡的岁月里，我们的箱箧里没有一撮故乡的泥土。更不能想象一块雨花台石子的奢侈了。

灰色的小圆石一共是七块，它们停留在海滩上想必已经很久了，每一次海浪的冲撞便使它们更浑圆一些。

雕琢它们的是中国海的浪花，是来自上海的潮汐，日日夜夜，它们听着遥远的消息。

把七块小石转动着，它们便发出琅然的声音，那声音里有着一种神秘的回响，呢喃着这个世纪最大的悲剧。

“你捡的就是这个？”

游伴们从远远近近的沙滩走了回来，展示着他们彩色缤纷的贝壳。

而我什么也没有，除了那七颗黯淡的灰色石子。

“可是，我爱它们。”我独自走开去，把那七颗小石压在胸口上，直压到我疼痛得淌出眼泪来。在流浪的岁月里我们一无所有，而今，我却有了它们。我们的命运多少有些类似，我们都生活在岛上，都曾日夜凝望着一个方向。

“愁乡石!”我说，我知道这必是它的名字，它绝不会再有其他的名字。

我慢慢地走回去，鹅库玛的海水在我背后蓝得叫人崩溃，我一步一步艰难地摆脱它。而手绢里的愁乡石响着，响着久违的乡音。

无端的，无端的，又想起姜白石，想起他的那首《八归》。

最可惜的那一片江山，每年春来时，全交付给了千林啼鴂。

愁乡石响着，响一片久违的乡音。

后记：鹅库玛系冲绳岛极北端之海滩，多有异石悲风。西人设基督教华语电台于斯，以其面对上海及广大的内陆地域。余今秋（一九六七）曾往一游，离乡十八年。虽望乡亦情怯矣。是日徘徊低吟，黯然久之。

放尔千山万水身

从书桌前，我抬起头来，天际红霞涌现，盛夏的黎明是如此干净剔透。我平时很少早起，一时之间，不免为这样的美丽镇住了。其实，今天我也没有早起，而是晚睡，我整夜没睡，我要出境了，我要出境去观光了！

这一年，是 1981 年，啊，如果岁月也有容颜，我愿编荷花为冠冕，戴在那一年的眉额之上，那是多么光华四射的日子啊！

国，我不是没有出过，我已去过琉球、马来西亚、美国和欧洲，但都是去演讲。而像我这种“愣子性格”，答应演讲就真的去演讲，顺便看一眼明山秀水也是有的，但叫我虚晃一招，假演讲之名去流连游玩，我觉得不算好汉行径。既然全岛之人都不能出岛观光，本姑娘也不打算偷偷开跑，独享特权。反正，等某年某月某日，我相信，总有一天，当局会开放观光，我会熬到那一天！“不偷跑”政策也许有点好笑，可是，我就是这样想的。

同样的，后来在 1983 年，我赴香港教书时，因为拥有一张香港居民证，可以十分方便地去大陆，但我不去。学校给客座教授住的宿舍便在沙田第一城，社区里有巴士直达罗湖，我眼巴巴地望着站牌，却仍然咬牙不去。我知道，如果自己能趁别人去不成的时候先去，然后把所见所闻大书特书，当然可以取宠一时，但这种事胜之不武，我也不想要。因为大家同是一岛之人，要死一起死，要活一起活，要“不观光”，大家就该一起不做。

所以，这天早晨，才是我第一次出境观光。至于彻夜未眠，倒不是因为兴奋，而是因为赶着在行前把编撰的一本书的稿子交出来。

我们要去的地方是印度和尼泊尔，啊！唐三藏的旅程，孙悟空的旅程，我们也要去走它一圈！不为取经，只为玩！可怜故事里的唐三藏一路行行躲躲，唯恐有妖怪来吃他的肉。可怜孙悟空一路打妖怪打得手都长茧了吧？而我们一行却谈笑把盏，驾云直达，何等惬意。

由于这趟旅程，我交到了知己好友。由于这趟旅程，我体会了东方古国的华艳富丽和肮脏赤贫，至美难踪和丑恶污烂。恒河之畔，有人在光天化日之下架火焚烧死尸，浓浊的黑烟中，我惊愕地想起少年时代才会穷思不舍的生命和死亡的谜题。在璀璨如用月光为建材而砌成的泰吉玛哈陵前，望着身披玉色缥纱的印度淑女，不禁要问爱情是什么？美丽是什么？死别是什么？权力又是什么？

好的旅游，不仅带人去远方，而是带人回到最深层的内心世界。

二十年过去了，这段时间，我又去过许多地方，像新西兰，像澳洲，像蒙古，像巴厘岛……但如果有人问我最喜欢旅行中的哪个部分，我会说，我喜欢回程时飞机轮胎安然在跑道上着陆的那一刹。那么笃定的归来的感觉。终于，回到自家的土地上来了，这地球的象限中我最最钟爱最最依恋的坐标点。

唐代有个姓吉的诗人曾写过一句诗：“放尔千山万水身。”

意思是说，放纵你那原来属于千山万水的生命而重回到千山万水中去吧！

有趣的是，这首诗其实是首放生的诗，诗人放了一只猿猴，叫它回归千山万水去。我虽然不是猿猴，但我极喜欢这首诗，仿佛它是为我写的。人类在某种程度上也是一只急待放生的生物，旅行，至少提供了片面的放生。大约，在我们灵魂深处都残存着千年万年的记忆，对深山大泽和朝烟夕岚的记忆，需要我们行遍天涯去将之一一掇拾回来——因此，能出去走走是多么好的事啊！是的，放尔千山万水身吧！

星约

一　上一次

是因为期待吗？整个天空竟变得介乎可信赖与不可信赖之间，而我，我介乎悟道的高僧与焦虑的狂徒之际。

七十六年才一次啊！

“运气特别不好！”男孩说，“两千年来，这次哈雷是最不亮的一次！上一次，嘿，上一次它的尾巴拖过半个天空哩！”男孩十七岁，七十六年后他九十三岁，下一次，下一次他有幸和他的孩子并肩看星吗，像我们此刻？

至于上一次，男孩，上一次你在哪里，我在哪里，我的母亲又复在哪里？连民国亦尚在胎动。飒爽的鉴湖女侠墓草已长，黄兴的手指尚完好，七十二烈士的头颅尚在担风挑雨的肩上寄存。血在腔中呼啸，剑在壁上狂吟，白衣少年策马行过漠漠大野。那一年，就是那一年啊，彗星当空挥洒，仿佛日月星辰全是定位的镂刻的字模，唯独它，是长空里一气呵成的行草。

那一年，上一次，我们不在，但一一知道。有如一场宴会，我们迟了，没赶上，却见茶气氤氲，席次犹温，一代仁人志士的呼吸如大风盘旋谷中，向我们招呼，我们来迟了，没有看到那一代的风华。但一九一〇年我们是知道的，在武昌起义和黄花岗之前的那一年我们是感念而熟知的。

二 初识

还有，最初的那一次（其实怎能说是最初呢，只能说是最初的记载罢了，只能说是不甚认识的初识罢了），这美丽得使人惊惶的天象，正是以美丽的方块字记录的。在秦始皇的年代，“七年，彗星先出于东方，见北方……五月，见西方……”秦代的资料，是以委婉的小篆体记录的吧？

而那时候，我们在哪里？易水既寒，群书成焚灰，博浪沙的大椎打中副车，黄石老人在桥头等待一位肯为人拾鞋的亢奋少年，伏生正急急地咽下满腹经书，以便有朝一日再复缓缓吐出，万里长城开始一尺一尺垒高、垒远……忙乱的年代啊，大悲伤亦大奋发的岁月啊，而那时候，我们在哪里？我们在哪里？

三　有所期

我们在今夜，以及今夜的期待里。以及，因期待而生的焦灼里。

不要有所期有所待，这样，你便不会忧伤。

不要有所系有所思，否则，你便成不赦的囚徒。

不要企图攫取，妄想拥有，除非，你已预先洞悉人世的虚空。

——然而，男孩啊，我们要听取这样的劝告吗？长途役役，我们有如一只罗盘上的指针，因神秘的磁场牵引而不安而颤抖而在每一步颠簸中敏感地寻找自己和整个天地的位置，但世上的磁针有哪一根因这种种劫难而后悔而愿意自决于磁场的骚动呢？

四　咒诅

如果有人告诉我彗星是一场祸殃，我也是相信的。凡美丽的东西，总深具危险性，像生命。奇怪，离童年越远，我越是想起那只青蛙的童话：

有一个王子，不知为什么，受了魔法的诅咒，变成了青蛙。青蛙守在井底，他没有为这大悲痛哭泣，但他却听到了哭泣的声音，那一定来自小悲痛小凄怆吧？大痛是无泪的啊！谁哭呢？一个小女孩。为什么哭呢？为一只失落的球。幸福的小公主啊，他暗自叹息起来，她最响亮的嚎啕竟只为一只小球吗？于是他为她落井捡球。然后她依照契约做了他的朋友，她让青蛙在餐桌上有一席之地，她给了他关爱和友谊，于是青蛙恢复了王子之身。

——生命是一场受过巫法的大诅咒，注定腐朽，注定死亡，注定扭曲变形——然而我们活了下来，活得像一只井底青蛙，受制于窄窄的空间，受制于匆匆一夏的时间。而他等着，等一份关爱来破此魔法和诅咒。一瞬柔和的眼神已足以破解最凶恶的毒咒啊！

如果哈雷是祸殃，又有什么可悸可怖？我们的生命本身岂不是更大的祸殃吗？然而，然而我们不是一直相信生命是一场充满祝福的诅咒，一枚有着苦蒂的甜瓜，一条布满陷阱的坦途吗？

我不畏惧哈雷，以及它在传述中足以魇人的华灿和美丽。即使美如一场祸殃，我也不会因而畏惧它多于一场生命。

五　暂时

缸里的荷花谢尽，浮萍潜伏，十二月的屋顶寂然，男孩一手拿着电筒，一手拿着星象图，颈子上挂着望远镜。

“哈雷在哪里？”我问。

“你怎么这么‘势利眼’，”男孩居然愤愤地教训起我来，“满天的星星哪一颗不漂亮，你为什么只肯看哈雷？”

淡淡的弦月下，阳台黝黑，男孩身高一米八四，我抬头看他，想起那首《日升日沉》的歌：

这就是我一手带大的小女孩吗？

这就是那玩游戏的小男孩吗？

是什么时候长大的呀？——他们

“看那颗天狼星，冬天的晚上就数它最亮，蓝汪汪的，对不对？它的光等是负一点四，你喜欢了，是不是？没有女人不喜欢天狼，它太像钻石了。”

我在黑夜中窃笑起来，男孩啊——

付这座公寓订金的时候，我曾惴惴然站在此处，揣想在这小小的舞台上，将有我人世怎样的演出。男孩啊，你在这屋子中成形，你在此听第一篇故事念第一首唐诗，而当年伫立痴想的时候，我从来不曾想到你会在此和我谈天狼星！

“蓝光的星是年轻的星，星光发红就老了。”男孩说。

星星也有生老病死？星星也有它的情劫和磨难？

“一颗流星。”男孩说。

我也看见了，它钢截利落，如钻石划过墨黑的玻璃。

“你许了愿？”

“许了。你呢？”

“没有。”

怎么解释呢？怎样把话说清楚呢？我仍有愿望，但重重愿望连我自己静坐以思的时候对着自己都说不清楚，又如何对着流星说呢？

“那是北极星——不过它担任北极星其实也是暂时的。”

“暂时?”

“对，等二十万年以后，就是大熊星来做北极星了，不过二十万年以后大熊星座的组合位置会有点改变。”

暂时担任北极星二十万年？我了解自己每次面对星空的悲怆失措甚至微愠了，不公平啊，可是跟谁去争辩，跟谁去抗议?

“别的星星的组合形态也会变吗?”

“会，但是我们只谈那些亮的星，不亮的星通常就是远的星，我们就不管它们了。”

“什么叫亮的?”

“光度总要在一等左右，像猎户星座里最亮的，我们中国人叫它‘参宿七’的那一颗，就是零点一等，织女星更亮，是零等。太阳最亮，是负二十六等……”

六　“光的单位”

奇怪啊，印度人以“克拉”计钻石，愈大的钻石克拉愈多，

希腊人以“光等”计星亮，愈亮的星“光等”反而愈少，最后竟至于少成负数了。

“古希腊人为什么这么奇怪呢？为什么他们用这种方法来计算光呢？我觉得‘光度’好像指‘无我的程度’，‘我执’愈少，光源愈透，‘我执’愈强，光源愈暗。”

“没有那么复杂吧？只是希腊人就是这样计算的。”

我于是躺在木凳上发愣，希腊人真是不可思议，满天空都成了他们故事的布局，星空于他们竟是一整棚累累下垂的葡萄串，随时可摘可食，连每一粒葡萄晶莹的程度他们也都计算好了。

七　猎户在天

几年前的一个星夜，我们站在各种光等的星星下。

“猎户在天——”我说。

“《诗经》的句子吧？”女友问。

“怎么会，也不想想猎户星座是希腊名词啊！”

她大笑起来，她是被我的句型骗了，何况她是诗人，一向不讲理的，只是最后连我自己也恍惚起来，真的很像《诗经》里的句子呢！

我们有点在装迷糊吗？为什么每看到好东西我们就把它故意误为中国的？

猎户是一组美丽的星，宽宏的肩，长挺的腿，巧饰的腰带和腰带下的腰刀，旁边还有一只野兔呢！然而，这漂亮的猎者是谁呢？是始终在奔驰，在追索，在欲求的世人吗？不知道啊，但他那样俊朗，把一个形象从古希腊至今维系了三千年，我不禁肃然。

“看到腰带下的小腰刀吗？腰刀是三颗直排的星组成的，中间的那一颗你用望远镜仔细看，是一大团星云，它距离我们只不过一千五百光年而已。”

“一千五百年！是唐朝吗？”

“是南北朝。”

早于浓艳的李义山，早于狂歌的李白、沉郁的杜甫以及凿破大地的隋炀帝。南北朝，南北朝又复为何世呢？对那一整个年代我所记得的只有北魏的石雕，悠悠青石，刻成了清明实在的眉目，今夕的星光就是当年大匠举斧加石的年代出发的，历劫的石像至今犹存其极具硬度的大悲悯，历劫的星光则今夕始来赴我双目的天池。

猎户星座啊！

八　见与不见

我其实是要看哈雷的，但哈雷不现，我只看到云。我终于对云感到抱歉了——这是不公平的，我渴望哈雷是因它稍纵即逝，然而云呢？云又岂是永恒的？此云曾是彼水，彼水曾是泉曾是溪，曾是河曾是海，曾是花上晓露眼中横波，曾是禾田间的汗水，曾是化碧前的赤血，壮士沙场之际的一杯酒是它，赵州说法时的半杯茶也是它。然而，我竟以为云只是云，我竟以为今日之云同于昨日之云，云不也跟哈雷一样是周而复始的吗？是迂回往来的吗？

我不断地向自己解释，劝自己好好看一朵云，那其间亦自有千古因缘，然而我依旧悲伤且不甘心，为什么这是一片灯网交织的城，且长年有着厚云层？为什么不让我今生今世看见一次哈雷？

“奇怪啊，神话只属于古代，至于我们的年代只有新闻，而且多是报导不实的，为什么？”

黑暗中男孩看我，叹了一口气，他半年前交了一篇历史课的读书报告，题目便是《中国神话的研究》，得分九十五。曾经统御过所有的英雄和巨灵，辉耀了整个日月星辰的神话，此刻已老，并且沦为一个中学生的读书报告。

在一个接一个的冬夜里我跌足叹惋，并且生自己的气，气自己被渴望折磨，神话里的夸父就是渴死的，我要小心一点才行。悲伤时我总是想哈雷先生（哈雷彗星以他的名字来命名）以及他亦悲亦喜的一生，他在二十六岁那年惊见彗星，此后他用许多年来研究，相信彗星会在自己一百零二岁时再现。看过彗星以后他又活了一甲子，死时八十六岁，像一个放榜前殁世的考生，无从证实自己的成绩。那哈雷死时是怎样想的呢？我猜他的心情正像一个孩子，打算在圣诞夜彻夜不眠，好看到圣诞老公公如何滑下烟囱，放下礼物。然而他困了，撑不住了，兴奋消失，他开始模糊了，心里却是不甘心的，嘴里说着半真半呓的叮咛：

“父亲，等下圣诞老人来的时候，一定要叫我喔！我要摸摸他的胡子！”

哈雷说的话想来也类似：

“造物啊，我熬不住了，我要睡了，你帮我看好，好吗？十六年后它会来的，我先睡，你到时候要叫我一声哟！”

生当清平昌大之盛世，结交一时之俊彦如牛顿，能于切磋琢磨中发天地之微，知宇宙之数，哈雷的平生际遇也算幸运了。然而，肉体的贮瓶终于要面临大朽坏的——并不因其间贮注的是大智慧而有异，只是大限来时，他是否有憾呢？

寒星如一片冰心的冬夜，我反复自问：

哈雷生平到底看过彗星重现吗？若说看见了，他事实上在星现前十六年已经死了，若说未见，他却是见的，正如围棋高手早在几小时以前预见胜负，一步步行去的每一着履痕他们都有如亲睹。

大军事家、大政治家、大科学家都是在不见处先见、未明时先明的啊！

那么，我呢，我算不算是看过那彗星的人呢？假设有盲者，站在凄凄长夜里，感知天空某一角落有灿然的光体如甩动的火把，算不算看到了呢？如果他倾耳辨听天河淙淙，如果他在安静中听闻哈雷的跳跃，像一只河畔的蚱蜢蹦去又蹦回，他算不算看到了呢？而我，当我在金牛座昴星团中寻它，当我在白羊座和双鱼座中寻它千百度思它千百度，我算不算看到它了呢？在无所视、无所听、无所触、无所嗅的隔离中，我们可以仅仅凭信心念力去承认去体会身在云后的它吗？

九　我已践约

又一颗流星划过天空，天空割裂，但立刻合拢，造物的大诡秘仍然不得窥见。这不知名的星从此化为光尘，也许最后剩一小块陨石，落到地球上，被人捡起，放在陈列室里，像一部写坏了的爱情小说，光华消失，飞腾不见，只留下硬硬的纹理。

夜空有千亩神话万顷传奇，有流星表演的冰上芭蕾——万古乾坤只在此半秒钟演出。以此肉身，以此肉眼来面对他们，这种不公平的对决总使我心情大乱，悲喜无常。哈雷会来吗？原谅我的急躁。我和男孩有缘得窥七十六年一临的奇景吗？如果能，我为此感激，如果不能，让我感激朝朝来临的太阳，月月重圆的月亮，以及至七夕最凄丽的织女，于冬月亦明艳的猎户。我已践约，今夜，以及此生，哈雷也没有失约，但云横雾亘，我不能表示异议。

如果我不曾谢恩，此刻，为茫茫大荒中一小块荷花缸旁的立脚位置，为犹明的双眸，为未熄的渴望，为身旁高大的教我看星的男孩，为能见到的以及未能见到的，为能拥有的以及不能拥有的，为悲为喜，为悟为未悟，为已度的和未度的岁月，我，正式致谢。

篇四：文思

两岸总是有相同的风，相同的雨，相同的水位。酢浆草匀分给两岸相等的红，鸟翼点给两岸同样的白，而秋来蒹葭露冷，给我们以相似的苍凉。

矛盾篇（之一）

一、爱我更多，好吗？

爱我更多，好吗？

爱我，不是因为我美好，这世间原有更多比我美好的人。爱我，不是因为我的智慧，这世间自有数不清的智者。爱我，只因为我是我，有一点好有一点坏有一点痴的我，古往今来独一无二的我，爱我，只因为我们相遇。

如果命运注定我们走在同一条路上，碰到同一场雨，并且共遮于同一把伞下，那么，请以更温柔的目光俯视我，以更固执的手握紧我，以更和暖的气息贴近我。

爱我更多，好吗？唯有在爱里，我才知道自己的名字，知道自己的位置，并且惊喜地发现自身的存在。所有的石头只是石头，漠漠然冥顽不化，只有受日月精华的那一块会猛然爆裂，跃出一番欣忭欢悦的生命。

爱我更多，好吗？因为知识使人愚蠢，财富使人贫乏，一切的攫取带来失落，所有的高升令人沉陷，而且，每一项头衔都使我觉得自己的面目更为模糊起来。人生一世如果是日中的赶集，则我的囊橐空空，不是因为我没有财富而是因为我手中的财富太大，它是一块完整而不容割切的金子。我反而无法用它去购置零星的小件，我只能用它孤注一掷来购置一份深情。爱我更多，好让我的囊橐满胀而沉重，好吗？

爱我更多，好吗？因为生命是如此仓促，但如果你肯对我怔怔凝视，则我便是上戏的舞台，在声光中有高潮的演出，在掌声中能从容优雅地谢幕。

我原来没有权力要求你更多的爱，更多的激情，但是你自己把这份权力给了我，你开始爱我，你授我以柄，我才能如此放肆如此任性来要求更多。能在我的怀中注入更多醇醪吗？肯为我的炉火添加更多柴薪否？我是饕餮，我是贪得无厌的，我要整个春山的花香，整个海洋的月光，可以吗？

爱我更多，就算我的要求不合理，你也应允我，好吗？

二、爱我少一点，我请求你

爱我少一点，我请求你。

有一个秘密，不知道该不该告诉你，其实，我爱的并不是你，当我答应你的时候，我真正的意思是：我愿意和你在一起，一起去爱这个世界，一起去爱人世，并且一起去承受生命之杯。

所以，如果在春日的晴空下你肯痴痴地看一株粉色的“寒绯樱”，你已经给了我最美丽的示爱。如果你虔诚地站在池畔看三月雀榕树上的叶苞如何一一骄傲专注地等待某一定时定刻的爆放，我已一世感激不尽。你或许不知道，事实上那棵树就是我啊！在春日里急于释放绿叶的我啊！至于我自己，爱我少一点吧！我请求你。

爱我少一点，因为爱使人痴狂，使人颠倒，使人牵挂，我不忍折磨你。如果你一定要爱我，且爱我如清风来水面，不黏不滞。爱我如黄鸟渡青枝，让飞翔的仍去飞翔，扎根的仍去扎根，让两者在一刹的相逢中自成千古。

爱我少一点，因为“我”并不只住在这一百六十厘米的身高中，并不只容纳于这方趾圆颅内。请到书页中去翻我，那里有缔造我骨血的元素；请到闹市的喧哗纷杂中去寻我，那里有我的哀恸与关怀；并且尝试到送殡的行列里去听我，其间有我的迷惑与哭泣；或者到风最尖啸的山谷，浪最险恶的悬崖，落日最凄艳的草原上去探我，因为那些也正是我的悲怆和叹息。我不只在我里，我在风我在海我在陆地我在星，你必须少爱我一点，才能去爱那藏在大化中的我。等我一旦烟消云散，你才不致猝然失去我，那时，你仍能在蝉的初吟、月的新圆中找到我。

爱我少一点，去爱一首歌好吗？因为那旋律是我；去爱一幅画，因为那流溢的色彩是我；去爱一方印章，我深信那老拙的刻痕是我；去品尝一坛佳酿，因为坛底的醉意是我；去珍惜一幅编织，那其间的纠结是我；去欣赏舞蹈和书法吧——不管是舞者把自己挥洒成行草篆隶，或是寸管把自己飞舞成腾跃旋挫，那其间的狂喜和收敛都是我。

爱我少一点，我请求你，因为你必须留一点柔情去爱你自己。因你爱我，你便不再是你自己，你已是我的一部分，所以，把爱我的爱也分回去爱惜你自己吧！

听我最柔和的请求，爱我少一点，因为春天总是太短太促太来不及，因为有太多的事等着在这一生去完成去偿还，因此，请提防自己，不要爱我太多，我请求你。

矛盾篇（之二）

一、我渴望赢

我渴望赢，有人说人是为胜利而生的，不是吗？

极幼小的时候，大约三岁吧，因为听外婆说一句故乡的成语“吃辣——当家”，就猛吃了几大口辣椒，权力欲之炽，不能说不惊人了。

如果我是英国贵族，大约会热衷养马赛马吧？如果是中国太平时代的乡绅，则不免要跟人斗斗蟋蟀，但我是个在台湾长大的小孩，习惯上只能跟人比功课。小学六年级，深夜，还坐在同学家的饭厅里恶补，补完了，睁开倦眼，摸黑走夜路回家。升学这一仗是不能输的，奇怪的是那么小的年纪，也很诡诈的，往往一面偷偷读书，一面又装出视死如归的气概，仿佛自己全不在乎。

考取北一女中是第一场小赢。

而在家里，其实也是霸气的。有一次大妹执意要母亲给她买两支水彩笔，我大为光火，认为她只需借用我的那支旧笔就可以了，而母亲居然听了她的话去为她买来了。我不动声色，第二天便要求母亲给我买四支。

“为什么要那么多。”

“老师说的！”我绝不改口，其实真正的理由是，我在生气，气妹妹不知节俭，好，要浪费，就大家一起来浪费，你要两支，我就偏要四支，我是不能输给别人的！

母亲果然去买了四支笔，不知为什么，那四支笔仿佛火钳似的，放在书包里几乎要烫着人了。我暗暗立誓，而今而后，不要再为自己去斗气争胜了，斗赢了又如何呢？

有一天，在小妹的书桌前看到一张这样的纸条：

下次考试：

数学要赢×××

国文要赢×××

英文要赢×××

不觉失笑，争强斗胜，一至于此，不但想要夺总冠军，而且想一项一项去赢过别人，多累人啊——然而，妹妹当年活着便是要赢这一场艰苦的仗。

至于我自己，后来果真能淡然吗？有的时候，当隐隐的鼓声扬起，我不觉又执矛挺身，或是写一篇极难写的文章，或是跟“在上位者”争一件事情。争赢求胜的心仍在，但真正想赢过的往往竟是自己，要赢过自己的私心和愚蠢。

有一次，在报上看到英国的特攻队去救出伊朗大使馆里的人质，在几分钟内完成任务大获全胜，而他们的工作箴言却是“Who dares wins”（勇于敢者胜），我看了，气血翻涌，立刻把它钉在记事板上，天天看一遍。

行年渐长，对一己的荣辱渐渐不以为意了，却像一条龙一样，有其颈项下不可批的逆鳞，我那不可碰不可输的东西是“中国”。不是地理上的那块海棠叶，而是我胸中的这块隐痛：当我俯饮马来西亚马六甲的郑和井，当我行经马尼拉的华人坟场，当我在纽约街头看李鸿章手植的绿树，当我在哈佛校区里抚摸那驮碑的赑屃，当我在韩国的庆州看汉瓦当，在香港的新界看邓围，当我在泰北山头看赤足的孩子凌晨到学校去，赶在上泰国政府规定的泰文课之前先读中文……我所渴望赢回的是故园的形象，是散在全世界有待像拼图一般聚拢来的中国。

有一个名字不容任何人污蔑，有一个话题绝不容别人占上风，有一份旧爱不准他人来置喙。总之，只要听到别人的话锋似乎要触及我的中国了，我会一面谦卑地微笑，一面拔剑以待，只要有一言伤及它，我会立刻挥剑求胜，即使为剑刃所伤亦在所不惜。

上天啊，让我们赢吧！我们是为赢而生的，必要时也可以为赢而死，因此，其他的选择是不存在的，在这唯一的奋争中给我们赢——或者给我们死。

二、我寻求挫败

我一直都在寻求挫败，寻求被征服被震慑被并吞的喜悦。

有人出发去“征山”，我从来不是，而且刚好相反，我爬山，是为了被山征服。有人飞舟，是为了“凌驾”水，而我不是，如果我去亲炙水，我需要的是涓水归川的感觉，是自身的消失，是形体的涣释，精神的冰泮，是自我复归位于零的一次冒险。

记得故事中那个叫“独孤求败”的第一剑侠吗？终其生，他遇不到一个对手，人间再没有可以挫阻自己的高人，天地间再没有可匹可敌可交锋的力量，真要令人忽忽如狂啊！

生来有一块通灵宝玉的贾宝玉是幸福的，但更大的幸福却发生在他掷玉的刹那。那时，他初遇黛玉，一照面之间，彼此惊为旧识，仿佛已相契了万年。他在惊愕慌乱中竟把一块玉胡乱砸在地上，那种自我的降服和破碎是动人的，是一切真爱情最醇美的倾注。

文学史上也不乏这样的例子，陈师道曾经“一见黄豫章（黄山谷）尽焚其稿而学焉”，一个人能碰见令自己心折首俯的高人，并能一把火烧尽自己的旧作，应该算是一种极幸福的际遇。

《新约》中的先知约翰曾一见耶稣便屈身降志说：“我仅仅是以水为你们施洗礼的，他却以灵为你们施洗礼，我之于他，只能算一声开道的吆喝声！”《红拂传》里的虬髯客一见李靖，便知天下大势已定，乃飘然远引，那使男子为他色沮、女子为他夜奔的大唐盛世的李靖，我多么想见他一眼啊！清朝末年的孙中山也有如此风仪，使四方豪杰甘于俯首授命。人生的悲剧原不在头断血流，在于没有大英雄可为之赴命，没有大理想供其驱驰。

我一直在寻找挫败，人生天地间，还有什么比挫败更快乐的事？就爱情言，其胜利无非是最彻底的“溃不成军”，就旅游言，一旦站在千丘万壑的大峡谷前感到自己渺如蝼蚁，还有什么时候你能如此心甘情愿地卑微下来，享受大化的赫赫天威？又尝记得一次夏夜，卧在沙滩上看满天繁星如雨阵如箭镞，一时几乎惊得昏呆过去，有一种投身在伟大之下的绝望，知道人类永永远远不能去逼近那百万光年之外的光体，这份绝望使我一想起来仍觉兴奋昂扬。试想全宇宙如果都像一个窝囊废一样被我们征服了，日子会多么无趣啊！读圣贤书，其理亦然。看见洞照古今长夜的明灯，听见声彻人世的巨钟，心中自会有一份不期然的惊喜，知道我虽愚鲁，天下人间能人正多。这一番心悦诚服，使我几乎要大声宣告说：“多么好！人间竟有这样的人！我连死的时候都可以安心了！因为有这样优秀的人，有这些美丽的思想！”此外见到特瑞沙在印度，史怀哲在非洲，或是八大石涛在美术馆，或是周鼎宋瓷在博物院，都会兴起一份“我永世不能追摹到这种境界”的激动，这种激动，这种虔诚的服输，是多么难忘的大喜悦。

如果此生还有未了的愿望，那便是不断遇到更令人心折的人，不断探得更勾魂摄魄荡荡可吞人的美景，好让我能更彻底地败溃，更从心底承认自己的卑微和渺小。

矛盾篇（之三）

一、狂喜

仰俯终宇宙，不乐复何如。

曾经看过一部沙漠纪录片，荒旱的沙碛上，因为一阵偶雨，遍地野花猛然争放，错觉里几乎能听到轰然一响，所有的颜色便在一刹间蹿上地面，像什么壕沟里埋伏着的万千勇士奇袭而至。

那一场烂漫真惊人，那时候，你会惊悟到原来颜色也是有欲望，有性格，甚至有语言有欢呼的！

而我自己的生命，不也是这样一番来不及地吐艳吗？细想起来，怎能不生大感激大欢喜，就连气恼郁愤的时候，反身自问，也仍是自庆自喜的，一切烦恼原是从有我而来，从肉身而来，但这一个“我”、这一个“肉身”却也来之不易啊！是神话里的山精水怪桃柳鱼蛇修炼千年以待的呢！即使要修到神仙，也须先做一次人身哩！《新约》中的耶稣，其最动人处便在破体而出舍人尘寰而为人身，仿佛一位父亲俯身于沙堆里，满面黑污地去和小儿女办家家酒。

得到这样的肉身，是所有的动物、植物、矿物仰首以待的，天上神明俯身以就的，得到这样清亮飒爽如黎明新拭的肉身，怎能不大喜若狂呢？

莎士比亚在《第十二夜》里有一段论爱情的话：

> 你要这样想："求爱得爱固然好，没有求，就给你，更足宝。"

如果以之论生命，也很适用，这一番气息命脉是我们没有祈求就收到的天宠，这一副骨骼筋络是不曾耕耘便有的收获。至于可以辨云识星的明眸，可以听雨闻风的聪耳，可以感春知秋的慧觉，哪一样不如同悬崖上的吊松，野谷里的幽兰，是一项不为而有不豫而成的美丽。

这一切，竟都在我们的无知浑噩中完足了，想来怎能不顶礼动容，一心赞叹！

肉身有它的欲苦，它会饥饿——但连饥饿亦是美好的，没有饥饿感，婴儿会夭折，成人会消殒，而且，大快朵颐的喜悦亦将失落。

肉身会疲倦困顿——但世上又岂有什么仙境比梦土更温柔？在那里，一切的乏劳得到憩息，一切的苦烦暂且卸肩，老者又复其童颜，羸者又复其康强，卑微失意的角色，终有其可以昂首阔步的天地。原来连疲倦困顿也是可以击节赞美的设计，可以欢忭踊颂的策划。

肉身会死亡，今日之红粉，竟是明日之髑髅，此刻脑中之才慧，亦无非他年蝼蚁之小宴。然而，此生此世仍是可幸贺的。我甘愿做冬残的槁木，只要曾经是早春如诗如酒的花光，我立誓在成土成泥成尘成烟之余都要哂然一笑。因为活过了，就是一场胜利，就有资格欢呼。

在生命高潮的波峰，享受它。在生命低潮的波谷，忍受它。享受生命，使我感到自己的幸运，忍受生命，使我了解自己的韧度，两者皆令我喜悦不尽。

如果我坚持生命是一场大狂喜会激怒你，请原谅我吧，我是情不自禁啊!

二、大悲

生命中之所以有其大悲，在于别离。

而其实宇宙万象，原不知何物为“别”，“别”是由于人的多事才生出来的。萍与萍之间岂真有聚散，云与云之际也谈不上分合。所以有别离者，在于人之有情，有眷恋，有其不可理喻的依依。

佛家言人生之苦，喜欢谈“怨憎会”“爱别离”，其实，尤其悲哀的应该是后者吧？若使所爱之人能相依，则一切可憎可怨者也就可以原谅。就众生中的我而言，如果常能与所爱之人饮一杯茶，共一盏灯，能知道小女孩在钢琴旁，大儿子在电脑前，并且在电话的那一端有父母的晨昏，在圣诞卡的另一头有弟弟妹妹的他乡岁月，在这个城或那个城里，在山巅，在水涯，在平凡的公寓里住着我亲爱的朋友们。只要他们不弃我而去，我会无限度地忍耐不堪忍耐的，我会原谅一切可憎可怨的人，我会有无限宽广的心。

然而，所谓“怨憎会”与“爱别离”其实也可以指人际以外的环境和状况吧？那曾与你亲密相依的密实黑发，终有一日要弃你而去，反是你所怨憎的白发或童秃来与你垂老的头颅相聚啊！你所爱的颊边的蔷薇，眼中的黑晶，终将物化，我们被强迫穿上那件可怨可憎的松垮得不成款式的制服——我指的是那坍垮下来的皮肤。并且用一双蒙眬的老花眼去看这变形的世界。告别那灵巧的敏慧的曾经完成许多创造的手，去接受颤抖的不听命的十指。整个垂老的过程岂不就是告别那一个自己曾惊喜爱赏的自己吗？岂不就是不明不白强迫你接受一个明镜中陌生的怨憎的与我格格不入的印象吗？

而尤其悲伤的是告别深爱的血中的傲啸，脑中的敏捷，以及心底的感应，反跟自己所怨憎的沉浊、麻木和迟钝相聚了。这种不甘心的分别与无奈的相聚恐怕不下于怨偶的纠结以及情人的远隔吧，世间之真大悲便该是这一类吧？

死是另一种告别，不仅仅是告别这世上恋栈过的目光，相依过的肩膀，爱抚过的婴颊——死所要告别的还要更多更多。从此以后，我那不足道的对人生的感知全都不算数了，后世之人谁会来管你第一次牙牙学语说出一个完整句子所引起的惊动和兴奋，谁又会在意你第一次约会前夕的窃喜，至于某个老人垂死之前跟一条狗的感情，谁又耐烦去记忆呢？每一个人自己个人惊天动地的内在狂涛，在后人看来不过是旋生旋灭的泡沫而已。活着的人要把自己的琐事记住尚且不易，谁又会留意作古之人的悲欢呢？死就是一番彻底的大告别啊，跟人跟事，跟一身之内的最亲最深的记忆。宗教世界虽也谈永生和来生，但毕竟一切都告一段落，民间信仰中的来生是要先涉过忘川的，一切从此便告一了断。基督教的天堂又偏是没有眼泪的地方——可是眼泪尽管苦涩，属于眼泪的记忆却也是我不忍相舍的啊！生命中最尖锐的疼痛，最无言的苍凉，最疯狂的郁怒，我是一样也舍不得忘记的啊！此外曾经有过的勇往无悔的深情，披沙拣金的知识，以及电光石火的顿悟，当然更是栈栈不忍遽舍的！一只鹭鸶不会预知自己必死的命运，不会有晚景的自伤，更不会为自己体悟出的捉鱼本领要与自身一同消失而怅怅，人类才是那唯一能感知“怨憎会”和“爱别离”之苦的生物啊，只因我们才有爱憎分明的知觉，才有此心历历的判然。

人生的大悲在斤斤于离别之苦，而离别之苦种因于知识，弃圣绝智却又偏是众生做不到的，没有告别彩笔以前的江淹曾写下：“黯然销魂者唯别而已矣”，等彩笔绮思一旦被索还，是不是就不必销魂了呢？我是宁可胸中有此大悲凉的，一旦连悲激也平伏消失，岂不更是另一番尤为彻骨的悲酸？

你不能要求简单的答案

年轻人啊，你问我说：

“你是怎样学会写作的？”

我说：

“你的问题不对，我还没有‘学会’写作，我仍然在‘学’写作。”

你让步了，说：

“好吧，请告诉我。你是怎么学写作的？”

这一次，你的问题没有错误，我的答案却仍然迟迟不知如何出手，并非我自秘不宣——但是，请想一想，如果你去问一位老兵：

“请告诉我，你是如何学打仗的？”

——请相信我，你所能获致的答案绝对和“驾车十要”或“计算机入门”不同。有些事无法做简单的回答，一个老兵之所以成为老兵，故事很可能要从他十三岁那年和弟弟一齐用门板扛着被日本人炸死的爹娘去埋葬开始，那里有其一生的悲愤郁结，有整个中国近代史的沉痛、伟大和荒谬。不，你不能要求简单的答案，你不能要一个老兵用明白扼要的字眼在你的问卷上做填充题，他不回答则已，如果回答，就必须连着他一生的故事。你必须同时知道他全身的伤疤，知道他的胃溃疡，知道他五十年来朝朝暮暮的豪情与酸楚……

年轻人啊，你真要问我跟写作有关的事吗？我要说的也是：除非我不回答你，要回答，其实也不免要夹上一生啊！（虽然一生并未过完）一生的受苦和欢悦，一生的痴意和决绝忍情，一生的有所得和有所舍。写作这件事无从简单回答，你等于要求我向你述说一生。

两岁半，年轻的五姨教我唱歌，唱着唱着，我就哭了，那歌词是这样的：

“小白菜呀，地里黄呀，三两岁上呀，没了娘呀……生个弟弟比我强呀……弟弟吃面，我喝汤呀……”

我平日少哭，一哭不免惊动妈妈，五姨也慌了，两人追问之下，我哽咽地说出原因：

“好可怜啊，那小白菜，后娘只给她喝汤，喝汤怎么能喝饱呢？”

这事后来成为家族笑话，常常被母亲拿来复述，我当日大概因为小，对孤儿处境不甚了然，同情的重点全在“弟弟吃面她喝汤”的层面上，但就这一点，后来我细想之下，才发现已是“写作人”的根本。人人岂能皆成孤儿而后写孤儿？听孤儿的故事，便放声而哭的孩子，也许是比较可以执笔的吧。我当日尚无弟妹，在家中娇宠恣纵，就算逃难，也绝对不肯坐人挑箩。挑箩因一位挑夫可挑前后两箩筐，所以比较便宜。千山迢迢，我却只肯坐两人合抬的轿子，也算是一个不乖的小孩了。日后没有变坏，大概全靠那点善于与人认同的性格。所谓“常抱心头一点春，须知世上苦人多”的心情，恐怕是比学问、见解更为重要的人之所以为人的本源。当然它也同时是写作的本源。

七岁，到了柳州，便在那里读小学三年级。读了些什么，一概忘了，只记得那是一座多山多水的城，好吃的柚子堆在浮桥的两侧卖。桥在河上，河在美丽的土地上。整个逃离的途程竟像一场旅行。听爸爸一面算计一面说："你已经走了大半个中国啦！从前的人，一生一世也走不了这许多路的。"小小年纪当时心中也不免陡生豪情侠义。火车在山间蜿蜒，血红的山踯躅开得满眼，小站上有人用小砂甑闷了香肠饭在卖，好吃得令人一世难忘。整个中国的大苦难我并不了然，知道的只是火车穿花而行，轮船破碧疾走，一路懵懵懂懂南行到广州，仿佛也只为到水畔去看珠江大桥，到中山公园去看大象和成天降下祥云千朵的木棉树……

那一番大搬迁有多少生离死别，我却因幼小只见山河的壮阔，千里万里的异风异俗。某一夜的山月，某一春的桃林，某一女孩的歌声，某一城垛的黄昏，大人在忧思中不及一见的景致，我却一一铭记在心，乃至一饭一蔬一果，竟也多半不忘。古老民间传说中的天机，每每为童子见到，大约就是因为大人易为思虑所蔽。我当日因为浑然无知，反而直窥人山水的一片清机。山水至今仍是那一砚浓色的墨汁，常容我的笔有所汲饮。

小学三年级，写日记是一个很痛苦的回忆。用毛笔，握紧了写。(因为母亲常绕到我背后偷抽毛笔，如果被抽走了，就算握笔不牢，不合格）七岁的我，哪有什么可写的情节，只好对着墨盒把自己的日子从早到晚一遍遍地再想过。其实，等我长大，真的执笔为文，才发现所写的散文，基本上也类乎日记。也许不是"日记"而是"生记"，是一生的记录。一般的人，只有幸"活一生"，而创作的人，却能"活两生"。第一度的生活是生活本身；第二度是运用思想再追回它一遍，强迫它复现一遍。萎谢的花不能再艳，磨成粉的石头不能重坚，写作者却能像呼唤亡魂一般把既往的生命唤回，让它有第二次的演出机缘。人类创造文学，想来，目的也即在此吧？我觉得写作是一种无限丰盈的事业，仿佛别人的卷筒里填塞的是一份冰淇淋，而我的，是双份，是假日里买一送一的双份冰淇淋，丰盈满溢。

也许应该感谢小学老师的，当时为了写日记把日子一寸寸回想再回想的习惯，帮助我有一个内省的深思人生。而常常偷偷来抽笔的母亲，也教会我一件事：不握笔则已，要握，就紧紧地握住，对每一个字负责。

八岁以后，日子变得诡异起来，外婆猝死于心脏病。她一向疼我，但我想起她来却只记得她拿一根筷子、一片铜制钱，用棉花自己捻线来用。外婆从小出身富贵之家，却勤俭得像没隔宿之粮的人。其实五岁那年，我已初识死亡，一向带我的佣人在南京因肺炎而死，不知是几“七”，家门口铺上炉灰，等着看他的亡魂回不回来，铺炉灰是为了检查他的脚印。我至今几乎还能记起当时的惧怖，以及午夜时分一声声凄厉的狗号。外婆的死，再一次把死亡的剧痛和荒谬呈现给我，我们折着金箔，把它吹成元宝的样子，火光中我不明白一个人为什么可以如此彻底消失了。葬礼的场面奇异诡秘，“死亡”一直是令我恐惧乱怖的主题——我不知该如何面对它。我想，如果没有意识到死亡，人类不会有文学和艺术。我所说的“死亡”，其实是广义的，如即聚即散的白云，旋开旋灭的浪花，一张年头鲜艳年尾破败的年画，或是一支心爱的自来水笔，终成破敝。

文学对我而言，一直是那个挽回的“手势”。果真能挽回吗？大概不能吧？但至少那是个依恋的手势，强烈的手势，照中国人的说法，则是个天地鬼神亦不免为之愀然色变的手势。

读五年级的时候，有个陈老师很奇怪地要我们几个同学来组织一个“绿野”文艺社。我说“奇怪”，是因为他不知是有意或无意的，竟然丝毫不拿我们当小孩子看待。他要我们编月刊；要我们在运动会里做记者并印发快报；他要我们写朗诵诗，并且上台表演；他要我们写剧本，而且自导自演。我们在校运会中挂着记者条子跑来跑去的时候，全然忘了自己是个孩子，满以为自己真是个记者了，现在回头去看才觉好笑。我如今也教书，很不容易把学生看作成人，当初陈老师真了不起，他给我们的虽然只是信任而不是赞美，但也够了。我仍记得白底红字的油印刊物印出来之后，我们去一一分派的喜悦。

我间接认识一个名叫安娜的女孩，据说她也爱诗。她要过生日的时候，我打算送她一本《徐志摩诗集》。那一年我初三，零用钱是没有的，钱的来源必须靠“意外”，要买一本十元左右的书因而是件大事。于是我盘算又盘算，决定一物两用。我打算早一个月买来，小心地读，读完了，还可以完好如新地送给她。不料一读之后就舍不得了，而霸占礼物也说不过去，想来想去，只好动手来抄，把喜欢的诗抄下来。这种事，古人常做，复印机发明以后就渐成绝响了。但不可解的是，抄完诗集以后的我整个和抄书以前的我不一样了。把书送掉的时候，我竟然觉得送出去的只是形体，一切的精华早为我所吸取，这以后我欲罢不能地抄起书来，例如：从老师处借来的冰心的《寄小读者》，或者其他散文、诗、小说，都小心地抄在活页纸上。感谢贫穷，感谢匮乏，使我懂得珍惜，我至今仍深信最好的文学资源是来自双目也来自腕底。古代僧人每每刺血抄经，刺血也许不必，但一字一句抄写的经验却是不应该被取代的享受。仿佛玩玉的人，光看玉是不够的，还要放在手上抚触，行家叫“盘玉”。中国文字也充满触觉性，必须一个个放在纸上重新描摹——如果可能，加上吟哦会更好，它的听觉和视觉会一时复苏起来，活力弥新。当此之际，文字如果写的是花，则枝枝叶叶芬芳可攀；如果写的是骏马，则嘶声在耳，鞍辔光鲜，真可一跃而去。我的少年时代没有电视，没有电动玩具，但我反而因此可以看见希腊神话中赛克公主的绝世美貌，黄河冰川上的千古诗魂…….

读我能借到的一切书，买我能买到的一切书，抄录我能抄录的一切片段。

刘邦、项羽看见秦始皇出游，便跃跃然有“我也能当皇帝”的念头，我只是在看到一篇好诗好文的时候有“让我也试一下”的冲动。这样一来，只有对不起国文老师了。每每放了学，我穿过密生的大树，时而停下来看一眼枝丫间乱跳的松鼠，一直跑到国文老师的宿舍，递上一首新诗或一阕词，然后怀着等待开奖的心情，第二天再去老师那里听讲评。我平生颇有“老师缘”，回想起来皆非我善于撒娇或逢迎，而在于我老是“找老师的麻烦”。我一向是个麻烦特多的孩子，人家两堂作文课写一篇五百字“双十节感言”交差了事，我却抱着本子从上课写到下课，写到放学，写到回家，写到天亮，把一个本子全写完了，写出一篇小说来。老师虽一再被我烦得要死，却也对我终生不忘了。少年之可贵，大约便在于胆敢理直气壮地去麻烦师长，即使有老天爷坐在对面，我也敢连问七八个疑难，（经此一番折腾，想来，老天爷也忘不了我）为文之道其实也就是为人之道吧？能坦然求索的人必有所获，那种渴切直言的探求，任谁都要稍稍感动让步的吧？（这位老师名叫钟莲英，后来她去了板桥艺大教书。）

你在信上问我，老是投稿，而又老是遭人退稿，心都灰了，怎么办？

你知道我想怎样回答你吗？如果此刻你站在我面前，如果你真肯接受，我最诚实最直接的回答便是一阵仰天大笑：“啊！哈——哈——哈——哈——哈……”笑什么呢？其实我可以找到不少“现成话”来塞给你作标准答案，诸如“勿气馁”啦、“不懈志”啦、“再接再厉”啦、“失败为成功之母”啦，可是，那不是我想讲的。我想讲的，其实就只是一阵狂笑！

一阵狂笑是笑什么呢？笑你的问题离奇荒谬。

投稿，就该投中吗？天下哪有如此好事？买奖券的人不敢抱怨自己不中，求婚被拒绝的人也不会到处张扬，开工设厂的人也都事先心里有数，这行业是“可能赔也可能赚”的。为什么只有年轻的投稿人理直气壮地要求自己的作品成为铅字？人生的苦难千重，严重得要命的情况也不知要遇上多少次。生意场上、实验室里、外交场合，安详的表面下潜伏着长年的生死之争。每一类的成功者都有其身经百劫的疤痕，而年轻的你却为一篇退稿陷入低潮？

记得大一那年，由于没有钱寄稿，（虽然稿件视同印刷品，可以半价——唉，邮局真够意思，没发表的稿子他们也视同印刷品呢！——可惜我当时连这半价邮费也付不出啊）于是每天亲自送稿，每天把一番心血交给门口警卫以后便很不好意思地悄悄走开——我说每天，并没有记错，因为少年的心易感，无一事无一物不可记录成文，每天一篇毫不困难。胡适当年责备少年人“无病呻吟”，其实少年在呻吟时未必无病，只因生命资历浅，不知如何把话删削到只剩下“深刻”，遭人退稿也是活该。我每天送稿，因此每天也就可以很准确地收到两天前的退稿，日子竟过得非常有规律起来，投稿和退稿对我而言就像有“动脉”就有“静脉”一般，是合乎自然定律的事情。

那一阵投稿我一无所获——其实，不是这样的，我大有斩获，我学会用无所谓的心情接受退稿。那真是“纯写稿”，连发表不发表也不放在心上。

如果看到几篇稿子回航就令你沮丧消沉——年轻人，请听我张狂的大笑吧！一个怕退稿的人可怎么去面对冲锋陷阵的人生呢？退稿的灾难只是一滴水一粒尘的灾难，人生的灾难才叫排山倒海呢！碰到退稿也要沮丧——快别笑死人了！所以说，对我而言，你问我的问题不算“问题”，只算“笑话”，投稿投不中有什么大不了！如果你连这不算事情的事也发愁，你这一生岂不愁死？

传统中文系的教育很多人视之为写作的毒药，奇怪的是对我而言，它却给了我一些更坚实的基础。文字训诂之学，如果你肯去了解它，其间自有不能不令人动容的中国美学，声韵学亦然。知识本身虽未必有感性，但那份枯索严肃亦如冬日，繁华落尽处自有无限生机。和一些有成就的学者相比，我读的书不算多，但我自信每读一书于我皆有增益。读《论语》，于我竟有不胜低回之致；读史书，更觉页页行行都该标上惊叹号。世上既无一本书能教人完全学会写作，也无一本书完全于写作无益。就连看一本烂书，也算负面教材，也令我怵然自惕，知道自己以后为文万不可如此骄矜昏昧，不知所云。

有一天，在别人的车尾上看到“独身贵族”四个大字，当下失笑，很想在自己车尾上也标上“已婚平民”四个字。其实，人一结婚，便已堕入平民阶级，一旦生子，几乎成了“贱民”，生活中种种烦琐吃力处，只好一肩担了。平民是难有闲暇的，我因而不能有充裕的写作时间，但我也因而了解升斗小民在庸庸碌碌、乏善可陈的生活背后的尊严，我因怀胎和乳养的过程，而能确实怀有“彼亦人子也”的认同态度，我甚至很自然地用一种霸道的母性心情去关爱我们的环境和大地。我人格的成熟是由于我当了母亲，我的写作如果日有臻进，也是基于同样的缘故。

你看，你只问了我一个简单的问题，而我，却为你讲了我的半生。文章千古事，得失寸心知。记得旅行印度的时候，看到有些小女孩在编丝质地毯，解释者说：必须从幼年就学起，这时她们的指头细柔，可以打最细最精致的结子，有些毯子要花掉一个女孩一生的时间呢！文学的编织也如此一生一世吧？这世上没有什么不是一生一世的，要做英雄、要做学者、要做诗人、要做情人，所要付出的代价不多不少，只是一生一世，只是生死以之。

我，回答了你的问题吗？

我恨我不能如此抱怨

我不幸是一个“应该自卑”的人，不过所幸同时，又是一个糊涂的人，因此，靠着糊涂竟常常逾矩地忘了自己“应该自卑”的身份，这于我倒是件好事。

可是，每当我浑然欲忘的时候，总有一两个高贵的家伙适时提醒了我应该永志不忘的自卑感，使我不胜羞愤。

一日，我静坐悟道，忽然感出我种种自卑之端，皆在于生平不会埋怨。如果我一旦也像某些高贵的家伙整天能高声埋怨，低声叹气，想必也有一番风光。只是，此事知之虽不易，行之尤艰难，能“埋怨”的权利不是人人可以具备的。人家之所以高贵，是由于人家能“生而知之”地抱怨，次一等的也都或早或晚地参悟了“学而知之”的抱怨，我不幸是属于“困而不知”的绝物，我是一个注定应该自卑的角色了！

我生平第一件不如人的事便是中国话十分流利，使我失去了埋怨中国话的权利。无论什么话，要用国语讲出来于我竟是毫无窒碍，这件事真可耻。我很想努力雪耻，无奈已积习难返，力不从心了。试观今日之天下，讲中国话实为标准学人的第一大忌。我不幸没有得到良好的家教，从小竟然学会了中国话，思想起来对父母（乃至于祖父母）养子不教一事，总觉得他们难于诿过。他们竟然不约束我，致使我的中国话发展成如此畸形的完整，真是令我气愤。

如今学人讲演的必要程序之一便是讲几句话便忽然停下来，以优雅而微赧的声音说："说到 Oedipus Complex，唔，这句话该怎么说？对不起，中文翻译我也不太清楚，什么？俄狄浦斯情意综，是，是，唔，什么？恋母情结？是，是，我也不敢 Sure，好，Anyway，你们都知道 Oedipus Complex，中文，唉，中文翻译真是……"

当然，一次演讲只停下来抱怨一次中文是绝对不够光彩的，段数高的人必须五步一楼十步一阁，连讲到 Brother-in-law 也必须停下来。"是啊，这个字真难翻，姐夫？不，他不是他的姐夫。小舅子？也不是小舅子，什么？小叔子——小叔子是什么意思？丈夫的弟弟？不对，他是他太太的妹妹的丈夫，连襟，连襟是这个意思吗？好，他的 Brother-in-law，他的连，连什么，是，是，他的连襟，中文有些地方真是麻烦，英文就好多啦。"

我对这种接驳式的演说真是企慕之至。试观他眉结轻绾，两手张摊的无奈，细赏他摇头叹息，嘴角下撇的韵味，真是儒雅风流，深得摩登才子之趣。细腰的沈约，白脸的何晏万万不能与之相比，而我辈一口标准中文的人更不敢望其项背。"思果"先生竟然不合时宜地大谈起"翻译"来，真正应该闭门"思过"了。万一我们把英文都翻成了流利的中文，以致失去这些美好的、俏皮的、充满异国风情的旖旎的演讲，岂不罪莫大焉。好在思果先生的谬论只是这伟大潮流中的一小股逆流，至少目前还未看出对学术的不良影响。

我生平第二件不如人的事是身体太好，以致失去了抱怨天气、抱怨胃口，以及抱怨一切疼痛的权利。其实我也深知四十岁以上的人如果没有点血压高、糖尿病和胆固醇偏高，简直就等于取得了一张如假包换的清寒证明书。而四十岁以下的人如果不曾惹上“神经衰弱”“胃痛”“寂寞的十七岁”之类的症候，无异自己承认IQ偏低（IQ该翻成什么，我不太清楚，噢，也许你说的对，好像是翻成智商），我不幸青黄不接，既没有捞着年轻人的病，也没赶上中老年人的热闹，真真是古人所谓的“粗安”。而且胃口尤其好，健康得近乎异常，在酒席上居然可以从拼盘吃到甜点。中间既不怕明虾引起过敏，也不嫌血蛤腥气，更压根儿没有想起肠子肚子是文明人该忌讳的东西，上青菜的时候又总是忘了强调一声欢呼：“青菜来了！我最爱吃青菜了！”等别人先叫了我当然不免后悔，但已来不及了。试看人家在说这话的当儿显出多么高华的气质，言下之意不外“我家天天炰龙炙凤，你这桌珍肴只有青菜是我很少吃到的”。而我觉得天下最可笑的事莫过于到酒席上去吃一棵用苏打水煮得酥软而又绿得古怪蹊跷的芥菜了。

偶然看一眼电视，我总是深感惭愧，简直像做了小偷似的。电视节目是卖药的提供的，看电视而不买药简直像看白戏一样不道德。设若人人都像我一样不道德，还得了吗？可惜卑鄙的我无论是“救心”“救肾”都用不着，整肠健胃的药跟我也无缘，我甚至还忘了“复兴固有文化，人人有责”的信条，居然也没买过“追风透骨丸”“铁牛运功散”“七厘行血散”，自己也很为自己的厚颜不安。不过我倒建议在这“药物超级市场”的电视广告中，可否加上一种药——专令人生点什么病的药——一来我生了病，自可理直气壮地走进药店，付我应该付的“娱乐费”，二来我也可以稍稍提高自己的社会地位，免得别人谈病的时候，我总是有着被摒弃的自卑。

我第三件不如人的事是生活得太简单，以致失去了形形色色可资抱怨的资料。我也很想抱怨自己的记性坏，但因缺少几分富贵气，即使勉强凑热闹抱怨两句，未必使“贵人多忘”的逆定理即“多忘贵人”成立。我也很想抱怨台北的路不及纽约好找，但不成器的我一打开地图立刻就知道去龙山寺，去后港里，乃至于去深坑去倒吊子该坐什么车。我更羡慕的抱怨是抱怨台北的菜馆变不出花样来，抱怨真正优秀的厨子都出去做了宣慰使。我说来不怕人耻笑，我即使吃一碗牛肉面、一碗担担面也觉得回味无穷。我甚至迷信中国厨子做的汉堡牛肉饼（看，好好一个用 Hamburger 的机会被我错过了！）也比洋人做得好吃些。对于那些高高兴兴地抱怨佣人难伺候、抱怨司机难请、抱怨女秘书不好找的人物，我其实是艳羡万分，假如我能再做一遍小学生，再有机会写一遍“我的志愿”，我一定不再想当总统或科学家了，我只愿能够做一个时时刻刻可以抱怨的人。大抱怨固然可以造成大显赫的感觉，小抱怨也颇能顾盼自雄，足以造成不肖如我者的嫉妒。说来真丢脸，我已经无行到连抱怨汽油贵的人都嫉妒的程度了。（因为我和朋友辈从来不买汽油，我的朋友们用汽油只止于打火机，我们也很想说几句话抱怨石油恐慌，但总壮不起胆来。）我嫉妒人家抱怨儿子不吃饭、不吃猪肝、不吃鸡腿——因为我的儿子从来不晓得吃饭前还有“母亲应该恳切地哀求，并许以郊游、逛街、冰淇淋等”的“文明规则”。相较之下，很为犬子“援筷直吃”的缺乏教养的表现而羞愧，至于那些抱怨股票不好做，抱怨女儿不好好学钢琴，抱怨丈夫不回家吃饭，抱怨太太花钱如水，抱怨全台北没有一个好手艺的西装师傅，抱怨买不到真正的美国生芹菜，无一不令人闻之自卑而汗颜。

我恨自己缺乏抱怨的资料，不过好在我虽然身不能至，尚能心向往之。我深恐有人仍然恬不知耻地不懂得为自己不能抱怨而自卑而羞愤，乃谨撰文，但愿国中人士皆能父以勉子，兄以勉弟，以期他日能湔雪前耻发愤图强，共缔光明之前程。

一个女人的爱情观

忽然发现自己的爱情观很土气，忍不住笑了起来。

对我而言，爱一个人就是满心满意要跟他一起“过日子”。天地鸿蒙荒凉，我们不能妄想把自己扩充为六合八方的空间，只希望以彼此的灰烬把属于两人的一世时间填满。

客居岁月，暮色里归来，看见有人当街亲热，竟也视若无睹，但每看到一对人手牵手提着一把青菜一条鱼从菜场走出来，一颗心就忍不住恻恻地痛了起来，. 一蔬一饭里的天长地久原是如此味永难言啊！相拥的那一对也许今晚就分手，但一鼎一镬里却有其朝朝暮暮的恩情啊！

爱一个人原来就只是在冰箱里为他留一只苹果，并且等他归来。

爱一个人原来就是在寒冷的夜里不断在他的杯子里斟上刚沸的热水。

爱一个人就是喜欢两人一起收尽桌上的残肴，并且听他在水槽里刷碗的音乐——事后再偷偷把他不曾洗干净的地方重洗一遍。

爱一个人就有权利霸道地说：

“不要穿那件衣服，难看死了，穿这件，这是我新给你买的。”

爱一个人就是一本正经地催他去工作，却又忍不住躲在他身后想捣几次小小的蛋。

爱一个人就是在拨通电话时忽然不知道要说什么，才知道原来只是想听听那熟悉的声音，原来真正想拨通的，只是自己心底的一根弦。

爱一个人就是把他的信藏在皮包里，一日拿出来看几回、哭几回、痴想几回。

爱一个人就是在他迟归时想上一千种坏的可能，在想象中经历万般劫难，发誓等他回来要好好罚他，一旦见面却又什么都忘了。

爱一个人就是在众人暗骂：“讨厌！谁在咳嗽！”你却急道：“唉，唉，他这人就是记性坏啊！我该买一瓶川贝枇杷膏放在他的背包里的！”

爱一个人就是上一刻钟想把美丽的恋情像冬季的松鼠秘藏坚果一般，将之一一放在最隐秘最安妥的树洞里，下一刻钟却又想告诉全世界这骄傲自豪的消息。

爱一个人就是在他的头衔、地位、学历、经历、善行、劣迹之外，看出真正的他不过是个孩子——好孩子或坏孩子——所以疼了他。

也因此，爱一个人就喜欢听他儿时的故事，喜欢听他有几次大难不死，听他如何淘气惹厌，怎样善于玩弹珠或打“水漂漂”，爱一个人就是忍不住替他记住了许多往事。

爱一个人就不免希望自己更美丽，希望自己被记得，希望自己的容颜体貌在极盛时于对方如霞光过目，永不相忘，即使在繁花谢树的残冬，也有一个人沉如历史典册的瞳仁可以见证你的华彩。

爱一个人总会不厌其烦地问些或回答些傻问题，例如：“如果我老了，你还爱我吗?”“爱!”“我的牙都掉光了呢?”“我吻你的牙床!”

爱一个人便忍不住迷上那首《白发吟》：

亲爱的，我年已渐老
白发如霜银光耀
唯你永是我爱人
永远美丽又温柔

爱一个人常是一串奇怪的矛盾，你会依他如父，却又怜他如子，尊他如兄，又复宠他如弟，想师事他，跟他学，却又想教导他，把他俘虏成自己的徒弟，亲他如友，又复气他如仇，希望成为他的女皇，他唯一的女主人，却又甘心做他的小丫鬟小女奴。

爱一个人会使人变得俗气，你不断地想：晚餐该吃牛舌好呢，还是猪舌？蔬菜该买大白菜呢，还是小白菜？房子该买在三张犁呢，还是六张犁？而终于在这份世俗里，你了解了众生，你参与了自古以来匹夫匹妇的微不足道的喜悦与悲辛，然后你发觉这世上有超乎雅俗之上的情境，正如日光超越调色盘上的色样。

爱一个人就是喜欢和他拥有现在，却又追记着和他在一起的过去。喜欢听他说，那一年他怎样偷偷喜欢你，远远地凝望着你。爱一个人又总期望着未来，想到地老天荒的他年。

爱一个人便是小别时带走他的吻痕，如同一幅画，带着鉴赏者的朱印。

爱一个人就是横下心来，把自己小小的赌本跟他合起来，向生命的大轮盘去下一番赌注。

爱一个人就是让那人的名字在临终之际成为你双唇间最后的音乐。

爱一个人，就不免生出共同的、霸占的欲望。想认识他的朋友，想了解他的事业，想知道他的梦。希望共有一张餐桌，愿意同用一双筷子，喜欢轮饮一杯茶，合穿一件衣，并且同衾共枕，奔赴一个命运，共寝一个墓穴。

前两天，整收房间，理出一只提袋，上面赫然写着“××孕妇服装中心”，我愕然许久。既然这房子只我一人住，这只手提袋当然是我的了，可是，我何曾跑到孕妇店去买衣服？于是不甘心地坐下来想，想了许久，终于想出来了。我那天曾去买一件斗篷式的土褐色短褛，便是用这只绿色袋子提回来的，我的确闯到孕妇店去买衣服了。细想起来那家店的模特儿似乎都穿着孕妇装，我好像正是被那种美丽沉甸的繁殖喜悦所吸引而走进去的。这样说来，原来我买的那件宽松适意的斗篷式短褛竟真是给孕妇设计的。

这里面有什么心理分析吗？是不是我一直追忆着怀孕时强烈的酸苦和欣喜而情不自禁地又去买了一件那样的衣服呢？想多年前冬夜独起，灯下乳儿的寒冷和温暖便一下子涌回心头，小儿吮乳的时候，你多么希望自己的生命就此为他竭泽啊！

对我而言，爱一个人，就不免想跟他生一窝孩子。

当然，这世上也有人无法生育，那么，就让共同培育的学生，共同经营的事业，共同爱过的子侄晚辈，共同谱成的生活之歌，共同写完的生命之书来做他们的孩子。

也许还有更多更多可以说的，正如此刻，爱情对我的意义是终夜守在一盏灯旁，听车声退潮再复涨潮，看淡紫的天光愈来愈明亮，凝视两人共同凝视过的长窗外的水波，在矛盾的凄凉和欢喜里，在知足感恩和渴切不足里细细体会一条河的韵律，并且写一篇叫《爱情观》的文章。

我喜欢

我喜欢活着，生命是如此地充满了愉悦。

我喜欢冬天的阳光，在迷茫的晨雾中展开。我喜欢那份宁静淡远，我喜欢那没有喧哗的光和热，而当中午，满操场散坐着晒太阳的人，那种原始而纯朴的意象总深深地感动着我的心。

我喜欢在春风中踏过窄窄的山径，草莓像精致的红灯笼，一路殷勤地张结着。我喜欢抬头看树梢尖尖的小芽儿，极嫩的黄绿色中透着一派天真的粉红——它好像准备着要奉献什么，要展示什么。那柔弱而又生意盎然的风度，常在无言中教导我一些最美丽的真理。

我喜欢看一块平平整整、油油亮亮的秧田。那细小的禾苗密密地排在一起，好像一张多绒的毯子，是集许多翠禽的羽毛织成的，它总是激发我想在上面躺一躺的欲望。

我喜欢夏日的永昼，我喜欢在多风的黄昏独坐在傍山的阳台上。小山谷里的稻浪推涌，美好的稻香翻腾着。慢慢地，绚丽的云霞被浣净了，柔和的晚星遂一一就位。我喜欢观赏这样的布景，我喜欢坐在那舒服的包厢里。

我喜欢看满山芦苇，在秋风里凄然地白着。在山坡上，在水边上，美得那样凄凉。那次，刘告诉我他在梦里得了一句诗："雾树芦花连江白。"意境是美极了，平仄却很拗口。想凑成一首绝句，却又不忍心改它。想联成古风，又苦再也吟不出相当的句子。至今那还只是一句诗，一种美而孤立的意境。

我也喜欢梦，喜欢梦里奇异的享受。我总是梦见自己能飞，能跃过山丘和小河。我总是梦见奇异的色彩和悦人的形象。我梦见棕色的骏马，发亮的鬃毛在风中飞扬。我梦见成群的野雁，在河滩的丛草中歇宿。我梦见荷花海，完全没有边际，远远在炫耀着模糊的香红——这些，都是我平日不曾见过的。最不能忘记那次梦见在一座紫色的山峦前看日出——它原来必定不是紫色的，只是翠岚映着初升的红日，遂在梦中幻出那样奇特的山景。

我当然同样在现实生活里喜欢山，我办公室的长窗便是面山而开的。每次当窗而坐，总沉得满儿尽绿，一种说不出的柔和。较远的地方，教堂尖顶的白色十字架在透明的阳光里巍立着，把蓝天撑得高高的。

我还喜欢花，不管是哪一种。我喜欢清瘦的秋菊，浓郁的玫瑰，孤洁的百合，以及悠闲的素馨。我也喜欢开在深山里不知名的小野花。十字形的、斛形的、星形的、球形的。我十分相信上帝在造万花的时候，赋给它们同样的尊荣。

我喜欢另一种花儿，是绽开在人们笑颊上的。当寒冷早晨我在巷子里，对门那位清癯的太太笑着说："早！"我就忽然觉得世界是这样的亲切，我缩在皮手套里的指头不再感觉发僵，空气里充满了和善。

当我到了车站开始等车的时候，我喜欢看见短发齐耳的中学生，那样精神奕奕的，像小雀儿一样快活的中学生。我喜欢她们美好宽阔而又明净的额头，以及活泼清澈的眼神。每次看着她们老让我想起自己，总觉得似乎我仍是她们中间的一个。仍然单纯地充满了幻想，仍然那样容易受感动。

当我坐下来，在办公室的写字台前，我喜欢有人为我送来当天的信件。我喜欢读朋友们的信，没有信的日子是不可想象的。我喜欢读弟弟妹妹的信，那些幼稚纯朴的句子，总是使我在泪光中重新看见南方那座燃遍凤凰花的小城。最不能忘记那年夏天，德从最高的山上为我寄来一片蕨类植物的叶子。在那样酷暑的气候中，我忽然感到甜蜜而又沁人的清凉。

我特别喜爱读者的信件，虽然我不一定有时间回复。每次捧读这些信件，总让我觉得一种特殊的激动。在这世上，也许有人已透过我看见一些东西。这不就够了吗？我不需要永远存在，我希望我所认定的真理永远存在。

我把信件分放在许多小盒子里，那些关切和怀谊都被妥善地保存着。

除了信，我还喜欢看一点书，特别是在夜晚，在一灯荧荧之下。我不是一个十分用功的人，我只喜欢看词曲方面的书。有时候也涉及一些古拙的散文，偶然我也勉强自己看一些浅近的英文书，我喜欢他们文字变化的活泼。

夜读之余，我喜欢拉开窗帘看看天空，看看灿如满园春花的繁星。我更喜欢看远处山坳里微微摇晃晦灯光。那样模糊，那样幽柔？是不是那里面也有一个夜读的人呢？

在书籍里面我不能自抑地要喜爱那些泛黄的线装书，握着它就觉得握着一脉优美的传统，那涩黯的纸面蕴含着一种古典的美。我很自然地想到，有几个人执过它，有几个人读过它。他们也许都过去了。历史的兴亡、人物的迭代本是这样虚幻，唯有书中的智慧永远长存。

我喜欢坐在汪教授家中的客厅里，在落地灯的柔辉中捧一本线装的昆曲谱子。当他把旧得发亮的褐色笛管举到唇边的时候，我就开始轻轻地按着板眼唱起来，那柔美幽咽的水磨调在室中低回着，寂寞而空荡，像江南一池微凉的春水。我的心遂在那古老的音乐中体味到一种无可奈何的轻愁。

我就是这样喜欢着许多旧东西，那块小毛巾，是小学四年级参加儿童周刊父亲节征文比赛得来的；那一角花岗石，是小学毕业时和小曼敲破了各执一半的；那具布娃娃是我儿时最忠实的伴侣；那本毛笔日记，是七岁时被老师逼着写成的；那两支蜡烛，是我过二十岁生日的时候，同学们为我插在蛋糕上的……我喜欢这些财富，以致每每整个晚上都在痴坐着，沉浸在许多快乐的回忆里。

我喜欢翻旧相片，喜欢看那个大眼睛长辫子的小女孩。我特别喜欢坐在摇篮里的那张，那么甜美无忧的时代！我常常想起母亲对我说："不管你们将来遭遇什么，总是回忆起来，人们还有一段快活的日子。"是的，我骄傲，我有一段快活的日子——不只是一段，我相信那是一生悠长的岁月。

我喜欢把旧作品一一检视，如果我看出以往作品的缺点，我就高兴得不能自抑——我在进步！我不是在停顿！这是我最快乐的事了，我喜欢进步！

我喜欢美丽的小装饰品，像耳环、项链和胸针。那样晶晶闪闪的、细细微微的、奇奇巧巧的。它们都躺在一个漂亮的小盒子里，炫耀着不同的美丽，我喜欢不时看看它们，把它们佩在我的身上。

我就是喜欢这么松散而闲适的生活，我不喜欢精密的分配的时间，不喜欢紧张的安排节目。我喜欢许多不实用的东西，我喜欢充足的沉思时间。

我喜欢晴朗的礼拜天清晨，当低沉的圣乐冲击着教堂的四壁，我就忽然升入另一个境界，没有纷扰，没有战争，没有嫉恨与恼怒。人类的前途有了新光芒，那种确切的信仰把我带入更高的人生境界。

我喜欢在黄昏时来到小溪旁。四顾没有人，我便伸足入水——那被夕阳照得极艳丽的溪水，细沙从我趾间流过，某种白花的瓣儿随波飘去，一会儿就幻灭了——这才发现那实在不是什么白花瓣儿，只是一些被石块激起来的浪花罢了。坐着，坐着，好像天地间流动着和暖的细流。低头沉吟，满溪红霞照得人眼花，一时简直觉得双足是浸在一钵花汁里呢！

我更喜欢没有水的河滩，长满了高及人肩的蔓草。日落时一眼望去，白石不尽，有着苍莽凄凉的意味。石块垒垒，把人心里慷慨的意绪也堆叠起来了。我喜欢那种情怀，好像在峡谷里听人喊秦腔，苍凉的余韵回转不绝。

我喜欢别人不注意的东西，像草坪上那株没有人理会的扁柏，那株瑟缩在高大龙柏之下的扁柏。每次我走过它的时候总要停下来，嗅一嗅那股儿清香，看一看它谦逊的神气。有时候我又怀疑它是不是谦逊，因为也许它根本不觉得龙柏的存在。又或许它虽知道有龙柏存在，也不认为伟大与平凡有什么两样——事实上伟大与平凡的确也没有什么两样。

我喜欢朋友，喜欢在出其不意的时候去拜访他们。尤其喜欢在雨天去叩湿湿的大门，在落雨的窗前话旧是多么美。记得那次到中部去拜访芷的山居，我永不能忘记她看见我时的惊呼。当她连跑带跳地来迎接我，山上阳光就似乎忽然炽燃起来了。我们走在向日葵的荫下，慢慢地倾谈着。那迷人的下午像一阕轻快的曲子，一会儿就奏完了。

我极喜欢，而又带着几分崇敬去喜欢的，便是海了。那辽阔，那淡远，都令我心折。而那雄壮的气象，那平稳的风范，以及那不可测的深沉，一直向人类作着无言的挑战。

我喜欢家，我从来还不知道自己会这样喜欢家。每当我从外面回来，一眼看到那窄窄的红门，我就觉得快乐而自豪，我有一个家多么奇妙！

我也喜欢坐在窗前等他回家来。虽然过往的行人那样多，我总能分辨他的足音。那是很容易的，如果有一个脚步声，一入巷子就开始跑，而且听起来是沉重急速的大阔步，那就准是他回来了！我喜欢他把钥匙放进门锁中的声音，我喜欢听他一进门就喘着气喊我的英文名字。

我喜欢晚饭后坐在客厅里的时分。灯光如纱，轻轻地撒开。我喜欢听一些协奏曲，一面捧着细瓷的小茶壶暖手。当此之时，我就恍惚能够想象一些田园生活的悠闲。

我也喜欢户外的生活，我喜欢和他并排骑着自行车。当礼拜天早晨我们一起赴教堂的时候，两辆车子便并驰在黎明的道上，朝阳的金波向两旁溅开，我遂觉得那不是一辆脚踏车，而是一艘乘风破浪的飞艇，在无声的欢唱中滑行。我好像忽然又回到刚学会骑车的那个年龄，那样兴奋，那样快活，那样唯我独尊——我喜欢这样的时光。

我喜欢多雨的日子。我喜欢对着一盏昏灯听檐雨的奏鸣。细雨如丝，如一天轻柔的叮咛。这时候我喜欢和他共撑一柄旧伞去散步。伞际垂下晶莹成串的水珠——一幅美丽的珍珠帘子。于是伞下开始有我们宁静隔绝的世界，伞下缭绕着我们成串的往事。

我喜欢在读完一章书后仰起脸来和他说话，我喜欢假想许多事情。

“如果我先死了，”我平静地说着，心底却泛起无端的哀愁，“你要怎么样呢?”

“别说傻话，你这憨孩子。”

“我喜欢知道，你一定要告诉我，如果我先死了，你要怎么办?”

他望着我，神色愀然。

“我要离开这里，到很远的地方去，去做什么，我也不知道，总之，是很遥远的很蛮荒的地方。”

“你要离开这屋子吗?”我急切地问，环视着被布置得像一片紫色梦谷的小屋。我的心在想象中感到一种剧烈的痛楚。

“不，我要拼着命去赚很多钱，买下这栋房子。”他慢慢地说，声音忽然变得凄怆而低沉：

“让每一样东西像原来那样被保持着。哦，不，我们还是别说这些傻话吧!”

我忍不住澈泪泫然了，我不明白，为什么我喜欢问这样的问题。

“哦，不要痴了，”他安慰着我，“我们会一起死去的。想想，多美，我们要相偕着去参加天国的盛会呢!”

我喜欢相信他的话，我喜欢想象和他一同跨入永恒。

我也喜欢独自想象老去的日子，那时候必是很美的。就好像夕晖满天的景象一样。那时再没有什么可争夺的，可流连的。一切都淡了，都远了，都漠然无介于心了。那时候智慧深邃明彻，爱情渐渐醇化，生命也开始慢慢蜕变，好进入另一个安静美丽的世界。啊，那时候，当我抬头看到精金的大道，碧玉的城门，以及千万只迎我的号角，我必定是很激励而又很满足的。

我喜欢，我喜欢，这一切我都深深地喜欢！我喜欢能在我心里充满着这样多的喜欢！

我有一个梦

楔子

四月的植物园，一头走进去，但见群树汹涌而来，各绿其绿，我站在旧的图书馆前，心情有些迟疑。新荷已“破水而出”，这些童年期的小荷令人忽然懂得什么叫疼怜珍惜。

我迟疑，只因为我要去找刘白如先生谈自己的痴梦，有求于人，令我自觉羞惭不安，可是，现在是春天，一切的好事都应该可以有权利发生。

似乎是仗了好风好日的胆子，我于是走了进去，找到刘先生，把我的不平和愿望一五一十地说了。我说，我希望有人来盖一间国文教室——在这自认是中国的土地上——盖一间合乎美育原则的，像中国旧式书斋的教室。

我把话说得简单明了，所以只消几句就全说完了。

“构想很好，”刘先生说，“我来给你联络台中明道中学的汪校长。”

“明道是私立中学，”我有点担心，“这教室费财费力，明道未必承担得下来，我看还是去找教育部和教育厅来出面比较好。”

“这你就不懂了，还是私立学校单纯——汪校长自己就做得了主。如果案子交给公家，不知道要左开会右开会，开到什么时候？”

我同意了，当下又聊了些别的事，我即开车回家，从植物园到我家，大约十分钟车程。

走进家门，尚未坐下，电话铃已响，是汪校长打来的，刘先生已把我的想法都告诉他了。

“张教授，我们原则上就决定做了，过两天，我上台北，我们商量一下细节。”

我被这个电话吓了一跳，世上之人，有谁幸运似我，就算是暴君，也不能强迫别人十分钟以后立刻决定承担这么大一件事。

我心里涨满谢意。

两年以后，房子盖好了，题名为“国学讲坛”。

一开始，刘先生曾命我把口头的愿望写成具体的文字，可以方便宣传，我谨慎从命，于是写了这篇《我有一个梦》。

我有一个梦。

我不太敢轻易地把这梦说给人听，怕遭人耻笑——毕竟，在这个世界上敢于去梦想的人并不多。

让我把故事从许多年前说起：南台湾的小城，一个女中的校园。六月，成串的黄花沉甸甸地垂自阿勃拉花树。风过处，花雨成阵，松鼠在老树上飞奔如急箭，音乐教室里传来三角大钢琴的琤琮流泉……

啊！我要说的正是那间音乐教室！

我不是一个敏于音律的人，平生也不会唱几首歌，但我仍深爱音乐。这，应该说和那间音乐教室有关吧！

我仿佛仍记得那间教室：大幅的明亮的窗，古旧却完好的地板，好像是日据时期留下的大钢琴，黄昏时略显昏暗的幽微光线……我们在那里唱“苏连多岸美丽海洋”，我们在那里唱《阳关三叠》。

所谓学习音乐，应该不只是一本音乐课本、一个音乐老师。它岂不是也包括那个阵雨初霁的午后，那熏人欲醉的南风，那树梢悄悄的风声，那典雅的光可鉴人的大钢琴，那开向群树的格子窗……

近年来，我有机会参观一些耗资数百万或上千万的自然科学实验室。明亮的灯光下，不锈钢的颜色闪烁着冷然且绝对的知性光芒。令人想起伽利略，想起牛顿，想起历史回廊上那些伟大耸动的名字。实验室已取代古人的孔庙，成为现代人知识的殿堂，人行至此都要低声下气，都要“文武百官，至此下马”。

人文方面的教学也有这样伟大的空间吗？有的。英文教室里，每人一副耳机，清楚的录音带会要你把每一节发音都校正清楚，电视画面上更有生动活泼的镜头，诱导你可以做个“字正腔圆”的“英语人”。

每逢这个时候，我就暗自叹息，在我们这号称为中国的土地上，有没有哪一个教育行政人员，肯把为物理教室、化学教室或英语教室所花的钱匀出一部分用在中国语文教室里的？换句话说，我们可以来盖一间国学讲坛吗？

当然，你会问："国学讲坛？什么叫国学讲坛？国文哪需要什么讲坛？国学讲坛难道需要望远镜或显微镜吗？国文会需要光谱仪吗？国文教学不就只是一位戴老花眼镜的老先生凭一把沙喉老嗓就可以廉价解决的事吗？"

是的，我承认，曾经有位母亲，蹲在地上，凭一根树枝、一堆沙子，就这样，她教出了一位欧阳修来。只要有一公尺见方的地方，只要有一位热诚的教师和学生，就能完成一场成功的教学。

但是，现在是九十年代了，我们在一夕之间已成暴富，手上捧着钱茫茫然不知该做什么……为什么在这种时候，我们仍然要坚持阳春式的国文教学呢？

我有一个梦。（但称它为梦，我心里其实是委屈的啊！）

我梦想在这号称为中国的土地上，除了能为英文为生物为化学为太空科学设置实验室之外，也有人肯为国文设置一间讲坛。

我梦想有一位国文教师在教授"好鸟枝头亦朋友，落花水面皆文章"的时候，窗外有粉色羊蹄甲正落入春水的波面，苦楝树上也刚好传来鸟鸣，周围的环境恰如一片舞台布景板，处处笺注着白纸黑字的诗。

晚明吴从先有一段文字令人读之目醉神驰，他说："斋欲深，槛欲曲，树欲疏，萝薜欲青垂；几席、阑干、窗窦，欲净滑如秋水；榻上欲有云烟气；墨池、笔床，欲时泛花香。读书得此护持，万卷尽生欢喜。琅嬛仙洞，不足羡矣。”

吴从先又谓：“读史宜映雪，以莹玄鉴。读子宜伴月，以寄远神……读《山海经》《水经》、丛书小史，宜倚疏花瘦竹，冷石寒苔，以收无垠之游，而约缥缈之论。读忠列传，宜吹笙鼓瑟以扬芳。读奸佞传，宜击剑捉酒以销愤。读‘骚’宜空山悲号，可以惊壑。读赋宜纵水狂呼，可以旋风……”

——啊，不，这种梦太奢侈了！要一间平房，要房外的亭台楼阁花草树木，要春风穿户，夏雨叩窗的野趣，还要空山幽壑，笙瑟溢耳。这种事，说出来——谁肯原谅你呢？

那么，退而求其次吧！只要一间书斋式的国学讲坛吧！要一间安静雅洁的书斋，有中国式的门和窗，有木质感觉良好的桌椅，你可以坐在其间，你可以第一次觉得做一个中国人也是件不错的事，也有其不错的感觉。

那些线装书——就是七十多年前差点遭一批激进分子丢到茅厕坑里去的那批——现在拿几本来放在桌上吧！让年轻人看看宋刻本的书有多么典雅娟秀，字字耐读。

教室的前方，不妨有“杏坛”两字，如果制成匾，则悬挂高墙，如果制成碑，则立在地上。根据《金石索》的记录，在山东曲阜的圣庙前，有金代党怀英所书“杏坛”两字，碑高六尺（指汉制的六尺），宽三尺，字大一尺八寸。我没有去过曲阜，不知那碑如今尚在否？如果断碑尚存，则不妨拓回来重制，如果连断碑也不在了，则仍可根据金石索上的图样重刻回来。

唐人钱起的诗谓：“更怜童子宜春服，花里寻师到杏坛。”百年来我们的先辈或肝脑涂地或胼手胝足，或躲在防空洞里读其破本残卷，或就着油灯饿着肚子皓首穷经——但这一切是为了什么？岂不是为了让我们的下一代活得幸福光彩，让他们可以穿过美丽的花径，走到杏坛前去接受教化，去享受一个中国少年对中国文化理所当然的继承权。

教室里，沿着墙，有一排矮柜，柜子上，不妨放些下课时可以把玩的东西。一副竹子搁臂，凉凉的，上面刻着诗。一个仿制的古瓮，上面刻着元曲，让人惊讶古代平民喝酒之际也不忘诗趣。一把仿同治时代的茶壶，肚子上面刻着一圈二十个字：“落雪飞芳树，幽红雨淡霞，薄月迷香雾，流风舞艳花。”学生正玩着的时候，你可以告诉孩子们这是一首回文诗，全世界只有中国语言可以做的回文诗。而所谓回文诗，你可以从任何一个字念起，意思都通，而且都押韵。当然，如果教师有点语言学的知识，他可以告诉孩子汉语是孤立语(Isolating Language)，跟英文所属的屈折语（Inflectional Language）不同。至于仿长沙马王堆的双耳漆器酒杯，由于是纱胎，摇起来里面还会响呢！这比电动玩具可好玩多了吧？酒杯上还有篆文，“君幸酒”三个字，可堪细细看去。如果找到好手，也可以用牛肩胛骨做一块仿古甲骨文，所谓学问，有时固然自苦读中得来，有时也不妨从玩耍中得来。

墙上也有一大片可利用的地方，拓一方汉墓石，如何？跟台北画价动辄十万相比，这些古物实在太便宜了，那些画像砖之浑朴大方，令人悠然神往。

如果今天该讲岳飞的《满江红》，何不托人到杭州岳王坟上拓一张岳飞真迹来呢！今天要介绍“月落乌啼霜满天”吗？寒山寺里还有俞樾那块诗碑啊！如果把康南海的那一幅比照来看，就更有意思，一则“古钟沧日史”的故事已呼之欲出。杜甫成都浣花溪的千古风情，或诸葛武侯祠的高风亮节，都可以在一幅幅挂轴上留下来。

你喜欢有一把古琴或古筝吗？有，也可以，没有，也可以。这种事不妨即兴。

你喜欢有一点檀香加茶香吗？有，也可以，没有，也可以。这种事只消随缘。

如果学生兴致好，他们可以在素净的钵子里养一盆素心兰，这样，他们会了解什么叫中国式的芬芳。

教室里不妨有点音响设备，让听惯麦当娜的耳朵，听一听什么叫笛？什么叫箫？什么叫“把乌”？什么叫筚篥……

你听过“鱼洗”吗？一只铜盆，里面刻镂着细致的鱼纹，你在盆里注上大半盆水，然后把手微微打湿，放在铜盆的双耳上摩擦，水就像细致如丝的喷柱，激射而出——啊，世上竟有这么优雅的玩具。当然，如果你要用物理上的“共振”来解释它，也很好。如果你不解释，仅只让下了课的孩子去“好奇一下”，也就算够本。

如果有好端砚，就放一方在那里。你当然不必迷信这样做就能变化气质。但砚台也是可以玩可以摸的，总比玩超人好吧？那细致的石头肌理具有大地的性格，那微凹的地方是时间自己的雕痕。

你要让年少的孩子去吃麦当劳，好吧，由你。你要让他们吃肯德基？好，请便。但，能不能，在他年少的时候，在小学，在中学，或者在大学，让他有机会坐在一间中国式的房子里，让他眼睛看到的是中国式的家具和摆设，让他手摸到的是中国式的器皿，让他——我这样祈祷应该不算过分吧——让他忽然对自己说：“啊！我是一个中国人！”

音乐有教室，因为它需要一个地方放钢琴。理化有教室，因为它需要一个空间放仪器。“国父思想”和“军训”各有教室，体育则花钱更多。那么，容不容许辟一间国学讲坛呢？这样的梦算不算妄想呢？如果我说，教国文也需要一间讲坛——那是因为我有一整个中国想放在里面啊！

我有一个梦！这是一个不忍告诉别人，又不忍不告诉别人的梦啊！

爱情篇

一、两岸

我们总是聚少离多，如两岸。

如两岸——只因我们之间恒流着一条莽莽苍苍的河。我们太爱那条河，太爱太爱，以致竟然把自己站成了岸。

站成了岸，我爱，没有人勉强我们，我们自己把自己站成了岸。

春天的时候，我爱，杨柳将此岸绿遍，漂亮的绿绦子潜身于同色调的绿波里，缓缓地向彼岸游去。河中有萍，河中有藻，河中有云影天光，仍是《国风·关雎》的河啊，而我，一径向你泅去。

我向你泅去，我正遇见你向我泅来——以同样柔和的柳条。我们在河心相遇，我们的千丝万绪秘密地牵起手来，在河底。

只因为这世上有河，因此就必须有两岸，以及两岸的绿杨堤。我不知我们为什么只因坚持要一条河，而竟把自己矗立成两岸，岁岁年年相向而绿，任地老天荒，我们合力撑住一条河，死命地呵护那千里烟波。

两岸总是有相同的风，相同的雨，相同的水位。酢浆草匀分给两岸相等的红，鸟翼点给两岸同样的白，而秋来蒹葭露冷，给我们以相似的苍凉。

蓦然发现，原来我们同属一块大地。

纵然被河道凿开，对峙，却不曾分离。

年年春来时，在温柔得令人心疼的三月，我们忍不住伸出手臂，在河底秘密地挽起。

二、定义及命运

年轻的时候，怎么会那么傻呢？

对“人”的定义，对“爱”的定义，对“生活”的定义，对莫名其妙的刚听到的一个“哲学名词”的定义……

那时候，老是郑重其事地把左掌右掌看了又看，或者，从一条曲曲折折的感情线，估计着感情的河道是否决堤。有时，又正经地把一张脸交给一个人，从鼻山眼水中，去窥探一生的风光。

奇怪，年轻的时候，怎么什么都想知道？定义，以及命运。年轻的时候，怎么就没有想到过，人原来也可以有权不知不识而大剌剌地活下去。

忽然有一天，我们就长大了，因为爱。

去知道明天的风雨已经不重要了，执手处张发可以为风帜，高歌时，何妨倾山雨入盏，风雨于是不重要了，重要的是找一方共同承风挡雨的肩。

忽然有一天，我们把所背的定义全忘了，我们遗失了登山指南，我们甚至忘了自己，忘了那一切，只因我们已登山，并且结庐于一弯溪谷。千泉引来千月，万窍邀来万风，无边的庄严中，我们也自庄严起来。

而长年的携手，我们已彼此把掌纹叠印在对方的掌纹上，我们的眉因为同蹙同展而衔接为同一个名字的山脉，我们的眼因为相同的视线而映出为连波一片，怎样的看相者才能看明白这样两双手的天机，怎样的预言家才能说清楚这样两张脸的命运？

蔷薇几曾有定义，白云何所谓其命运，谁又见过为劈头迎来的巨石而焦灼的流水？

怎么会那么傻呢，年轻的时候？

三、从俗

当我们相爱——在开头的时候——我们觉得自己清雅飞逸，仿佛有一个新我，自旧我中飘然游离而出。

当我们相爱时，我们从每一寸皮肤、每一缕思维中伸出触角，要去探索这个世界，拥抱这个世界，我们开始相信自己的不凡。

相爱的人未必要朝朝暮暮相守在一起——小说里都是这样说的，

小说里的男人和女人一眨眼便已暮年，而他们始终没有生活在一起，他们留给我们的是凄美的回忆。

但我们是活生生的人，我们不是小说，我们要朝朝暮暮，我们要活在同一个时间，我们要活在同一个空间，我们要相厮相守，相牵相挂，于是我们放弃飞腾，回到人间，和一切庸俗的人同其庸俗。

如果相爱的结果是使我们平凡，让我们平凡。

如果爱情的历程是让我们由纵横行空的天马变为忍辱负重、行向一路崎岖的承载驾马，让我们接受。

如果爱情的转迹总是把云霄之上的金童玉女贬为人间烟火中的匹妇匹夫，让我们甘心。

我们只有这一生，这是我们唯一的筹码，我们要合在一起下注。

我们只有这一生，这是我们唯一的戏码，我们要同台演出。

于是，我们要了婚姻。

于是，我们经营起一个巢，栖守其间。

有厨房，有餐厅，那里有我们一饮一啄的牵情。

有客厅，那里有我们共同的朋友以及他们的高谈阔论。

有兼为书房的卧房，各人的书站在各人的书架里，但书架相衔，矗立成壁，连我们那些完全不同类的书也在声气相求。

有孩子的房间，夜夜等着我们去为一双娇儿痴女念故事，并且盖他们老是踢掉的棉被。

至于我们曾订下的山之盟呢？我们所渴望的水之约呢？让它们等一等，我们总有一天会去的，但现在，我们已选择了从俗。

贴向生活，贴向平凡，山林可以是公寓，电铃可以是诗，让我们且来从俗。

万物伙伴

三百年前，十七世纪的中叶，一群学者和诗人，将他们辛苦辑成的一大套丛书，呈给龙椅上的康熙皇帝。后来，那批编者死了，那皇帝读者也死了，而那套书却印了出来，可以在今天任何一个有规模的图书馆里找到，那本书是“咏物诗”，包括中国历代大诗人对万物的歌咏。

吃满汉全席，也许是皇族特有的口福，但读诗，读咏物诗，却已是每一个小老百姓的权利。诗，从来不会不属于人类全体。

西洋人论诗，每每强调叙事诗、抒情诗或者牧歌，但中国人却喜欢说咏物、咏史、咏怀。“物”在中国已经成为一种可以歌颂，可以细描，可以玩味的诗歌题材了。正如在艺术方面中国人不习惯说画“画”，我们一定要说画山水、画人物、画花鸟、画四君子……

咏物诗在中国诗的历史中当然不能算最优秀的作品，但令人惊讶的是，“物”在中国，有其比西洋诗中更高贵的形象。“天人合一”是比较抽象不易捉摸的，“物我无间”倒比较合乎中国人更实际的生活，庄子说：“天地与我并立，而万物与我为一。”事实上，天，经常被看作“物”，连人，也是“人物”，人既为“万物之灵”，也是万物的一支吧！人死了，变成鬼，就中国人来看，仍是“物”，是“异物”。

中国上古史里的圣王当然都是最有智慧最深沉的人，然而他们获得智慧的方法既不是“面壁”，也不是“闭关”，相反，他们“仰则观象于天”，“俯则观法于地”，“视鸟兽之文与地之宜”，然后，他们获得了统驭的智慧。中国的政治家，是透过“自然观察家”“哲学家”而成为“政治理论家”的。中国的君子懂得“自强不息”的道理，是因为有感于“天行健”。中国的圣人是看到“逝者如斯”的东流水，震撼于“不舍昼夜”的自然力量，方会回身观照，急于想把自己冲激成一川洪流。

这不仅是士大夫的观念，事实上取法自然，从万物体悟人生，也是一般小百姓的想法。武侠小说里固然有时也承认秘笈的权威，但一派宗师在融会贯通天下武学之际，总是独凌绝峰，并且从大海日出、白鹤腾空、瀑布断流、风舞琼花等现象获得灵感上的突破。在这种事上，武学分明又是一种诗学，一种美学。在中国，几乎所有的智慧体悟都来自对万物的观察。

中国的文字，就其象形本质而论，是采取“画成其‘物’，随体诘诎”的办法。你可以不认识“稷”字，但你知道它是禾的一种，是广大田野中青青的翠意。你可以不认识“麋”，但你知道它是鹿族里的一脉，是浅溪旁呼伴饮水的善良生物。你可以不认识“雯”，但却可以想象它是一种美丽的天象，是云霞的妹妹。

作为一个中国人，每天，在每一个文字上遇见万物的速写像。我们在一张简单的报纸上重见“日”“月”“山”“川”，他们仍然那样传神地勾画着初民对万物的惊喜赞叹。当我们看到“册”字，它向我们显示那穿在一条线上厚实整齐的竹简。当我们看到“果”字，它沉甸甸地悬在最高枝的喜悦感仍然是极真实的，我们不由得感到与万物有亲有故的那份真切情意。

然后，忽然一声炸雷，我们就看到“物竞天择”“弱肉强食”的新旗号，我们还来不及分辨这句话在生物学上的正确意义，它已经就变成政客和野心家的金科玉律了……

但是，我们仍然记得我们是来自一个和万物有亲有故的民族。

这个民族，曾产生庄子。他像一个小学老师，他第一次把我们引离教室，带我们站在春天的原野上，教我们看天、看云、看花草、看尘泥，然后告诉我们说：“物无贵贱。”我们认真地想着他所说的“齐物论”，直等到一只蜻蜓误停在我们的肩上，我们终于相信我们都只不过是一个小小的客旅，我们之间并无大小之差尊卑之别。金星难道比土星高贵吗？太阳比月亮美丽吗？人比蜉蝣活得更长吗？

韩愈说：“有其翼者去其角。”在中国人看来，没有谁是绝对的强者，如果说“适者生存”，则万物莫不是“适者”，上天不会造一只有翅膀的老虎，也不会造一只生有大角的老鹰。柔弱无依的墨鱼，在事急时也有它“防御性的武器”。换句话说，这是一个“有饭大家吃”“人人都有得混”的众生平等的世界。

在这种观念之下，万物都各安其位，各得其所，大如山的自然可以入画，小如沙砾亦自有景观（近世有显微摄影，一幅盐结晶的构图，一幅“精子力争上游图”，莫不动人良深）。明灿如钻石的是美，沉黯如黑玉的也是美。刚如削壁虽足取法，柔似春水也能给人许多启示。像虎豹一样强，固然可以傲啸山林，像小蜥蜴一样弱，也有资格享受成色十足的阳光……

因此，张横渠会说：“民吾同胞，物吾与也。”翻成白话文就是：“人类，是我的手足弟兄，万物，是我一伙的朋友。”

既不是逞能地去霸占万物，也不是无能地役于万物，只是一个欢欢喜喜的孩子，走在欢欢喜喜的阳光里，觉得眼前一切鸟兽虫鱼花树草木全都与自己有亲有故的那种心情。也因此，程颢会写下“万物静观皆自得，四时佳兴与人同”的句子，朱晦庵会持有“好鸟枝头亦朋友，落花水面皆文章”的烂漫天机。

旧式塾师的诗学教育，也是从万物之情体会出来的，老师说“天”，学生要懂得说“地”，老师说“桃红”，学生对“柳绿”。就这样，在对对子——这种师生间的“合法抬杠”——中，中国小孩学会了写诗，学会了陆机所说的那种“挫万物于笔端”的本领。

当然，反过来说，中国诗里也充满了“物”的和谐。孔子劝儿子读诗的理由之一是“可以在诗里认识鸟兽草木”。一本《诗经》，是从一条河畔写起的，水鸟和鸣，荇菜飘浮，好一卷澄澈无渣滓的歌。《楚辞》里是另一种植物，兰芷茝蕙，一派南国风物。连汉代乐府，也每每无缘无故地要拿“青青河畔草”做开头的固定格式。

可是，中国诗里写物跟美国诗人狄谨荪写蛇、康明思写蚱蜢是不相同的。“非人磨墨墨磨人”写的是墨吗？“百花发，我不发，我若发，都骇杀”写的是秋菊吗？咏物者常常弄不清楚自己手绘的是一幅蝴蝶，还是一幅自己，咏物者终于发现自己在万物里，万物在自己里。

不单诗，中国戏剧也惯于以物体贯穿剧情。《汉宫秋》里，前前后后只是那一把琵琶的抑扬悲欢。《桃花扇》，整个大明朝的兴亡全在一个金陵女子的扇底说完了。而《荆钗记》，一枝小小的木棒做的头钗，却是贫微夫妻的爱情保障……

生命也是如此啊，几片瓦，一口井，一口老黑锅，故事就绕着小小的道具而推展。在那个古老的时代，每一件物都有先人的手泽，都有亲切的情意。不幸那时代远了，我们身处在一个“银货两讫”的商业社会里，我们是按着定价购物的一代，杯子只是杯子，笔只是笔，今年的衣服是明年的垃圾，月亮在荧光幕上自会出现，不必麻烦去看天上的那一轮。我们有无限膨胀的物欲，却不能通一点物情物趣。

学院的教育把我们变成善于分析的说明符号“：”，不知从什么时候开始，我们竟再也不会发出一声惊叹号“！”。

“江畔何人初见月？江月何年初照人？”

江畔见月者何止万万千千个，江月照人何止万万千千年？但谁是真正的“江畔见月人”呢？那必是一个带一声惊呼就穆然肃然把一颗心交给月光去浸得清极莹极的一位吧！而谁又是江月所真正愿意倾光相授的传人呢？那必是让月光也为之一震的光风霁月的君子吧？

与万物摩踵擦肩而过，谁是那得物趣、通物情、能友物、能契物的人呢？

我认识一位教植物学的老教授，他说：

“我年轻的时候，用显微镜观察叶子的组织，那时代的显微镜不够好，我们能看到的东西不够多，我常希望有更高倍数的显微镜出现，我们就会明白得多些。现在，我老了，这种显微镜出现了。奇怪的是，放大倍数增加以后，看到了更多的东西，引出的问题反而更多了，我忽然发现我比以前更不了解那些组织了！”

在他自己承认“不了解”的谦逊和敬畏中，我看到了他的“了解”。

让科学帮助我们“了解”我们的“不了解”，这样，我们反而可以算为不太讨厌的“解人”。

让我们爱万物，以及造物的天、成物的人。江月会一直俯照着春江，但见者自见，不见者自不见，不见者只能行在黑色的长夜里。万物是我们并生的伴侣，但侣者自侣，不侣者自不侣，失侣者只好孤单封闭地走完一生。

在一盏茶里饮千古的风流，在瓦斯炉前遥想燧人氏的风采，由一张纸上想见汉文明，捧一碗饭时懂得感谢嘉南平原上的老农，让事事物物都关情，让我们生活得更好奇，更惊讶，更感激。

一开头，我曾经说过，三百年前，有一批学者战战兢兢地编了一部“咏物诗”给皇帝看。而今，我所编的是一本“咏物散文”——不再编给皇帝看（皇帝已于七十年前走下千古的龙椅），而是编给更尊贵的一位——你——看的。你，一个中国人，配接受这一切的献呈。

开卷和掩卷

X君，十八岁，神差鬼使，不知怎么选择了读中文系。X君也许是男孩，也许是女孩，也许是有志文学，也许只是分数不够高，读不成别的，只好到中文系来凑合。总之，他来了。

他既决定来中文系，对文学总有几分情意。而这几分情意不敢说一定能惊天动地，但总也不算虚情假意。他希望自己和文学之间的关系能渐入佳境。

然后，开学了。伟大堂皇的学分纷纷上场，他忽然发现自己像结婚礼堂里的新郎：他可以拜天地，拜高堂，他可以用印，可以敬酒，可以吃菜，甚至可以表演亲吻新娘。但他就是不能和新娘一起走开，一起走到花前月下的无人之处，倾心相谈。

X君的大一课程除去体育、英文、历史、宪法不算，剩下来的可能是国文、文字学、文学概论、理则学、文学史。等到二年级，他可能读历代文选、文学史、诗经、诗选、小说选、声韵学或训诂学……如果X君够警觉，他会发现一路下来所有的学分，所有的教法，都在塞给他一个东西，这个东西的名字叫“文学学”。

对，是文学学，而不是文学。

什么叫文学学呢？文学学是指文学的周边学问，例如修辞学，例如理则学，例如声韵训诂。

文学学也不算没有意义，像大城市之必须有卫星城镇，像大工业必有卫星工厂，文学也不妨有些基础工程，只是基础工程之后应该继之以亭台楼阁才对。平地架楼，因无根无基而脆弱无依，固所不宜，相反的，只挖一堆地基放在那里，而无以为继也未免可笑。

我们姑且假定X君一向很重视自己的学业成绩，（对在台湾长大的学生而言，这个假定不算过分乱猜吧？）因此他很努力地想考好他的每一门学科。譬如说，诗选这门课吧，考试之前，X君努力要记清楚的资料很可能是：

一、仄志式的平仄是如何安排的？

二、初唐最重要的诗人是谁？

三、杜甫“香稻啄残鹦鹉粒”是什么意思？

四、“劝君更进一杯酒”和“与尔同销万古愁”之间算不算对句。是否动词对动词，名词对名词，虚词对虚词？

X君在班上的成绩不错，运气好的话他还可能拿到某种奖学金。X君毕业在即，正准备考硕士班研究所，大家都称赞他是中文系高才生——不过，有一个小小的秘密，那就是，X君迄今都还没有碰到文学学。

X君和其他好学生一样，从小深信一句话：

“开卷有益”。

他平生受这句话之惠不少。譬如说，等车的时候，排队等吃饭的时候，他都一卷在握，丝毫不敢浪费时间。他一点点学业上的成就都是靠这句话博取来的。

可惜X君不知道另外一句更重要的话：

“掩卷有功”。

“掩卷有功”四个字是我发明的，古人并未明言，虽然古人很善于掩卷。

李白诗中有言：

“片言苟会心，掩卷忽而笑。”（《翰林读书言怀呈集贤诸学士》）

苏辙的诗中也有一句：

“书中多感遇，掩卷辄长吁。”

“掩卷”就是把书合起来的意思。除了“掩卷”，古人也用其他的字眼来表示类似的动作，例如：

“阖卷”、“抛卷”、“阖书”、“掷书”。

除了关上书卷，其他类似的动作如：

“掷笔”。

其作用也类似。

开卷而读，是为了吸取资料，但吸取资料只不过把人变成“会走路的电脑光碟片”而已，并不能使我们摧心动容，使我们整个人变得文学化。

“掩卷长太息”才是“教书机”和“读书机”办不到的事情。X君如果“读书破万卷”，也未必有益，只待X君一旦“阖卷泪沾襟”，则他的文学教育就不算空白了。

建国中学长久以来流传着一则故事，有位同学，打开历史考卷一看，有道题目要求详述鸦片战争对近代中国的影响，他匆匆写了两行，忍不住，便掷下考卷，急奔到校园中去痛哭。那一天，他的历史考卷当然是不及格的，但当天其他考卷和成绩漂亮的同学能和他比历史感吗？相较之下能一字字冷静道出《马关条约》的同学反而显得残忍无情吧？

“伏卷”而书的乖乖牌学子何止千人，但“推卷”而起抚膺号啕的却只有那一位啊！

英国十八世纪的历史学家吉朋，写了卷帙浩渺的《罗马衰亡史》。从动念到完成，历时一十四载。所描述的时代则长达一千三百年，其规模气魄略近司马迁写《史记》。吉朋写此书言简意赅，纲举目张，为世所颂。但我真正心折的还是他一七六四年秋天站在卡比托尔的古罗马废墟中，对着断壁颓垣喟然而叹的那份千古历史兴亡感。

书写历史不是靠一个字母一个字母的死功，而是靠望着“大江东去”，油然兴起“浪淘尽，千古风流人物”的那声叹息！

身为中文系的老师，我深知同学诸生能做个“开卷人”的已经不多了——“不开卷的人”就更别提了，他们根本没资格来“掩卷”，可惜的是那些只知开卷而不知掩卷的学生。古人认为读《出师表》《陈情表》应该“有感觉”，否则不忠不孝。今天学生读此二文恐怕大多数的人只在意考试会考哪一题。其实，应该“有感觉”的篇章又何止《出师表》《陈情表》，读陈子昂《登幽州台》即使不怆然泪下，也该黯然久之吧？读张岱《湖心亭饮茶》一章，能不悠然意远吗？

不幸的是，属于文学的、感觉的境界往往难以传递，于是我们只好教授“平平仄仄仄仄平平”。后者客观、确实、有效率，也容易让学生佩服。当今之世，讲杜甫《兵车行》讲到哽咽泪下难以为继的老师恐怕多少会让学生看扁吧？

但我要强调的是，那些开卷读书却不曾掩卷叹息的人其实还不曾跨入文学的门槛。那些接触过客观资料，主观方面却不曾五内惊动的，仍然只算文学的门外汉。

下面我且举几例，来说明只要细心体会，其实感动无处不在。

譬如说，词牌。一般而言，词牌因为是音乐方面的调名，和文字内容未见得有密切关系，读的时候很容易就掠空而过低调处理，不去管它了。但词牌名仍有那极美的，耐人反复玩味。真的是“阖卷”之余茫然四顾，惋叹流连不能自已。

有两首词牌名，（现在很少听到）一名《惜花春起早》，一名《爱月夜眠迟》。每当花朝月夕，想起这两个词牌名，只觉其困境亦恰似人生：春朝花绽，怎能不勉力相从？月夜光盈，又怎忍遽舍清辉？然而活着原是一件艰辛的事，谁能像王维诗中的神勇少年“一身能擘两雕弧”？而美，是如此浩渺不尽，我怎能既追踪“惜花春起早”又抓紧“爱月夜眠迟”？

只是词牌的名字，已足够令人掩卷失神。

另外生动逼人的词牌名还有，如：

《骤雨打新荷》，唉，如果是“雨打荷”也就罢了，“骤雨”打“新荷”却令人如闻土膏生腥的气息，如触及五月的清甜微润的池面薄烟。方其时也，新荷如青钱小小，比浮萍大不了多少，比雨滴大不了多少。小小的新荷，圈点着水面，圈点着初夏，而初夏这篇文章写得太好，造化神明不知不觉便多圈了几个圈。

此外《一痕沙》《一萼红》《隔渚莲》也都令人神往心悸，不胜低回。而苏东坡的《无愁可解》则是一派顽皮，意欲挑战《解愁》。人生弄到要靠酒来解愁，则何如根本把自己活成“无愁可解”的境界。既然根本不愁，也就不必麻麻烦烦去想法子再来解什么愁。

不过是几个词牌，不过是三五个字的组句，却令人沉吟，迟疑，不能自拔于无边之美感。

除了词牌，斋名也颇有趣。古人动不动便有个堂皇的斋名，但现实生活中则未必真有什么楼什么轩什么庵什么室什么斋。所谓的斋，往往只在主人的方寸之间鸠工营造。

初中时就听到梁任公《饮冰室文集》，当时只以为饮冰室就是我们吃刨冰的冰果店，代表的是清凉的意思。及至读了《庄子》，才知道全然不是那么回事，原文是“今吾朝受命而夕饮冰，我其内热欤?”注疏中说“晨朝受诏，暮夕饮冰，是明怖惧忧愁，内心熏灼”，原来饮冰是指内心焦灼不安。那么，梁任公原来在恣纵无碍的才华之外亦自有其生当乱世的忧怖，如此一想，也真是掩卷肃容一番。

至于曾国藩，他把自己的住处命名为“求阙斋”。世人无不爱求全，曾氏独求“缺”。以他当时位极人臣的显达背景，他当然比别人更了解居安思危的真谛。求缺，是全福全贵到极致之后的谦逊。对此简单明了的三个字，曾文正公一生风骨气度都毕现眼前，我因这三字而掩卷轻叹，终生俯首。

近人有“无求备斋”“知不足斋”，并皆引人深思。周弃子先生取名“未埋庵”，令人思之不胜感伤。一切活着的人不都迟早要大去吗?把此刻的自己看作葬礼未举行前的自己，多少可以减少一些名利心、争逐意，虽然命意嫌衰飒了些。

以上举例重在可叹可感的美感，至于有情有趣可堪一笑的例子也是有的，此处且举苏轼《攓云篇》的诗序为代表：

“云气自山中来，以手拨开，笼收其中，归家云盈笼，开而放之，作《攓云篇》。”

如果读《出师表》不哭为不忠，读《攓云篇》不掩卷大笑也真可谓“不通气”了！东坡老儿实在无赖得可爱，把山云捉来放在竹笼中，倒好像那些烟岚云雾全是小白驯鸽似的，手到擒来，等笼子一张开，全部白云亦如小鸟振翅而出，急扑扑地穿梭，满屋子都是。

世间宁有此事！但苏轼的谎撒得太可爱了，这一出他自导自演的“捉放云”几乎有些卡通趣味，你除了抚掌大笑之外还能有什么办法！

刚才所说的那位X君，如果在大四毕业之前只会开卷动读，而不会掩卷悲喜，他这一生就算做到中文系教授，也仍然是个“文学绝缘体”。

但愿读文学的X君不单读了些“文学学”，也早日碰触到“文学”。但愿X君和其他所有接触过文学的Y君，都既能因开卷而受益，亦能拥有掩卷一叹的灵犀。但愿他们不仅是“有脚光碟片”，而是有感应的“文学人”。

第一个月盈之夜

一、月亮节

世上爱月的民族，中国人要算一个。

犹太人、阿拉伯人虽然也爱月，却不似中国人弄出一年五个“月亮节”出来。

第一个月亮节便是元宵，一年里的第一度月圆，这时候虽然一时还天寒地冻，却不免有潜伏的春意在各地部署，并且蠢蠢欲动。

第二个月亮节是二月十五日，也叫花朝，据说是百花的生日，花真聪明，怎么刚好就找到第二度月圆作生日呢？想必是群芳商量好了，从大地母亲的肚子上剖腹而生，为了纪念那圆浑的母腹，她们以月盈夜为生日。

第三个是中元节，严格地说起来是给鬼过的月亮节，其实鬼心虚虚怯怯，未必喜欢月明之夜呢！不过人世里的活人总以为他们会留下那份固执的回忆，仍然爱着那丸透明莹澈的团栾月。

第四个是中秋节，时令到了八月半，整个大地都圆熟了，乃设起人间的圆瓜圆饼圆果来遥拜圆月。中国人的拜月只如朋友见面相揖，并无“拜月教”的慎重。却反而有一份自然质朴的相知之情，一时之间恍惚只觉口中吃的竟是月光，天上悬的反是宇宙的瓜果了。台湾旧俗有“照月光”事，便是令妇人观月浴月，谓之容易怀孕。此事或于中秋或于元宵进行，想来是由于月亮由消至盈的神秘过程令人迷惑，觉得那也是一番大孕育吧？

第五个也称“下元节”，只祭祖，在十月十五日。

二、月亮与灯

据说，月亮从太阳学会发光——而灯，却从月亮学会发光，灯应该是太阳的再传弟子。

我们虽有五个月亮节，却只有上元与中秋和月亮有比较直接的关系。中秋夜用瓜果饼饵来摹拟月，上元夜则用花灯来摹拟月。灯是自我设限的火，极谨守极谦退，从来不想去燎原，去焚山，只想守住小小的光焰，只想本分地照出一小团可信赖的光辉。灯是招之即来，挥之即去的光，像旧式的母亲，婉转随儿女，却又自有其尊贵。

三、谁家见月能闲坐？

谁家见月能闲坐？
何处逢灯不看来！

那是唐朝诗人崔液绝句《上元夜》里的句子。

去年元夜时
花市灯如昼
月上柳梢头
人约黄昏后
今年元夜时
月与灯依旧
不见去年人
泪湿青衫袖

这阕《生查子》相传或是朱淑真的，当然也有说是别人写的，我倒是宁可相信它出于一位女词人之手。

男性词人的元夜感怀，不免比女子少一份柔情多一份苍凉，像张抡的《烛影摇红》便是如此：

驰隙流年
恍如一瞬星霜换
今宵谁念孤泣臣
回首长安远
可是尘缘未断
漫惆怅华胥梦短
满怀幽恨
数点寒灯
几声孤雁

姜白石的《鹧鸪天》，所记的也是元夕的悲怅：

春未绿
鬓先丝
人间别久不成悲
谁教岁岁红莲夜
两处沉吟各自知

刘克庄的《生查子》也有类似的无奈：

繁灯夺霁华
戏鼓侵明发
物色旧时同
情味中年别

元夜词里最被后人赏识的恐怕是辛稼轩的《青玉案》了：

东风夜放花千树
更吹落星如雨
宝马雕车香满路
凤箫声动
玉壶光转
一夜鱼龙舞
蛾儿雪柳黄金缕
笑语盈盈暗香去
众里寻他千百度
蓦然回首
那人却在灯火阑珊处

辛稼轩写的是一阕词，但是八百年后却有人把它当一则诗谜来忖度。

四、八百年前一诗谜

上元之夜，是月亮节，是灯节以及谜语节。

月是天上的灯，灯是地下的月，而谜语呢，谜语是人心内在的月光，启动最初的智慧，是照亮灵明处的一线幽辉。

所有的孩子都喜欢谜语。

所有的神话里的英雄，都必须通过谜语。

而稼轩的词，算不算一则谜语呢，那其间又有什么深意？八百年后的王静安坐在书桌上，写他的《人间词话》。

他是一个细腻的学者，纤柔敏感。

“尼采谓一切文学，”他在纸上写下，“余爱以血书者，后主之词，真所谓以血书者也。”

用尼采来论后主，这便是静安先生了。他又继续写下去，宁静的眼神里渐渐透出热切的凝注：

“古今之成大事业大学问者，必经过三种之境界”：

昨夜西风凋碧树
独上高楼
望尽天涯路
此第一境也。
衣带渐宽终不悔
为伊消得人憔悴
此第二境也。
众里寻他千百度
蓦然回首
那人却在灯火阑珊处
此第三境也。

写完三个境界，他掷笔兀然了。这三首词的作者，晏殊、柳永和辛稼轩会同意他的说法吗?

他们并不曾设下谜话，他却偏要品味作者自己也不曾确知的语言背后的玄机，他是对的吗?

也许，所有的诗、所有的词、所有的拈花微笑的禅意都是谜吧?“众里寻他千百度”，寻的是什么呢?寻的是上元夜芸芸众生里的青衫或红袖?抑是自己心头的一点渴望?

五、第一个月盈之夜

一年里的第一个月盈之夜，此夜唯一的责任是欢乐。

一年里唯一的灯节，此夕应看遍人间繁华。

一年里唯一猜人也被人猜的日子，生命的虚虚实实，真真幻幻，除了谜语，还有什么更好的媒体可以说明?

祝福人世，祝福你——你这与我共此明月、共此繁灯、共此人生之谜的人。

月，阙也

“月，阙也”那是一本两千年前的文学专书的解释。阙，就是“缺”的意思。

那解释使我着迷。

曾国藩把自己的住所题作“求阙斋”，求缺？为什么？为什么不求完美？

那斋名也使我着迷。

“阙”有什么好呢？“阙”简直有点像古中国性格中的一部分，我渐渐爱上了阙的境界。

我不再爱花好月圆了吗？不是的，我只是开始了解花开是一种偶然，但我同时学会了爱它们月不圆花不开的“常态”。

在中国的传统里，“天残地缺”或“天聋地哑”的说法几乎是毫无疑问地被一般人所接受。也许由于长期的患难困顿，中国神话中对天地的解释常是令人惊讶的。

在《淮南子》里，我们发现中国的天空和中国的大地都是曾经受过伤的。女娲以其柔和的慈手补缀抚平了一切残破。当时，天穿了，女娲炼五色石补了天。地摇了，女娲折断了神鳌的脚爪垫稳了四极（多像老祖母叠起报纸垫桌子腿）。她又像一个能干的主妇，扫了一堆炉灰，止住了洪水。

中国人一直相信天地也有其残缺。

我非常喜欢中国西南部纳西族的神话，他们说，天地是男神女神合造的。当时男神负责造天，女神负责造地。等他们各自分头完成了天地而打算合在一起的时候，可怕的事发生了：女神太勤快，她们把地造得太大，以至于跟天没办法合得起来了。但是，他们终于想到了一个好办法，他们把地折叠了起来，形成高山低谷，然后，天地才虚合起来了。

是不是西南的崇山峻岭给他们灵感，使他们想起这则神话呢？

天地是有缺陷的，但缺陷造成了皱褶，皱褶造成了奇峰幽谷之美。月亮是不能常圆的，人生不如意事十常八九；当我们心平气和地承认这一切缺陷的时候，我们忽然发觉没有什么是不可以接受的。

在另一则汉民族的神话里，说到大地曾被共工氏撞不周山时撞歪了——从此“地陷东南”，长江黄河便一路浩浩渺渺地向东流去，流出几千里地惊心动魄的风景。而天空也在当时被一起撞歪了，不过歪的方向相反，是歪向西北，据说日月星辰因此哗啦一声大部分都倒到那个方向去了。如果某个夏夜我们抬头而看，忽然发现群星灼灼然的方向，就让我们相信，属于中国的天空是“天倾西北”的吧！

五千年来，汉民族便在这歪倒倾斜的天地之间挺直脊骨生活下去，只因我们相信残缺不但是可以接受的，而且是美丽的。

而月亮，到底曾经真正圆过吗？人生世上其实也没有看过真正圆的东西。一张葱油饼不够圆，一块镍币也不够圆。即使是圆规画的圆，如果用高度显微镜来看也不可能圆得很完美。

真正的圆存在于理念之中，而在现实的世界里，我们只能做圆的“复制品”。就现实的操作而言，一截圆规上的铅笔芯在画圆的起点和终点时，已经粗细不一样了。

所有的天体远看都呈现球形，但并不是绝对的圆，地球是约略近于椭圆形。

就算我们承认月亮约略的圆光也算圆，它也是“方其圆时，即其缺时”。有如十二点整的钟声，当你听到钟声时，已经不是十二点了。

此外，我们更可以换个角度看。我们说月圆月阙其实是受我们有限的视觉所欺骗。有盈虚变化的是月光，而不是月球本身。月何尝圆，又何尝缺，它只不过像地球一样不增不减地兀自圆着——以它那不十分圆的圆。

花朝月夕，固然是好的，只是真正的看花人哪一刻不能赏花？在初生的绿芽嫩嫩怯怯地探头出土时，花已暗藏在那里。当柔软的枝条试探地在大气中舒手舒脚时，花隐在那里。当蓓蕾悄然结胎时，花在那里。当花瓣怒张时，花在那里。当香销红黯委地成泥的时候，花仍在那里，当一场雨后只见满叶绿肥的时候，花还在那里。当果实成熟时，花恒在那里，甚至当果核深埋地下时，花依然在那里……

或见或不见，花总在那里。或盈或缺，月总在那里。不要做一朝的看花人吧！不要做一夕的赏月人吧！人生在世哪一刻不美好完满？哪一刹不该顶礼膜拜感激欢欣呢？

因为我们爱过圆月，让我们也爱缺月吧——它们原是同一个月亮啊！

篇五：生活雜俎

请问，你是洞庭红的后代吗？

下面的故事，你且当灵异话题看待好了。

有一天，我到家附近的水果行去买橘子，我其实有点恨冬天，但因为橘子和火锅这两样东西，我又决定原谅冬天了。

橘子在台湾以椪柑为主流，我自己却比较偏爱桶柑，后者皮比较紧致，果肉也长得实实在在的，而且还附着绿叶卖，可惜它上市比较晚，不到一月份，是见不到踪迹的。至于海梨，虽然长相不错，味道也甜甜的，我却总觉它血统可疑，不像柑橘家庭的子弟。

这一天，我看到有一种插牌为“日本蜜柑”的品种在卖，这种橘子我去年吃过，味道不错，记得是别人送的，因为只顺手送了几颗，所以没好好注意。今年看它在大篓子里，红红艳艳如一座喷着岩浆的火焰山，委实令人一惊！天哪，竟有如此如此红的橘子。

像嗅觉灵敏的警探，我立刻对自己宣布：

“这一定是‘洞庭红’了！”

可是我能把这去告诉谁呢？谁知道洞庭红是什么玩意呢？

“这橘子真是从日本进口的吗？”

“是日本种，台湾种的。”

“种在哪里？”

“大概是嘉义一带吧！”

日本怎么会有好橘子？在二千五百年前晏子的时代，他们已经了解橘子是南方佳果，淮河以北是长不出好橘子来的。换言之，橘子在北半球注定只在二十三度到三十三度之间最好长，日本地球位置偏北，要想种橘子，大概只能靠九州或琉球，当然，也许他们另有暖房或其他妙计也未可知，但毕竟细想起来令人起疑。

我因此毫无根据地就认为这橘子是被引到日本去的“洞庭红”的海外苗裔，只因它外表看来真的就是古诗中所说的“洞庭红”形貌。

洞庭红其实就是洞庭柑，而此洞庭不指湖南那个湖，而是指江苏的太湖中的洞庭山。南宋名将韩世忠的儿子韩彦直写过一本《橘谱》（那是世界上第一本有关橘子的百科全书），书中说：

> 洞庭柑，皮薄味美，比之他柑，韵稍不及，熟最早，藏之至来岁之春，其色如丹，乡人谓，其种自洞庭山来，故以得名。

身为名将之后，韩彦直却是位务实的地方官，在浙江永嘉（温州）一带“拼橘子经济”。

洞庭柑当年是可以入贡的，唐代诗人白居易在身为当地太守时就亲自去拣橘上贡，并且写了一首七律，《拣贡橘书情》，最末一句是：

> 愿凭朱实表丹诚。

他的朋友周元范也和了一首，其中一二句如下：

离离朱实绿丛中，似火烧山处处红。

红得像一粒心，红得像火，洞庭红就是如此。

我在台北街头看到名称为“日本蜜柑”的，一斤可称上六七个小小红红的橘子，只因被它异常的金红所魅，一时竟如同痴心的老年男子，忽在街头见一小女孩生得极为端严都丽，便急着跑去问她：

“请问你是名画上某某夫人的曾孙女吗？”

那老年绅士于画上美女其实是只曾远观只曾风闻，却因异代相隔从来不曾亲其芳泽，但居然被他问对了，小女孩竟真是那美人的后代，他凭的不是DNA检验报告，而是直觉，近乎灵异的直觉。

洞庭红柑最让我难忘的还不是白居易的诗，而是明末抱瓮老人《今古奇观》中收的一个故事。故事名叫《转运汉巧遇洞庭红》，说到明朝苏州有位文若虚，本为聪明世家子，却因倒运败尽家产。好在他有从事海外贸易的朋友，就邀他上船散心，他手头只有一两银子，顺便买了一百多斤洞庭红，船行三五日，到了一个“吉零国”，那些橘子原拟自用的，不料却被吉零国人看到而高价竞买，一刹时他竟变成了千两富翁。这故事借吉零国人的嘴，把洞庭红赞成了琼浆玉液。

深夜灯下写稿，剥一枚小橘放在一旁，自觉比被人贡橘的皇帝还尊贵。唐朝白居易爱赏的，宋代韩彦直描述的，明代小说里绘声绘影的，日本人拿去育种的（我猜），最后台湾人拿它在中部果园试种成功的这枚橘子，我是多么庆幸自己正在享用它，只是我很想问它：“请问，你真是‘洞庭红’的后代吗？

鼻子底下就是路

走下地下铁，只见中环车站人潮汹涌，是名副其实的“潮”，一波复一波，一涛叠一涛。在世界各大城的地下铁里，香港开始得晚，反而后来居上，做得非常壮观利落。但车站也的确大，搞不好明明要走出去的却偏偏会走回来。

我站住，盘算一番，要去找个人来问话。虽然满车站都是人，但我问路自有我精挑细选的原则：

第一，此人必须慈眉善目，犯不上问路问上凶神恶煞。

第二，此人走路速度必须不徐不急，走得太快的人，你一句话没说完，他已窜到十米外去了，问了等于白问。

第三，如果能碰到一对夫妇或情侣最好，一方面“一箭双雕”，两个人里面至少总有一个会知道你要问的路，另一方面大城市里的孤身女子甚至孤身男子都相当自危，陌生人上来搭话，难免让人害怕，一对人就自然而然地胆子大多了。

第四，偶然能向慧黠自信的女孩问上话也不错，她们偶或一时兴起，也会陪我走上一段路的。

第五，站在路边做等人状的年轻人千万别去问，他们的一颗心早因为对方的迟到急得沸腾起来，哪里有情绪理你，他和你说话之际，一分神说不定就和对方错开了，那怎么可以！

今天运气不错，那两个边说边笑、衣着清爽的年轻女孩看起来就很理想，我于是赶上前去，问：

“母该垒（不该你，即‘对不起’之意），‘德辅道中’顶航（顶是‘怎’的意思，航是‘行走’的意思）？”我用的是新学的广东话。

“啊！果边航（这边行）就得了（就可以了）！”

两人还把我送到正确的出口处，指了方向，甚至还问我是不是台湾来的，才道了再见。

其实，我皮包里是有一份地图的，但我喜欢问路，地图太现代感了，我不习惯，我仍然喜欢旧小说里的行路人，跨马来到三岔路口，跳下马唱声诺，向路边下棋的老者问道：

“老伯，此去柳家庄悦来客栈打哪里走？约莫还有多远脚程？”

老者抬头，骑者一脸英气逼人，老者为他指了路，无限可能的情节在读者面前展开……我爱的是这种问路，问路几乎是我碰到机会就要发作的怪癖，原因很简单，我喜欢问路。

至于我为什么喜欢问路，则和外婆有很大的关系。外婆不识字，且又早逝，我对她的记忆多半是片段的，例如她喜欢自己捻棉成线，工具是一根筷子和一枚制钱，但她令我最心折的一点却是从母亲处听来的：

“小时候，你外婆常支使我们去跑腿，叫我们到××路去办事，我从小胆小，就说：‘妈妈，那条路在哪里？我不会走啊！’你外婆脾气坏，立刻骂起来：‘不认路，不认路，你真没用，路——鼻子底下就是路。’我听不懂，说：‘妈妈，鼻子底下哪有路呀?’后来才明白，原来你外婆是说鼻子底下就是嘴，有嘴就能问路!”

我从那一霎立刻迷上我的外婆，包括她的漂亮，她的不识字的智慧，她把长工短工田产地产管得井井有条的精力以及她蛮横的坏脾气。

由于外婆的一句话，我总是告诉自己，何必去走冤枉路呢?宁可一路走一路问，宁可在别人的恩惠和善意中立身，宁可像赖皮的小幺儿去仰仗哥哥姐姐的威风。渐渐地才发现能去问路也是一种权利，是立志不做圣贤不做先知的人的最幸福的权利。

每次，我所问到的，岂止是一条路的方向，难道不也是冷漠的都市人的一颗犹温的心吗?而另一方面，在人生的版图上，我不自量力，叩前贤以求大音，所要问的，不也是可渡的津口、可行的阡陌吗?

每一次，我在陌生的城里问路，每一次我接受陌生人的指点和微笑，我都会想起外婆，谁也不是一出世就藏有一张地图的人，天涯的道路也无非边走边问，一路问出来的啊!

我在

记得是小学三年级，偶然生病，不能去上学。于是抱膝坐在床上，望着窗外寂寂青山、迟迟春日，心里竟有一份巨大幽沉至今犹不能忘的凄凉。当时因为小，无法对自己说清楚那番因由，但那份痛，却是记得的。

为什么痛呢？现在才懂，只因你知道，你的好朋友都在那里，而你偏不在，于是你痴痴地想，他们此刻在操场上追追打打吗？他们在教室里挨骂吗？他们到底在干什么啊？不管是好是歹，我想跟他们在一起啊！一起挨骂挨打都是好的啊！

于是，开始喜欢点名，大清早，大家都坐得好好的，小脸还没有开始脏，小手还没有汗湿，老师说：

“×××”

“在！”

正经而清脆，仿佛不是回答老师，而是回答宇宙乾坤，告诉天地，告诉历史，说，有一个孩子“在”这里。

回答“在”字，对我而言总是一种饱满的幸福。

然后，长大了，不必被点名了，却迷上旅行。每到山水胜处，总想举起手来，像那个老是睁着好奇圆眼的孩子，回一声：

“我在。”

“我在”和“某某到此一游”不同，后者张狂跋扈，目无余子，而说“我在”的仍是个清晨去上学的孩子，高高兴兴地回答长者的问题。

其实人与人之间，或为亲情或为友情或为爱情，哪一种亲密的情谊不是基于我在这里，刚好，你也在这里的前提？一切的爱，不就是“同在”的缘分吗？就连神明，其所以为神明，也无非由于“昔在、今在、恒在”，以及“无所不在”的特质。而身为一个人，我对自己“只能出现于这个时间和空间的局限”感到另一种可贵，仿佛我是拼图板上扭曲奇特的一块小形状，单独看，毫无意义，及至恰恰嵌在适当的时空，却也是不可少的一块。天神的存在是无始无终浩浩莽莽的无限，而我是此时此际此山此水中的有情和有觉。

有一年，和丈夫带着一团的年轻人到美国和欧洲去表演，我坚持选崔颢的《长干曲》作为开幕曲，在一站复一站的陌生城市里，舞台上碧色绸子抖出来粼粼水波，唐人乐府悠然导出：

君家何处在？妾住在横塘。
停船暂借问，或恐是同乡。

渺渺烟波里，只因错肩而过，只因你在清风我在明月，只因彼此皆在这地球，而地球又在太虚，所以不免停舟问一句话，问一问彼此隶属的籍贯，问一问昔日所生、他年所葬的故里。那年夏天，我们也是这样一路去问海外中国人的隶属所在的啊！

《旧约》里记载了一则三千年前的故事，那时老先知以利因年迈而昏聩无能，坐视宠坏的儿子横行。小先知撒母耳却仍是幼童，懵懵懂懂地穿件小法袍在空旷的大圣殿里走来走去。然而，事情发生了，有一夜他听见轻声的呼唤：

“撒母耳！”

他虽瞌睡却是个机警的孩子，跳起来，便跑到老以利面前：

“你叫我，我在这里！”

“我没有叫你，”老态龙钟的以利说，“你去睡吧！”

孩子去躺下，他又听到相同的叫唤：

“撒母耳！”

“我在这里，是你叫我吗？”他又跑到以利跟前。

“不是，我没叫你，你去睡吧。”

第三次他又听见那召唤的声音，小小的孩子实在给弄糊涂了，但他仍然尽快跑到以利面前。

老以利蓦然一惊，原来孩子已经长大了，原来他不是小孩子梦里听错了话，不，他已听到第一次天音，他已面对神圣的召唤。虽然他只是一个弱的小孩，虽然他连什么是“天之钟命”也听不懂，可是，旧时代毕竟已结束，少年英雄会受天承运挑起八方风雨。

“小撒母耳，回去吧！有些事，你以前不懂，如果你再听到那声音，你就说：‘神啊！请说，我在这里。’”

撒母耳果真第四度听到声音，夜空烁烁，廊柱耸立如历史，声音从风中来，声音从星光中来，声音从心底的潮声中来，来召唤一个孩子。撒母耳自此至死，一直是个威仪赫赫的先知，只因多年前，当他还是稚童的时候，他答应了那声呼唤，并且说："我，在这里。"

我当然不是先知，从来没有想做"救星"的大志，却喜欢让自己是一个"紧急待命"的人，随时能说"我在，我在这里"。

这辈子从来没喝得那么多，大约是一瓶啤酒吧，那是端午节的晚上，在澎湖的小离岛。为了纪念屈原，渔人那一天不出海，小学校长陪着我们和家长会的朋友吃饭，对于仰着脖子的敬酒者你很难说"不"。他们喝酒的样子和我习见的学院人士大不相同，几杯下肚，忽然红上脸来，原来酒的力量竟是这么大的。起先，那些宽阔黧黑的脸不免不自觉地有一份面对台北人和读书人的卑抑，但一喝了酒，竟人人急着说起话来，说他们没有淡水的日子怎么苦，说淡水管如何修好了又坏了，说他们宁可倾家荡产，也不要天天开船到别的岛上去搬运淡水……

而他们嘴里所说的淡水，在台北人看来，也不过是咸涩难咽的怪味水罢了——只是于他们却是遥不可及的美梦。

我们原来只是想去捐书，只是想为孩子们设置阅览室，没有料到他们红着脸粗着脖子叫嚷的却是水！这个岛有个好听的名字，叫鸟屿，岩岸是美丽的黑得发亮的玄武石组成的。浪大时，水珠会跳过教室直落到操场上来，澄莹的蓝波里有珍贵的丁香鱼，此刻餐桌上则是酥炸的海胆，鲜美的小鳍……然而这样一个岛，却没有淡水……

我能为他们做什么？在同盏共饮的黄昏，也许什么都不能，但至少我在这里，在倾听，在思索我能做的事……

读书，也是一种"在"。

有一年，到图书馆去，翻一本《春在堂笔记》，那是俞樾先生的集子，红绸精装的封面，打开封底一看，竟然从来也没人借阅过，真是"古来圣贤皆寂寞"啊！心念一动，便把书借回家去。书在，春在，但也要读者在才行啊！我的读书生涯竟像某些人玩“碟仙”，仿佛面对作者的精魄。对我而言，李贺是随召而至的，悲哀悼亡的时刻，我会说：“我在这里，来给我念那首《苦昼短》吧！念‘吾不识青天高，黄地厚，唯见月寒日暖，来煎人寿’。”读那首韦应物的《调笑令》的时候，我会轻轻地念：“胡马胡马，远放燕支山下。跑沙跑雪独嘶，东望西望路迷。迷路迷路，边草无穷日暮。”一面觉得自己就是那从唐朝一直狂驰至今不停的战马，不，也许不是马，只是一股激情，被美所迷，被莽莽黄沙和胭脂红的落日所震慑，因而心绪万千，不知所止的激情。

看书的时候，书上总有绰绰人影，其中有我，我总在那里。

《旧约·创世记》里，堕落后的亚当在凉风乍至的伊甸园把自己藏匿起来。

上帝说：

“亚当，你在哪里？”

他噤而不答。

如果是我，我会走出，说：

“上帝，我在，我在这里，请你看着我，我在这里。不比一个凡人好，也不比一个凡人坏，我有我的逊顺祥和，也有我的叛逆凶戾，我在我无限的求真求美的梦里，也在我脆弱不堪一击的人性里。上帝啊，俯察我，我在这里。”

“我在”，意思是说我出席了，在生命的大教室里。

几年前，我在山里说过的一句话容许我再说一遍，作为终响：

“树在。山在。大地在。岁月在。我在。你还要怎样更好的世界？”

情怀

不知从什么时候开始，我变成了一个容易着急的人。

行年渐长，许多要计较的事都不计较了，许多渴望的梦境也不再使人颠倒，表面看起来早已经是个可以令人放心循规蹈矩的良民，但在胸臆里仍然暗暗地郁勃着一声闷雷，等待某种不时的炸裂。

仍然落泪，在读说部故事诸葛亮武侯废然一叹，跨出草庐的时候；在途经罗马看米开朗基罗一斧一凿每一痕都是开天辟地的悲愿的时候；在深宵不寐，感天念地深视小儿女睡容的时候。

忽焉就四十岁了，好像觉得自己一身竟化成两个，一个正咧嘴嬉笑，抱着手冷眼看另一个，并且说：

“嘿，嘿，嘿，你四十岁啦，我倒要看看你四十岁会变成什么样子哩!”

于是正正经经开始等待起来，满心好奇兴奋伸着脖子张望即将上演的“四十岁时”，几乎忘了主演的人就是自己。

好几年前，在朋友的一面素壁上看见一幅英文格言，说的是：

“今天，是此后余生的第一天。”

我谛视良久，不发一语，心里却暗暗不服：

“不是的，今天是今生到此为止的最后一天。”

我总是着急，余生有多少，谁知道呢？果真如诗人说的“百年梳三万六千回”的悠悠栉发岁月吗？还是“四季倏来往，寒暑变为贼，偷人面上花，夺人头上黑”的霸道不仁呢？有一年，眼看着患癌症的朋友史惟亮一寸寸地走远，那天是二月十四，日历上的情人节，他必然还有很绵缠不足的爱情吧，“中国”总是那最初也是最后的恋人，然而，他却走了，在情人节。

我走在什么时候？谁知道？只知道世方大劫，一切活着的人都是叨天之幸，只知道，且把今天当作我的最后一天，该爱的，要来不及地去爱，该恨的，要来不及地去恨。

从印度、尼泊尔回来，有小小的人世间的得意，好山水，好游伴，好情怀，人生至此，还复何求？还复何夸？回来以后，急着去看植物园的荷花，原来不敢期望在九月看荷的，但也许克什米尔的荷花湖使人想痴了心，总想去看看自己的那片香红，没想到她们仍在那里，比六月那次更灼然。回家忙打电话告诉慕蓉，没想到这人险阴，竟然已经看过了。

“你有没有想到，”她说，“就连这一池荷花，也不是我们‘该’有的啊！”人是要活很多年才知道感恩的，才知道万事万物包括投眼而来的翠色，附耳而至的清风，无一不是豪华的天宠。才知道生命中的每一霎时间都是向永恒借来的片羽，才相信胸襟中的每一缕柔情都是无限天机所流泻的微光。

而这一切，跟四十岁又有什么关联呢？

想起古代的东方女子，那样小心在意地贮香膏于玉瓶，待香膏一点一滴地积满了，她忽然竟渴望就地一掷，将猛烈的馨香并作一次挥尽，啊！只要那样一度，够了。

想起绝句里的剑客，“十年磨一剑，霜刃未曾试，今日把示君，谁有不平事？”分明一个按剑的侠者，在清晨跨鞍出门，渴望及锋而试。

想起朋友亮轩少年十七岁，过中华路，在低矮的小馆里见于右任的一副对联“与世乐其乐，为人平不平”，私慕之余，竟真能效志。人生如果真有可争，也无非这些吧？

又想起杨牧的一把纸扇，扇子是在浙江绍兴买的，那里是秋瑾的故居，扇上题诗曰：

连雨清明小阁秋
横刀奇梦少时游
百年堪羡越园女
无地今生我掷头

冷战的岁月是没有掷头颅的激情的，然而，我四十岁了，我是那扬瓶欲作一投掷的女子，我是那挎刀直行的少年，人世间总有一件事，是等着我去做的，石槽中总有一把剑，是等着我去拔的。

去年九月，我们全家四人到恒春一游。由于娘家至今在屏东已住了廿八年，我觉得自己很有理由把那块土地看作故乡了。阳光薄金，秋风薄凉，猫鼻头的激浪白亮如抛珠溅玉，立身苍茫之际，回顾渺小的身世，一切幼时所曾羡慕的，此刻全都有了。曾听人说流星划空之际，如果能飞快地说出祈愿便可实现，当时多急着想练好快利的口齿啊，而今，当流星过眼我只能知足地说：

“神啊，我一无祈求！”

可是，就在那一天，我走到一个小摊子前面，一些褐斑的小鸟像水果似的绑成一串吊在门口，我习惯性伸出手摸了它一下。忽然，那只鸟反身猛啄我一口，我又痛又惊，急速地收回手来，惶然无措地愣在那里。

就在那一瞬间，我忽然忘记痛，第一次想起鸟的生涯。

它必然也是有情有知的吧？它必然也正忧痛煎急吧？它也隐隐感到面对死亡的不甘吧？它也正郁愤悲挫忽忽如狂吧？

我的心比我的手更痛了。这是我第一次遇见不幸的伯劳，在这以前它一直是我案头古老的诗经里的一个名字，“七月鸣鵙”，便是伯劳了，伯劳也是“劳燕分飞”典故里的一部分。

稍往前走，朋友指给我看烤好的鸟。再往前走，他指给我看堆积满地的小伯劳鸟的嘴尖。

“抓到就先把嘴折下来，免得咬人。然后才杀来烤，刚才咬你的那种因为打算卖活的，所以嘴尖没有折断。”

朋友是个尽责的导游，我却迷离起来。这就是我的老家屏东吗？这就是古老美丽的恒春古城吗？这就是海滩上有着发光的“贝壳沙”的小镇吗？这就是入夜以后沼气的蓝焰会从小泽里亮起来的神话之乡吗？“恒春”不该是“永恒的春天”吗？为什么有名的“关山落日”前，为什么惊心动魄的万里夕照里，我竟一步步踩着小鸟的嘴尖？

要不要管这档子闲事呢？

寄身在所谓的学术单位里已经是十几年了，学人的现实和计较有时不下商人，一位坦白的教授说：

“要我帮忙做食品检验？那对我的研究计划有什么好处？这种事是该卫生署做的，他们不做了，我多管什么闲事，我自己的论文不出来，我在学术界怎么混?”

他说的没有错，只是我有时会想起胡金铨的《龙门客栈》，大门砰然震开，白衣侠士飘然当户。

“干什么的?”

“管闲事的!”

回答得多么理直气壮。

我为什么想起这些？四十岁还会有少年侠情吗？为什么空无中总恍惚有一声召唤，使人不安。

我不喜欢“善心人士”的形象，“慈眉善目”似乎总和衰老、妇道人家、愚弱有关。而我，做起事来总带五分赌气性质，气生命不被尊重，气环境不被珍惜。但是，真的，要不要管这档闲事呢？管起来钱会浪费掉，睡眠会更不足，心力会更交瘁，而且，会被人看成我最不喜欢的“善士”的模样，我还要不要插手管它呢？

教哲学的梁从香港来，惊讶地看我在屋顶上种出一畦花来。看到他，我忽然唠唠叨叨在嬉笑中也哲学起来了。

“你知道，在这个世界上，我终于慢慢明白，我能管的事太少了，北爱尔兰那边要打，你管得着吗？巴基斯坦这边要打，你压得了吗？小学四年级的音乐课本上有一首歌这样说：‘看我们少年英豪，抖着精神向前跑，从心底喊出口号，要把世界重改造，为着民族求平等，为着人类争公道，要使全球万国间，到处胜欢笑。’那时候每逢刮风，我就喜欢唱这首歌顶着风往前走。可是，三十年过去了，我不敢再说这样的大话，‘要把世界重改造’，我没有这种本事，只好回家种一角花圃，指挥指挥四季的红花绿卉，这就是辛稼轩说的，人到了一个年纪，忽然发现天下事管不了，只好回过头来‘乃翁依旧管些儿，管竹、管山、管水。’我呢，现在就管它几棵花。”

说的时候自然是说笑的，朋友认真地听，但我也知道自己向来虽不怕“以真我示人”，只是也不曾“以全我示人”。种花是真的，刻意去买了竹床竹椅放在阳台上看星星也是真的，却像古代长安街上的少年，耳中猛听得金铁交鸣，才发觉抽身不及，自己又忘了前约，依然伸手管了闲事。

一夜，歇下驰骋终日的疲倦，十月的夜，适度的凉，我舒舒服服地独倚在一张为看书而设计的躺榻上，算是对自己一点小小的纵容吧！生平好聊天，坐在研究室里是与古人聊天，与西人聊天。晚上读闲书读报是与时人聊天。写文章，则是与世人与后人聊天，旅行的时候则与达官贵人或老农老圃闲聊，想来属于我的一生，也无非是聊了些天而已。

忽然，一双忧郁愠怒的眼睛从报纸右下方一个不显眼的角落向我投视来，一双鹰的眼睛，我开始不安起来。不安的原因也许是因为那怒睁的眼中天生有着鹰族的锐利奋扬，但是不止，还有更多，我静静地读下去，在花莲，一个叫玉里的镇，一个叫卓溪乡古风村的地方，一只“赫氏角鹰”被捕了。从来不知道赫氏角鹰的名字，连忙去查书，知道它曾在几万年前，从喜马拉雅和云南西北部南下，然后就留在中央山脉了，它不是台湾特有鸟类，也不是偶然过境的候鸟，而是“留鸟”，这一留，就是几万年，听来像绵绵无尽期的一则爱情故事。

却有人将这种鸟用铁夹捕了，转手卖掉，得到五千元。

我跳起来，打长途电话到玉里，夜深了，没人接，我又跑到桌前写信，急着找限时信封作读者投书，信封上了，我跑下楼去推脚踏车寄信，一看腕表已经清晨五点了，怎么会弄得这么晚的？也只能如此了，救生命要紧。

跨车回来，心中亦平静亦激动，也许会带来什么麻烦，会有人骂我好出风头，会有人说我图名图利，会有人铁口直断说：“我看她是要竞选了！”不管他，我且先去睡两个小时吧！我开始隐隐知道刚才的和那只鹰的一照面间我为什么不安，我知道那其间有一种召唤，一种几乎是命定的无可抗拒的召唤，那声音柔和而沉实，那声音无言无语，却又清晰如面晤，那声音说：“为那不能自述的受苦者说话吧！为那不能自伸的受屈者表达吧！”

而后，经过报上的风风雨雨，侦骑四出，却不知那只鹰流落在哪里，我的生活从什么时候开始竟和一只鹰莫名其妙地连在一起了？每每我凝视照片，想象它此刻的安危，人生际遇，真是奇怪。过了二十天，我人到花莲，主持了两个座谈会，当晚住在旅社里，当门一关，廊外海潮声隐隐而来，心中竟充满异样的感激，生平住过的旅社虽多，这一间却是花莲的父老为我预定并付钱的，我感激的是自己那一点的善意和关怀被人接纳，有时也觉得自己像说法化缘的老僧，虽然每遭白眼，但也能和人结成肝胆相照的朋友，我今夕蒙人以一饭相款，设一榻供眠，真当谢天，比起古代餐风露宿的苦行僧，我是幸运的。

第二天一早搭车到宜兰，听说上次被追索的赫氏角鹰便是在偷运台北的途中死在那里。我和鸟类专家张万福从罗东问到宜兰，终于在一家“山产店”的冻箱里找到那只曾经搏云而上的高山生灵，而今是那样触手如坚冰的一块尸骨。站在午间陌生的小市镇上，山产店里一罐罐的毒蛇药酒，从架上俯视我。这样的结果其实多少也是意料中的，却仍忍不住悲怆。四十岁了，一身仆仆，站在小城的小街上，一家陈败的山产店前，不肯服输的心底，要对抗的究竟是什么呢？

和张万福匆匆包了它就赶北宜公路回家了，黄昏时在台北道别，看他再继续赶往台中的路，心中充满感恩之意。只为我一通长途电话，他就肯舍掉两天的时间，背着一大包幻灯片，从台中台北再转花莲去“说鸟”。此人也是一奇，阿美族人，台大法律系毕业，在美军顾问团做事，拿着高薪，却忽然发现所谓律师常是站在有钱有势却无理的一边，这一惊非同小可，于是弃职而去，一跑跑到大度山的东海潜心研究起鸟类生态来。故事听起来像江洋大盗忽然收山不做而削发皈依、反度起众人一般神奇。而他却是如此平实的一个人，会傻里傻气待在野外从早上六点到下午六点，仔细数清楚棕面莺的母鸟喂了四百八十次小鸟的记录。并且会在座谈会上一一学鸟类不同的鸣声。而现在，“赫氏角鹰”交他去做标本，一周以后那胸前一片粉色羽毛的幼鹰会乖乖地张开翅膀，乖乖地停在标本架上，再也没有铁夹去夹它的脚了，再也没有商人去辗转贩卖它了，那永恒的展翼啊！台北的暮色和尘色中，我看他和鹰绝尘而去，心中的冷热一时也说不清。

我是个爱鸟人吗？不是，我爱的那个东西必然不叫鸟，那又是什么呢？或许是鸟的振翅奋扬，是一掠而过，将天空横渡的意气风发，也许我爱的仍不是这个，是一种说不清的生命力的展示，是一种突破无限时空的渴求。

曾在翻译诗里爱过希腊废墟的漫草荒烟，曾在风景明信片上爱过夏威夷的明媚海滩，曾在线装书里迷上“黄河之水天上来”，曾在江南的歌谣里想自己驾一叶迷途于十里荷香的小舟……而半生碌碌，灯下惊坐，忽然发现魂牵梦萦的仍是中央山脉上一只我未曾及睹其生面的一只鹰鸟。

四十岁了，没有多余的情感和时间可以挥霍，且专致地爱脚跟下的这片土地吧！且虔诚地维护头顶的那片青天吧！生平不识一张牌，却生就了大赌徒的性格，押下去的那份筹码其数值自己也不知道，只知道是余生的岁岁年年，赌的是什么？是在我垂睫大去之际能看到较澄澈的河流，较清鲜的空气，较青翠的森林，较能繁息生养的野生生命……输赢何如？谁知道呢？但身经如此一番大搏，为人也就不枉了。

和丈夫去看一部叫《女人四十一枝花》的电影，回家的路上咯咯笑个不停，好莱坞的爱情向来是如此简单荒唐。

“你呢？”丈夫打趣，“你是不是女人四十一枝花？”

“不是，”我正色起来，“我是‘女人四十一枚果’，女人四十岁还做花，也不是什么含苞盛放的花了，但是如果是果呢，倒是透青透青初熟的果子呢！”

一切正好，有看云的闲情，也有犹热的肝胆，有尚未收敛也不想收敛的遭人妒的地方，也有平凡敦实容许别人友爱的余裕，有高龄的父母仍容我娇痴无忌如稚子，也有广大的国家容我去展怀一抱如母亲，有霍然而怒的盛气，也有湛然一笑的淡然。

还有什么可说呢？芽嫩已过，花期已过，如今打算来做一枚果，待果熟蒂落，愿上天复容我是一粒核，纵身大化，在新着土处，期待另一度的芽叶。

人日

一年三百六十五天，其中不免有些是节日。说到节日，就立刻有民族之分。天下各族，有人爱泼水节，有人爱对着月亮吃甜饼，有人爱叫小孩晚上扮鬼去讨糖吃……

我要说的是，有个民族定了一天叫“人日”。“人日”？是“人权日”吗？不是，没那么正经八百，就只是“人的日子”。人日是哪一天呢？是农历正月初七，刚过完年，第七天。哦，你大概知道了，这是老中的节日。但是，为什么我不说它是汉人的节日呢？因为我对它的“汉成分”有点怀疑，它的资料见于《荆楚岁时记》，听起来不是“高尚黄河流域”的产物，比较是属于“新兴长江流域南蛮子”的勾当。此书写于五、六世纪间，作者宗懔本身虽是河南人，却以“外省人”的身份住在湖北，那是北人南走的时代，他兴味盎然的记录人日这一天的民间活动：

第一，把七种青菜煮成蔬菜汤。

第二，用剪刀剪丝绸为人形，用小刀镂金箔为人形贴在屏风上为装饰。

第三，这些装饰也可以戴在头上。

第四，做些“华胜”彼此相赠。“华胜”等于“花胜”，其实也等于“人胜”，温庭筠在花间词的第二首词便有“人胜参差剪”之句。

第五，登高赋诗。

这个风俗，唐人宋人诗中常提起，宋代学者和清代学者也一再提起，这个属于南方族群的节日看来已纳入全体华人体系。我喜欢这个节日的另一个理由是“人日”不是孤零零的日子，它和其他节日合起来变成了“节庆季”，其节庆次序如下：第一天是鸡日，第二天以后分别是狗、羊、猪、牛、马、人日，这种安排简直有点像是为家庭农场设计的，每天都有一种动物跳出来做节日主角，真是聪明的构想。另有一说是，这些日子多加一天，第八天属于植物，叫谷日——这样说来，整个新年期间，把重要的动物、植物都搬上场了。人类不管多了不起，在新年节庆里他也只是七分之一或八分之一的分量罢了。

这种安置手法简直和《圣经·创世记》类似，第一日（今以星期日象喻）造光源，第二天以后分别是空气、水陆、植物、日月星辰，以及飞鸢跃鱼以及昆虫野兽，而最后一天，星期六，上帝创造了休息……而人，是最后么儿，比其他生物来得晚，我们是“万物之一”，而不是“万物之灵”。

在众多的人日歌吟中李商隐的极写实，“镂金作胜传荆俗，翦彩为人起晋风”，苏东坡的“七种共挑人日菜，千枝先剪上元灯”也十分扣住主题。张继的“人日兼春日，长怀复短怀，遥知双彩胜，并在一金钗”也颇令人对远方幽居的美人有诸多想象。但最令我动容的还是诗人高适寄给诗人杜甫的《人日诗》，那时杜甫逃难住成都，高适在蜀州任刺史，他寄杜甫的诗（三之一）如下：

人日题诗寄草堂，
遥怜故人思故乡。
柳条弄色不忍见，
梅花满枝空断肠。

许多年后，高适去世，杜甫收拾旧文物，忽然拣出这首好久以来没找到的诗，当下不胜依依，也作三首追酬高适，其中第一首如下：

自蒙蜀州人日作，
不意清诗久零落。
今晨散帙眼忽开，
迸泪幽吟事如昨。

就在那年冬天，杜甫也走了，留下的是诗，以及诗人和诗人之间的情谊。

如果我是个有权力的人，我会请有关部门长订个“人日”节，如果我权力更大，我会要求全世界的人都来过此节。当天吃七种青菜，登高赋诗，剪漂亮的彩色或金色的人形，并且，十分高兴地想起：

“啊呀，今天是人日——而我，我真的是个人哦!”

地篇

据说，古时的地字，是用两个土字为基本结构，而土字写作“△”。猛一看，忍不住怦然心跳，差不多觉得仓颉造了个“有声音效果的字”，仿佛间只见宇宙洪荒，天地蒙涌，一片又小又翠的叶子中气十足，迸的一声窜出地面，人类吓了一跳，从此知道什么叫土地。

《尔雅》——一本最古老的字典——上面说：“地，底也，其体底下，载万物也。”看着，看着，开始不服气起来，分明是一本文字学的书嘛，怎么会如此像诗，把地说成最低最低的万物承载的摇篮，把地说成了人类的“底子”，世上还有比这更好的解释吗？

终于想通了，文字学家和诗人是一种人，一种叽叽呱呱跟在造物身后不停地指手画脚，企图努力向人解释的人。

在中国语言里，大地不但是有生命的，而且有的还非常具体。

譬如说“地毛”，地竟被看作是毛发青盛的，地难道是一个肌肤实突的少年男子吗？而“地毛”指的是一些“莎草”。下一次，等我行过草原，我要好好地看一下大地的汗毛。

地也有耳，“地耳”指的是一种菌类，大略和木耳相似吧？大地的耳朵，它倚侧着想听些什么呢？是星辰的对位？还是风水的和弦？

吃木耳的时候，我想我吃下了许多神秘的声音。

另外有一种松茸，圆圆的叫“地肾”，奇怪，大地可以不断地捐赠肾而长出新的来。

有一种红色的茜草叫作“地血”，传说是人血所化生，想起来悸怖中又有不自禁的好奇和期待。有一天，竟会有一株茜草是另一种版本的我，属于我的那株茜草会是怎样的红？殷忧的浓红？浪漫的水红？郁愤的紫红？沉实的棕红？抑或是历历不忘的斑红？孰为我？我为孰？真令人取决不下。

“地肺”是什么？有时候指的是山，有时候指的是水中的浮岛。在江苏、在河南、在陕西，都有地方叫“地肺”，不管是以山或以岛为肺叶，吐纳起来都是很过瘾的吧？

“地骨”同时指石头和枸杞，把石头算作骨骼是很合理的，两者一般的嵚崎磊落。喜欢石头的人都可以把自己看作“摸骨专家”，可以仔细摸一摸大地的支架。可是把枸杞认作“地骨”却不免令人惊奇，想来石头作“地骨”取的是“写实派”手法，枸杞作“地骨”应是“象征派”手法。枸杞是一种红色颗粒的补药，大概服食后可以让人拥有大地一般的体魄吧！枸杞也叫“地筋”，不管是“大地之筋”或“大地之骨”，我总是宁可信其有。

“地脂”是一篇道家的故事，据说有人偶然遇见，偶然试擦在一位老人的脸上，老人的皱纹顿时平滑如少年。世上有多少青春等待唤回，昨夜微霜初渡河，今晨的秋风里凋了多少青发？我们到何处去寻故事中的“地脂”呢？

“地脉”指的是河流，想来必是黄河动脉，长江静脉吧？至于那些夹荷带柳的小溪应该是细致的微血管了。这样看来喜马拉雅真该是大地的心脏了，多少血脉附生在它身上！只是有时想来又令人不平，如果河川是血脉，血脉可不可以是河流呢？侧耳听处，哪一带是黄河冰澌？哪一带是钱塘浙潮？究竟是人在江湖？还是江湖在人？今宵可否煮一壶酒，于血波沸扬处听故园的五湖三江？

“地脊”几乎是一则给小孩猜的谜语，一看就知道是指山。山是多峥嵘秀拔的一副脊椎骨啊！永不风湿，永不发炎地挺在那里，是有所承当、有所负载的脊梁。

地也有嘴，“地喙”指的是深渊，听说西域龟兹国的音乐是君臣静坐于高山深谷之际，听松涛相激，动静相生，虚实相荡而来。如果山是竹管，深渊便是凿陷的孔，音乐便在竹管的“有”与孔穴的“无”之间流泻出来。如果深渊是大地之口，那该是一张启发了人间音乐的口。

所有的民族都毫无选择地必须敬爱大地，但在语汇里使大地有血脉有骨肉，有口有耳有脊骨的，恐怕只有中国人吧。大地的众子中如果说我们中国人最爱她，应该并不为过吧！

除了在语言里把大地看作有位格有肢体的对象，其他中国语言里令人称奇的跟大地有关的语汇说也说它不完！

“地味”两字令人引颈以待，急着想知道究竟说的是什么。原来是指天地初生，地涌清泉的那份甘冽，听来令人焦灼艳羡，恨不得身当其时，可以贪心连捞它三把，一掬盥面，一掬餍渴，一掬清心。

“地丁”也颇费猜，千想万想却没想到居然是指野花蒲公英，真是好玩。“地丁”是什么意思？写《本草纲目》的李时珍也说不清楚，我只好将之解释为大地的小守卫兵，每年看到蒲公英，我忍不住窃然自喜，和它们相对瞬目："喂！我知道你是谁，你们这些又忠心又漂亮的小卫兵，你们交班交得多么好看，你们把大地守卫得多么周密，你们是唯一没有刀没有枪的小地丁。"那些家伙在阳光下显出好看的金头盔，却假装没听见我说话，对了，我不该去逗它们的，它们正在正正经经地站岗呢！

"地珊瑚"其实就是藤，算来该是一种绿色种的变色珊瑚了。世上的好事好物太多，有时不免把词章家搞糊涂了，不知该用什么去形容什么，应该说"好风如水"呢，还是该说"好水如风"呢？应该说"人面如花"呢，还是说"花似人面"呢？"江山如画"和"画如真山真水"哪一个更真切？而我一眼看到"地珊瑚"虽觉清机妙趣盈眉而来，却也不免跃跃然想去叫珊瑚一声"海藤"。

"地龙子"指的是蚯蚓，听来令人简直要扑嗤一笑，那么小小的蠕虫，哪能担上那么大的龙的名头！但仔细一想，倒觉得"地龙子"比天龙可爱踏实多了。谁曾看过天龙呢？地龙却是人人看过的，人生一世果能土里来土里去像一只蚯蚓，不见得就比云里来雨里去的龙为差。蚯蚓又叫"地蝉"，这家伙居然又善鸣，不太能想象一只像植物一样活在泥土里的动物怎么开口唱歌。可是每次在乡下空而静的黄昏，大地便是一棵无所不载的巨树，响亮的鸣声单纯地传来，乍然一听，只觉土地也在悠悠唱起开天辟地的老话头来。

"地行仙"常常是老寿星的美称，仙人中也许就该数这种仙人最幸福，餐霞饮露何如餐谷饮水？第一次看一位长辈写"天马行地"四个字，立觉心折。俗话常说"云泥之别"，其实云不管多高多白，终有一天会脱胎成雨水，会重入尘寰，会委身泥土而浑然为一。求仙是可以的，但是，就做这种仙吧！

“地货”是商业上的名词，一切的蔬菜、水果，萝卜、山芋、荸荠全在内。我有时想开一家地货行，坐拥南瓜的赤金、菜瓜的翡翠以及茄子的紫晶，门口用敦敦实实的颜体写上“地货行”三个大字——想着想着，事情就开始实在而具体起来，仿佛已看见顾客伸手去试敲一只大西瓜，而另一个正在捏着一只吹弹得破的柿子，急得我快要失口叫了起来。

“地听”一词是件不可思议的军事行动，办法是先掘一个深深的坑，另外再准备一个土瓮，瓮用薄皮封了口，看来有点像鼓。人抱着这种“鼓瓮”躲在地坑里，敌人如果想挖地道来袭，瓮就会发出声音。这虽然是战争的故事、生死攸关的情节，可是听来却诗意盎然。又有一种用皮做的“胡禄”，人躺在地下把它当枕头枕着，也可以远远听到行军之声。大地到底怎么回事？怎么会有这么多神奇？

“舆地”两字是童话也是哲学，中国人一向有“天为盖，地以载”的观念，大地是用来载人的。但是，哪一种载法呢？中国人选择了“车子”的形象，大地一下子变成一辆娃娃车，载着历世历代的人类，在茫茫宇宙中稳然前行。我想到神往处，恨不得纵身云外，把这可爱的、以万木为流苏、以千花为璎珞的娃娃车（而且是球形的，像灰姑娘赴王子晚宴所乘的那一辆），好好地看个饱。

“地银”指的是月光下闪亮发光的河流，“地镜”也类同，指湖泊水塘。生平不耐烦对镜，也许大千世界有太多可观可叹可喜可骇之景，总觉对镜自赏是件荒谬的事。但有一天，当我年老，我会静静地找到一方镶满芳草的泽畔，低下头来，梳我斑白的头发，在水纹里数我的额纹。那时候，我会看见云来雁往，我会看见枯荷变成莲蓬，莲子复变成明夏新叶，我会怔怔然地望着大地之镜，求天地之神容许我在这一番大鉴照中看见自己小小如戏景的一生，人生不对镜则已，要对，就要对这种将朝霞夕岚岁月年华一并映照的无边无际的大镜。

初心（节选）

因为书是新的，我翻开来的时候也就特别慎重。书本上的第一页第一行是这样的：

初、哉、首、基、肇、祖、元、胎……始也。

那一年，我十七岁，望着《尔雅》这部书的第一句话而愕然。这书真奇怪啊！把“初”和一堆“初的同义词”并列卷首，仿佛立意要用这一长串“起始”之类的字来做整本书的起始。

也是整个中国文化的起始和基调吧？我有点敬畏起来了。

（想起另一部书，《圣经》，也是这样开头的：起初，上帝创造天地。）

真是简明又壮阔的大笔，无一语修饰形容，却是元气淋漓，如洪钟之声，震耳贯心，令人读着读着竟有坐不住的感觉，所谓壮志陡生，有天下之志，就是这种心情吧！寥寥数字，天工已竟，令人想见日之初升，海之初浪，高山始突，峡谷乍降以及大地寂然等待小草涌腾出土的刹那！

而那一年，我十七岁，刚入中文系，刚买了这本古代第一部字典《尔雅》，立刻就被第一页第一行迷住了，我有点喜欢起文字学来了。真好，中国人最初的一本字典（想来也是世人的第一本字典），它的第一个字就是“初”。

“初，裁衣之始也。”文字学的书上如此解释。

我又大为惊动，我当时已略有训练，知道每一个中国文字背后都有一幅图画，但这“初”字背后不止一幅画，而是长长的一幅卷轴。想来这是当年造字之人初造“初”字的时候，煞费苦心之余的神来之笔。“初”无形可绘，无状可求，如何才能追踪描摹？

他想起了某个女子的动作，也许是母亲，也许是妻子，那样慎重地先从纺织机上把布取下来，整整齐齐的一匹布，她手握剪刀，当窗而立，她屏息凝神，考虑从哪里下刀，阳光把她微微毛乱的鬓发渲染成一轮光圈。她用神秘而多变的眼光打量着那整匹布，仿佛在主持一项典礼，其实她努力要决定的只不过是究竟该先做一件孩子的小衫好呢？还是先裁自己的一幅裙布？一匹布，一如渐渐沉黑的黄昏，有一整夜的美梦可以预期——当然，也有可能是噩梦，但因为有可能成为噩梦，美梦就更值得去渴望——而在她思来想去的当际，窗外陆陆继继流溢而过的是初春的阳光，是一批一批的风，是雏鸟拿捏不稳的初鸣，是天空上一匹复一匹不知从哪一架纺织机里卷出的浮云……

那女子终于下定决心，一刀剪下去，脸上有一种近乎悲壮的决然。

“初”字，就是这样来的。

人生一世，亦如一匹辛苦织成的布，一刀下去，一切就都裁就了。

整个宇宙的成灭，也可视为一次女子的裁衣啊！我爱上“初”这个字，并且提醒自己每个清晨都该恢复为一个“初人”，每一刻，都要维护住那一片“初心”。

一抹绿

照说，喝盖碗茶只该小小揭一道缝，把嘴凑上去吸啜，仿佛小儿女偷看情书，看一行掩一行，深恐为别人窥去似的。喝盖碗茶的人也是如此喝一口，盖起，再揭缝，再喝一口……好东西是不该一下消受尽的。

但茶一端上来我便忍不住，竟把杯盖全揭了，我等不及要先看看今年春茶长成什么样子，小小的叶子，沉沉的绿，茶绿不同于嫩绿，但也不是老绿，老绿太肥厚凝重，茶的绿却是一笔始于新绿的未定稿，是遇到水就能重新漾荡出秘密来的宝藏图，是古代翠玉的深浅有致，而现在它们一一站在杯子里……

都说"喝"茶，其实，嗅茶和观茶也是了不起的享受。而一个人坐在茶盏前要喝的，哪里是茶？岂不是忙里挪出的一霎空白，是由今春细叶收拢来的记忆（由青山白雾共同酿成的），面对翠烟袅升的杯子，林内盛放的是一九八五的春天啊！怎能不战栗珍惜呢？

"这茶有名字吗？"

"有，叫文山包种。"

真是老老实实的名字，记得在香港时，有位女友巴巴地跑到四川去买一种叫“文君绿茶”的茶给我喝，我却嫌它烟煳气重，那么难喝的茶都有个好名字，这么好的怎能没有？

“叫‘一抹绿’好吗？”我说。

抬眼望去，窗外翠色的山凝定如案上常设的经典，而山脚下鲜碧的涧水却活泼变化如白话翻译，我一时也搞不清楚自己是在为山描容、为水写真，抑或为茶命名，乃至于为自己的心情题款了。

陈年老茶

香港街头，是一个奇怪的地方，她是古老的龙鳞闪烁，她是东方珍珠暧昧的魔光。她是故国，她是他乡。她是大英帝国最后的虚荣，她是余风犹存的小小渔港。我爱逛香港的街。

终于在一个茶叶店门前停下脚，茶店名叫×记茶行，是个百年老店了，虽然门面不大。但茶叶店原来就不需多大的，老茶行自有一番郁郁沉沉的潜德幽光。茶香细细，在下午的斜阳中如天女纺纱，云疋流泻一地，并且逐渐漫出室外，铺满大街，横绝人世。令人想起很多好东西，例如岁月，例如星河，例如夏天夜里从来没能听完就已沉沉睡去的长长童话故事……

×记茶行，其实不是我的乡愁，是我朋友 M 的乡愁。她因小时候住过香港，×记便成了她童年记忆中永恒的烙印。我今站在此，仿佛犹见当日的那个小女孩，当年的茶行一定曾是长街上非常了不起的一座坐标吧！

我来此，也许只为向百年致敬，并不为买茶叶。出门在外，习惯上我总带一包台湾茶的。我带的那包茶上印了一行字：

“保存期限一年。”

我收拾行李的时候倒也没有仔细想过这句话，现在站在×记茶行里，发现某个看似珍藏的茶罐外写了一排字，倒忍不住惊奇了。那字这样说：

“陈年老茶，治小儿肚痛。”

我于是去问老板：

“陈年老茶，到底多老呢？”

“都有呀，二十年，三十年，都有呀！”

咦？看来陈茶如陈酒，都是难得的极品。奇怪，我行囊中的那包其保存期限规定是一年，这茶行却卖着二三十年前的老茶。我不懂茶，不知道透过什么手续，新茶就能变成好“陈茶”，可以封入细致的瓷罐里，年复一年，不减其芬芳，只增其酽美。

某出版社要重出我的四本书，都是二十年前的旧作了，我有点畏惧，几乎想逃避。校对之际尤感艰难，简直仿佛要跟一位老同学打交道似的，我得面对昔日的我，我得坐下来和她细话当年。

曾经是新采的茶菁，曾经在叶脉上犹然含着朝露腻着月光，而这一切如今已制定为一罐茶——然而，它是过了保存期限的作废茶？抑或是老茶行小瓷罐里的陈年老茶（可以治疗某个消化不良的小儿的肚痛的）？这个问题对每个书写者而言都等于在下一份无情的战书，而书写者本身并没有资格回答这问题——有资格回答的人是读者。

没有烟火可以持续辉耀二十年，没有掌声可以一直鼓响二十年，唯陈年老茶可以甘醇沉厚，入喉柔粹深美。

我能这样期待自己的作品吗？

一碟辣酱

有一年，在香港教书。

港人非常尊师，开学第一周校长在自己家里请了一桌席，有十位教授赴宴，我也在内。这种席，每周一次，务必使校长在学期中能和每位教员谈谈。我因为是客，所以列在首批客人名单里。

这种好事因为在台湾从未发生过，我十分兴头地去赴宴。原来菜都是校长家的厨子自己做的，清爽利落，很有家常菜风格。也许由于厨子是汕头人，他在诸色调味料中加了一碟辣酱，校长夫人特别声明是厨师亲手调制的。那辣酱对我而言稍微嫌甜，但我还是取用了一些。因为一般而言广东人怕辣，这碟辣酱我若不捧场，全桌粤籍人士没有谁会理它。广东人很奇怪，他们一方面非常知味，一方面却又完全不懂“辣”是什么。我有次看到一则比萨饼的广告，说“热辣辣的”，便想拉朋友一试，朋友笑说：“你错了，热辣辣跟辣没有关系，意思是指很热很烫。”我有点生气，广东话怎么可以把辣当作热的副词？仿佛辣本身不存在似的。

我想这厨子既然特意调制了这独家辣酱，没有人下箸总是很伤感的事。汕头人是很以他们的辣酱自豪的。

那天晚上吃得很愉快也聊得很尽兴，临别的时候主人送客到门口，校长夫人忽然塞给我一个小包，她说："这是一瓶辣酱，厨子说特别送给你的。我们吃饭的时候他在旁边巡巡看看，发现只有你一个人欣赏他的辣酱，他说他反正做了很多，这瓶让你拿回去吃。"

我其实并不十分喜欢那偏甜的辣酱，吃它原是基于一点善意，不料竟回收了更大的善意。我千恩万谢受了那瓶辣酱——这一次，我倒真的爱上这瓶辣酱了，为了厨子的那份情。

大约世间之人多是寂寞的吧？未被击节赞美的文章，未蒙赏识的赤忱，未受注视的美貌，无人为之垂泪的剧情，徒然的弹了又弹却不曾被一语道破的高山流水之音。或者，无人肯试的一碟食物……

而我只是好意一举箸，竟蒙对方厚赠，想来，生命之宴也是如此吧？我对生命中的涓滴每有一分赏悦，上帝总立即赐下万道流泉。我每为一个音符凝神，他总倾下整匹的音乐女口素锦。

生命的厚礼，原来只赏赐给那些肯于一尝的人。